HEYNE BÜCHER

SCIENCE FICTION

Herausgegeben
von Wolfgang Jeschke

Vom gleichen Autor erschienen außerdem
als Heyne-Taschenbücher

Nichts für Menschen · Band 3656
Der ferne Ruf · Band 3662

GORDON R. DICKSON

URALT, MEIN FEIND

Klassische Science Fiction-Erzählungen

WILHELM HEYNE VERLAG
MÜNCHEN

HEYNE-BUCH Nr. 3682
im Wilhelm Heyne Verlag, München

Titel der amerikanischen Originalausgabe
ANCIENT, MY ENEMY
Deutsche Übersetzung von Hans Maeter

Redaktion: Wolfgang Jeschke

Printed in Germany 1979
Umschlagbild: Karel Thole
Umschlaggestaltung: Atelier Heinrichs, München
Gesamtherstellung: Mohndruck Graphische Betriebe GmbH, Gütersloh

ISBN 3-453-30601-5

Inhalt

Uralt, mein Feind

Acht Stunden nach Verlassen der Lodge standen sie am Fuß der Berge. Der Tag war erst ein fahles Dämmern über den zerklüfteten Bergkämmen im Osten, als sie ihr Camp auf einem kleinen, ebenen Plateau aufschlugen – einer Art Nest zwischen den Granit-Klippen, die eine Höhe von fünfzig bis dreihundert Metern hatten.

Mit Beginn der Dämmerung hatten die Eingeborenen von Udbahr, die sie verfolgten, ebenfalls begonnen, sich für die Nacht ein Lager zu suchen, und verkrochen sich in Felsspalten und Höhlen, bis die Sonne aufgegangen und wieder verschwunden war und das Licht des näheren Mondes sie wieder herauslockte. In den höher gelegenen Felsregionen hörten sie jetzt einige Eingeborene singen.

»Was singen sie? Können Sie die Worte verstehen?« fragte die Studentin fasziniert. Sie hieß Willy Fairchild. Sie war groß und schlank und hatte kurzes, weißblondes Haar, das ein schmales, hübsches Gesicht umrahmte.

Kiev Archad zuckte die Achseln. Er lauschte ein paar Sekunden lang und übersetzte dann:

Du verläßt mich nun, Frau,
Weil ich ein Krüppel bin,
Obwohl mein einziger Fehler war,
Kein Feigling zu sein.
Deshalb werde ich jetzt in die Berge gehen, um dort zu sterben,
Und du wirst einem anderen gehören.
Denn was taugt ein Krieger,
Dessen Frau ihn verläßt?

Kiev schwieg.

»Weiter«, drängte Willy. Noch immer erklang der traurige Gesang aus den Felsen über ihnen.

»Mehr ist es nicht«, sagte Kiev. »Sie wiederholen den Text von vorn. Sie werden singen, bis es Zeit wird, das Loch zu versiegeln, damit sie nicht austrocknen.«

»Oh«, sagte Willy. »Glauben Sie, daß er wirklich ein Krüppel ist?«

Wieder zuckte Kiev die Achseln. »Das glaube ich nicht. Wenn er wirklich verkrüppelt wäre, würde er ruhig sein, damit die anderen Männer ihn nicht finden. Wahrscheinlich versucht er, einen von den anderen anzulocken, damit er ihn erbeuten und fressen kann, bevor die Sonne wieder aufgeht.«

Willy starrte ihn entsetzt an.

Er lächelte. »Entschuldigen Sie. Wenn man Ihnen die Sprache nicht eingeprägt hat, fehlt Ihnen sicher auch die generelle Information . . .«

»Wie die Tatsache, daß sie Kannibalen sind? Natürlich ist mir das eingeprägt worden, und es stört mich auch nicht. In einer Umgebung wie dieser ist Kannibalismus völlig normal. Schließlich gibt es hier keine anderen Proteinquellen als Felsratten. Alles andere – mit Ausnahme der Menschen – sind Kohlehydrate.«

Sie blickte auf mehrere Mondblumen, die wie übergroße Pilze zwischen dem Geröll neben den silberfarbenen Felswänden wuchsen. Sie hatten bereits ihre Blüten in den Schutz ihrer hornigen Schalen zurückgezogen, sich aber noch nicht in den Boden verkrochen.

»Schließlich ist mein Feld die anthropopathische Geschichte«, sagte sie. »Menschen, die überempfindlich sind, nehmen dieses Stadium nicht auf. Es gab auch auf der Erde Gebiete, die protein-arm waren, und in denen die Menschen praktisch zum Kannibalismus gezwungen wurden.«

»Wirklich?« sagte Kiev und schlang die Arme um die Brust, um sich vor der Morgenkühle zu schützen. »Wir wollten jetzt hineingehen und uns auf den Tag vorbereiten. Sie brauchen eine Menge Schlaf. Wir müssen bei Sonnenuntergang wieder aufbrechen.«

»Bei Sonnenuntergang?« Sie runzelte die Stirn. »Da ist es doch noch furchtbar heiß, nicht wahr? Wozu die Eile?«

Er wandte sich um und blickte sie scharf an.

»Ich nahm an – daß Sie ihre Eßgewohnheiten kennen . . .«

»Nein«, sagte sie interessiert. »Davon hat mir niemand etwas gesagt.«

»Eine Horde von ihnen ist hinter uns her, seit wir die Lodge verlassen haben«, sagte er. »Auch wir sind Protein, genau wie die anderen. Zumindest sind wir dem einheimischen Protein so ähnlich, daß sie uns fressen wollen. Früher oder später, wenn genug von ihnen beisammen sind, werden sie angreifen – wenn wir sie nicht vorher verjagen.«

»Ich verstehe. Ihr wollt sie einschüchtern, bevor sie uns angreifen.«

»Ungefähr.« Er wandte sich um. »Das ist der Grund dafür, weshalb Wadjik und Shant bis hierher mitgekommen sind – damit wir zu viert sind, wenn wir sie verjagen. Kommen Sie jetzt hinein.«

Sie trat an ihm vorbei in den Felsspalt.

Drinnen hatten es sich Johnson und das andere Team – Wadjik und Shant, die sich am folgenden Tag von ihnen trennen würden – bereits bequem gemacht. Johnson hockte auf seinem Thermal-Schlafsack und las. Wadjik und Shant spielten Karten. Johnson wandte Kiev und Willy sein schwarzes Gesicht zu, als sie eintraten.

»Ich habe eure Sachen schon zurechtgelegt – hinter den Vorräten.«

»Wie ein Kindermädchen«, murmelte Wadjik, ohne von seinen Karten aufzusehen.

»Wadjik«, sagte Johnson ruhig, »du und Shant könnt euch eine andere Höhle suchen, wenn euch irgend etwas nicht paßt.« Seine nackten Arme waren kräftig und muskulös. Er war nicht so groß wie Wadjik oder Shant, aber er war der älteste von ihnen und kannte die Berge besser als irgendein anderer.

»Noch zwei Karten«, sagte Wadjik zu Shant.

Kiev drängte sich an den beiden vorbei. Vor dem Eingang zu einem abgeteilten kleineren Raum, in dem sich die chemische Toilette befand, lagen zwei ausgerollte Schlafsäcke nebeneinander auf dem Boden. Kiev überließ den vorderen Willy und nahm sich den Schlafsack, der neben dem Stapel der Vorräte lag.

Es wären nur ein paar Säcke und Kisten, die ihnen als Raumteiler dienten. Wenn Kiev sich auf den Ellbogen stützte, konnte er die anderen drei Schlafsäcke, die beiden kartenspielenden Männer und den lesenden Johnson sehen.

Kiev kroch in seinen Thermal-Schlafsack und zog sich aus. Dabei hatte er dem Mädchen den Rücken zugewandt und legte die ausgezogenen Sachen vor sich auf den Boden. Als er sich schließlich umwandte, sah er, daß Willy noch eine leichte Bluse oder eine Art Hemd anhatte – er kannte den Namen dafür nicht.

»Für den Morgen geht das«, sagte er und deutete auf die Bluse, »aber später werden Sie sich ohnehin ganz in den Schlafsack verkriechen, um sich abzukühlen, und dann ist es egal, was Sie anhaben, denn selbst das dünnste Hemd halbiert die Kühlleistung des Thermal-Schlafsacks.«

»Das sehe ich nicht ein«, sagte sie steif.

»Haben sie Ihnen das auch nicht erklärt?« sagte er. »Einer der Gründe für diese Thermal-Schlafsäcke ist ihr Gewichtsvorteil. Dank ihnen brauchen wir keine schweren Klimageräte mitzuschleppen. Wenn man irgendwo Hitze abzieht, selbst von einem menschlichen Körper, muß man sie irgendwohin pumpen. Das ist alles, was eine Klimaanlage tut. Aber diese Schlafsäcke haben zwischen den Stofflagen eine hitzeabsorbierende Chemikalie . . .«

Er fuhr mit seiner Erklärung fort und versuchte ihr klarzumachen, daß der Schlafsack über vierzehn Stunden lang die von ihrem nackten Körper ausgestrahlte Wärme absorbieren konnte, ohne daß die Chemikalie gesättigt wurde. Aber die innere Stoffwand des Schlafsacks war so angelegt, daß sie nur im direkten Kontakt mit der menschlichen Haut funktionierte. Wenn ein anderer Stoff dazwischen kam, wurde die Chemikalie durch Hitzestau überbelastet, so daß ihre Kühlwirkung schon vor Ablauf der vierzehn Stunden erschöpft war. Es war nicht nur eine Frage des Wohlbefindens, betonte er. Sie riskierte einen Hitzschlag – oder sogar den Tod.

Sie hörte schweigend zu. Er wußte nicht, ob er sie überzeugt hatte oder nicht, aber er war sicher, daß sie irgendwann ihre Bluse ausziehen würde. Er legte sich zurück, schloß die Augen und versuchte einzuschlafen. In vier Stunden würde es zu heiß zum Schlafen sein, selbst in den Thermal-Schlafsäcken.

Wadjik und Shant konnten zwar mit ein paar Stunden Schlaf auskommen, aber was war, wenn beim nächsten Stop irgend etwas geschah, das jeden Schlaf verhinderte? Sie konnten in der folgenden Nacht vor Hitze und Erschöpfung halb tot sein, ohne die zum Überleben notwendigen Reflexe und Reaktionen. Schon der geringste unglückliche Zufall konnte sie erledigen. Männer wie Johnson hatten den Aufenthalt in den Bergen all die Jahre überlebt, indem sie sich topfit hielten. Nach vier Trips hatte sich Kiev entschlossen, es genauso zu machen.

Er schlief. Die Hitze weckte ihn.

Er merkte, daß er sich instinktiv tief in den Schlafsack verkrochen und ihn am Hals geschlossen hatte, ohne aufzuwachen. Als er jetzt die Augen öffnete und die trockene Hitze auf dem Gesicht fühlte, verkroch er sich völlig im Schlafsack und atmete tief durch. Die eingedrungene heiße Luft kühlte sich sofort ab. Er schluckte Speichel, um seine ausgetrocknete Kehle anzufeuchten. Dann setzte er sich auf und streckte den Kopf und einen Arm aus dem Schlafsack. Er griff nach seiner Hautsalbe und begann Gesicht und Hals damit einzureiben.

Er blickte zu Willy hinüber. Sie steckte bis zum Hals in ihrem Schlafsack und sah ihn an. Ihr Gesicht glänzte von der Salbe.

»Haben Sie das Hemd ausgezogen?« fragte er.

Sie nickte. Er blickte über den kleinen Stapel der Vorräte zu den anderen drei Schlafsäcken hinüber. Johnson steckte bis zum Hals in dem seinen und schlief mit der Entspanntheit eines routinierten Profis. Von Shant guckte nur das zerwühlte Haar heraus. Wadjik saß mit dem Rücken gegen eine der Kisten gelehnt und starrte Kiev mit abwesendem Blick an.

»Wad«, sagte Kiev, »hol Shant aus dem Ding heraus. Wenn er ständig seine Atemluft in den Schlafsack bläst, überlastet er ihn innerhalb von fünf Stunden.«

Wadjik grinste und drehte sich auf die Seite, zog die Beine an und trat Shant hart in die Seite. Shants Kopf fuhr aus dem Schlafsack.

»Du kannst dich nicht in dem Ding verkriechen«, fuhr Wadjik ihn an. »Sonst bist du bei Sonnenuntergang tot.«

»Oh, ja – klar. Tut mir leid, Wad.«

Für kurze Zeit herrschte Schweigen. Wadjik starrte ihn wieder an, ohne ihn zu sehen, Johnson erwachte, aber das sah man nur daran, daß er die Augen öffnete, sonst rührte er sich nicht. Jetzt wurde die Hitze zu einem reißenden Tier, immer unerträglicher und drückender. Das kleine Klimagerät in der Felsenhöhle summte und hielt die Temperatur der Luft gerade unter dem Punkt, wo man sie nicht mehr atmen konnte.

»Kiev«, sagte Wadjik plötzlich, »war das der alte Hehog, dem du und Willy draußen zugehört habt?«

»Ja.«

»Diesmal werden wir ihn erwischen.«

»Vielleicht«, sagte Kiev.

»Nicht vielleicht. Bestimmt.«

»Wir werden sehen«, sagte Kiev.

Willy setzte sich in ihrem Schlafsack auf. »Mr. Wadjik . . .«

»Joe. Sagen Sie Joe zu mir.«

»Also gut, Joe. Wollen Sie behaupten, daß Sie wissen, was für ein Udbahr-Mann da vorhin gesungen hat? Sie wissen sicher, warum ich Sie zu Ihren Schürfgründen begleite. Haben Sie von den Ruinen einer Stadt gehört, die von diesen Udbahrs erbaut worden ist?«

»Klar. Ich habe sie sogar gesehen. Was ist damit?«

»Sie besaßen einmal eine hochentwickelte Kultur – jedenfalls standen sie auf einem erheblich höheren Niveau als heute.«

»Ja. Sie sind degeneriert. Sie haben sich wieder zu Kannibalen zurückentwickelt. Verlangen Sie etwa von mir, daß ich sie wie menschliche Wesen behandle?«

»Ich möchte, daß Sie sie wie intelligente Wesen behandeln. Das sind sie nämlich. Selbst ein ungebildeter, dummer Kerl wie Sie sollte erkennen können . . .«

»Hört euch mal das an. Die Kleine ist noch nicht trocken hinter den Ohren und riskiert schon eine große Lippe. Man hat fast den Eindruck, als ob Sie schon jahrelang dabei wären.«

»Ich habe zwar gerade erst mein Studium beendet, aber ich habe eine Menge Dinge gelernt, von denen Sie keine Ahnung haben.«

Kiev sah an Wadjiks hitzerotem Gesicht vorbei, das von der Salbe glänzte. Johnson blickte zu ihnen herüber und schien unbeteiligt zuzuhören. Mehr konnte man auch nicht tun, sah Kiev ein. Es war die Hitze – die drückende Hitze in der Höhle –, die diesen Streit hervorrief. Wenn die Hitze ihren Höhepunkt erreichte, war es nur der Überlebensinstinkt, der die Männer in ihren Schlafsäcken hielt und sie daran hinderte, sich gegenseitig an die Kehle zu fahren.

Wadjik beendete die Auseinandersetzung schließlich, indem er in seinen Schlafsack zurückkroch und darin zur Tür der Toilette rollte. Ohne seine Hand aus dem Schlafsack zu ziehen, drückte er die Tür auf, rollte hinein und verriegelte die Tür von innen.

Willy schwieg. Kiev sah sie an.

»Es hat keinen Sinn«, sagte er flüsternd. »Sparen Sie Ihre Energie.«

Sie wandte den Kopf und blickte ihn ein paar Sekunden lang schweigend an.

»Und ich hielt Sie für besser als die anderen!« sagte sie schließlich heftig und verkroch sich in ihren Schlafsack.

Kiev versteckte sich ebenfalls in seinem Kokon. Die sengende Hitze hinderte ihn daran, wieder einzuschlafen. Sie waren alle etwas verrückt, sagte er sich, alle, die hier zu Prospektoren geworden waren. Entweder waren sie verrückt, oder es gab irgend etwas in ihrer Vergangenheit, das sie daran hinderte, diese Hölle von einem Planeten zu verlassen.

Aber ein Mann, der nichts zu verbergen hatte, konnte innerhalb von fünf Jahren reich werden, wenn er seinen Verstand bewahrte – und seine Gesundheit. Auf Kievs erstem Trip in die Berge, vor zwei Jahren, hatte er nicht gewußt, was er eigentlich suchte. Er wollte nur einen Haufen Geld, mit dem er bei seiner Rückkehr auf den Putz hauen konnte. Aber jetzt wußte er es besser. Er würde mit Ruhe und Umsicht vorgehen, wie Johnson, der den Planeten nie wieder verlassen konnte.

Kiev war entschlossen, sich den Rückweg offenzuhalten. Wenn es Zeit dazu war und er genug Geld beisammen hatte, um sich ein gutes Geschäft kaufen zu können, würde er auf eine der alten Welten zurückkehren. Er hatte ein sehr klares Zukunftsbild im Kopf: ein modernes Heim auf einem der zivilisierten Planeten, ein regelmäßiges, gutes Einkommen. Status. Familie.

Er hatte genug von dem wilden Leben am Rande der Zivilisation. Darum sollten sich die Jungen kümmern, die jetzt nachwuchsen. Er war zwar noch jung genug, aber er hatte keine Lust, den Rest seines Lebens in dieser Wildnis zu verbringen.

Seine Gedanken glitten durcheinander, als seine Körpertemperatur von der Hitze immer weiter nach oben getrieben wurde. Mehrere Stunden lang lag er in einem Dämmerzustand. Bis er plötzlich aufschreckte.

Die tödliche Hitze des frühen Nachmittags war abgeklungen.

Er warf einen Blick auf seine Armbanduhr. Es war kurz vor Sonnenuntergang.

Er sah sich in der Höhle um. Willy, Shant, Wadjik und Johnson schliefen noch.

»He«, rief er mit heiserer, belegter Stimme, »Zeit zum Aufstehen. Auf zur Jagd!«

Fünfundvierzig Minuten später hatten sie sich angezogen, etwas gegessen und traten aus der Höhle. Die Einrichtung der Höhle war zusammen mit den Vorräten auf Anti-Schwerkraft-Schlitten verpackt. Wadjik und Shant führte sie nach Norden. Sie zogen, wie Kiev und Johnson auch, ihren Schlitten hinter sich her. Das Mädchen ging zwischen den beiden Teams. Die Sonne stand schon dicht über den westlichen Bergkämmen, aber drei Viertel des Himmels waren noch immer zu hell, als daß man mit ungeschützten Augen hätte hinaufblicken können, und die Hitze war noch so stark, daß sie auch mit Schutzanzug und geschlossenem Helm bei jeder Bewegung in Schweiß gerieten. Die Klimageräte der Anzüge surrten unter der Anstrengung, ihre Benutzer einigermaßen kühl und trocken zu halten.

»Ich bleibe nicht bei Ihnen«, sagte Willy entschlossen. »Ich mache nicht mit, wenn Eingeborene umgebracht werden.«

»Wir können Sie nicht zurücklassen«, sagte Kiev ruhig. »Es sei denn, Sie könnten mit einer Waffe umgehen – und wären auch bereit, sie zu gebrauchen. Wenn uns ein paar von den Burschen entkommen, fallen sie zurück, und Sie wären für sie eine willkommene Mahlzeit.«

Ihr Gesicht in dem transparenten Helm wurde trotz der Hitze bleich.

»Sie können beim Schlitten bleiben«, sagte Kiev. »Sie brauchen sich an nichts zu beteiligen. Bleiben Sie nur bei uns.«

Sie sah ihn nicht an und antwortete auch nicht.

»Machen Sie doch, was Sie wollen«, knurrte Johnson.

Sie begannen die Bergflanke hinaufzusteigen. Die Anti-Schwerkraft-Schlitten schwebten konstant etwa einen Meter über der steil ansteigenden Oberfläche. Willy, die in ihrem bauschigen Anzug klein und zerbrechlich wirkte, trottete hinter dem Schlitten her, den Kiev und Johnson zogen. Dicht unterhalb des Berggipfels, wo die steilen Klippen begannen, machten sie kehrt, trennten sich in zwei Gruppen, um die Lichtung am Fuß des Hangs von beiden Seiten zu umzingeln, und begannen die Jagd.

Sie gingen langsam und methodisch vor, und jeder der vier Männer feuerte in jede Felsspalte oder Höhle, in die sich ein Udbahr verkrochen haben könnte. Die Schüsse dröhnten wie Donnerschläge. Das rührte daher, weil die von den Explosivgeschossen erhitzte Luft und die Feuchtigkeit der Höhlen nach außen explodierten. Und kurze Zeit später hörte Kiev über das in seinen Helm eingebaute Intercom Johnson rufen: »Da läuft einer! Richtung: elf Uhr. Entfernung: sechzig Meter.«

Kiev fuhr herum und sah eine menschengroße, menschenähnliche Gestalt den Hang hinabhetzen und in einer Felsspalte verschwinden. Die Gestalt war braun und hatte einen grünlichen Kopf mit großen, hervorquellenden Augen.

»Sie ist nackt«, rief Kiev über das Intercom. »Wahrscheinlich ein Weibchen oder ein junges Männchen.«

»Oder der alte Hehog, der inkognito spielt«, sagte Johnson.

»Sichtung!« rief Wadjik über das Intercom. »Richtung: zwei Uhr, oben bei den Klippen!«

Das Dröhnen der Schüsse versetzte die Udbahrs, die sich für den Tag in Felsspalten und Höhlen verkrochen hatten, in Panik.

»Sichtung! Richtung: drei Uhr, oben auf dem Paß!« rief Johnson wieder. »Haltet sie in Bewegung!«

Die meisten der Udbahrs, die jetzt aus ihren Höhlen stürzten, waren Weibchen oder Junge, ohne jede Kleidung und ohne Waffen. Aber da und dort sah man auch einen größeren, schwereren Mann mit einem Speer oder Wurfholz in den Händen, der eine Art Kleidung trug. Sie bestand aus einem Seil geflochtener Felsreben oder Rattenfellen um die Hüften oder irgendwelchen Fetzen menschlicher Kleidung, die entweder gestohlen oder von dem Körper eines erschlagenen Prospektors gerissen worden war.

Die Udbahr-Männer wurden aufgehalten, weil sie ihre Weibchen und Jungen vor sich hertrieben. Das taten sie immer, obwohl fast alle Prospektoren nur die erwachsenen Männchen töteten – die Krieger, die sie angreifen würden, wenn sie am Leben blieben. Die Flucht erfolgte nach einem bekannten, sich niemals ändernden Muster, ein Grund dafür, weshalb die meisten Prospektoren die Udbahrs für Tiere hielten und nicht für intelligente

Wesen. Die Weibchen und Jungen drängten sich im Laufen zu einer Herde zusammen, vor der abschirmenden Kette der Männchen, die ihnen folgten. Wenn die Fluchtordnung hergestellt war, blieben die Männchen stehen und kämpften gegen die Verfolger, damit die Weibchen und Jungen entkommen konnten.

Sie reagierten immer auf diese Weise, ohne Rücksicht darauf, ob diese Taktik in dem Terrain, in das sie getrieben wurden, vorteilhaft war oder nicht. Alles, was die Udbahrs taten, war atavistische Routine, unverständlich bei Kreaturen, die wie Menschen denken konnten. Willy konnte sagen, was sie wollte, es war schwer, sich die Udbahrs als eine Art menschenähnlicher Wesen vorzustellen, und schon gar nicht als Wesen, mit denen man irgendwelche Beziehungen anknüpfen konnte. Zum Beispiel, wenn die vier Männer jetzt die Jagd abbrechen und sich zurückziehen würden, würden die Udbahr-Männchen sofort übereinander herfallen und einander zu töten versuchen. Nur wenn sie angegriffen wurden oder einen gemeinsamen Angriff auf Prospektoren planten, wurden diese Aggressionen vorübergehend abgebaut.

Entsprechend verlief auch diese Stunde beim Sonnenuntergang auf dem Udbahr-Planeten. Als das Licht des Tagesgestirns am westlichen Horizont erlosch und der geisterhafte Kreis des Näheren Mondes sichtbar wurde, verschwanden sechs oder sieben Udbahr-Männer plötzlich zwischen den Felsen zu beiden Seiten des Passes, durch den die Herde der Weibchen und Jungen geflohen war.

»Halt!« rief Johnson keuchend über das Intercom. »Halt! Sie haben Verteidigungsstellung bezogen. Atempause.«

Kiev ließ sich auf einen glatten Felsblock fallen und versuchte seinen keuchenden Atem zu beruhigen. Sein Körper war schweißüberströmt, obwohl das kleine Klimagerät in seinem Anzug mit voller Kraft arbeitete, um ihn zu trocknen. Sein Kopf schmerzte von der Anstrengung und von der Hitze.

Die Udbahr-Männchen, die sich hinter den Felsen am Eingang des Passes versteckt hatten, begannen ihre individuellen Trotzgesänge anzustimmen.

Kievs Atem hatte sich beruhigt. Der Kopfschmerz begann abzuklingen. Hinter ihnen verschwanden die letzten Spuren des Tageslichts vom Himmel. Der Nähere Mond, doppelt so groß wie der Mond der Erde, war eine helle Scheibe am Himmel und übergoß das Land mit leuchtendem Dämmerlicht.

»Worauf wartet ihr denn?« hörte Kiev Willys Stimme aus seinem Helmlautsprecher. »Warum greift ihr nicht an und bringt sie um?«

Er wandte sich um und sah sie nur wenige Schritte hinter sich. Sie hatte sich auf den Boden gehockt, hielt den Kopf gesenkt und hatte ihr Gesicht abgewandt.

»Sie kommen zu uns«, sagte er, ohne nachzudenken.

Sie krümmte sich in Foetalhaltung zusammen, zu einem silberglänzenden Ball mit kristallinem Helm. Ihre Hilflosigkeit rührte ihn.

Er kniete sich neben sie nieder und legte die Arme um sie. Willy rührte sich nicht.

»Sie verstehen nicht . . .«, sagte er. Und dann dachte er daran, das Mikrofon in seinem Helm auszuschalten und ihr Gespräch privat zu halten, indem er seinen Helm an den ihren drückte. »Sie verstehen nicht.«

»Doch. Ihnen macht diese Jagd Spaß. Sie macht Ihnen Spaß.«

Ihre Stimme klang dumpf, wie aus einem Grab.

Ihre Mutlosigkeit und Verzweiflung griffen ihm ans Herz, und plötzlich, völlig unerwartet, erkannte er, daß er sich in sie verliebt hatte. Er fühlte sich krank, ausgehöhlt. Es war doch Blödsinn! Er wollte sich zwar eine Frau suchen – aber erst später, wenn er ein Vermögen gemacht hatte und wieder auf einem zivilisierten Planeten war. Er hatte diese Beziehung zu einem Mädchen, das er erst seit fünf Tagen kannte und das alle möglichen abstrusen Vorstellungen von der Ordnung der Welt hatte, nicht gewollt. Er wußte nicht, was er tun sollte, außer ziemlich hilflos neben ihr zu knien und sie in seinen Armen zu halten.

»Wenn es Ihnen keinen Spaß macht, warum tun Sie es dann?« fragte sie. »Warum trennen Sie sich nicht von diesen Männern?«

»Das kann ich nicht.«

Das Singen der Udbahrs brach plötzlich ab, und sie hörten ein lautes tierisches Heulen. Dazwischen der triumphierende Schrei

Wadjiks: »Ich habe einen erwischt!« und dann: »Aufpassen, Steine!«

Kiev riß Willy hinter einen Felsen. Zwei faustgroße Steine krachten dicht neben ihnen auf den harten Boden.

»Sehen Sie?«

Er ließ sie los, zog seine Pistole und richtete sich vorsichtig ein wenig auf. Er blickte über den Felsen zum Einschnitt des Passes hinauf. Dabei folgte er mit dem Lauf der Waffe seiner Blickrichtung und warf immer wieder einen Seitenblick auf die Nadel des Wärme-Suchers. Sie pendelte mit kleinen Ausschlägen hin und her und schnellte plötzlich bis zum Anschlag nach rechts.

Er starrte durch das Zielfernrohr der Pistole und schaltete es auf Teleskopsicht. Er hielt die Waffe auf die Wärmequelle gerichtet, die sie ihm anzeigte, und blickte durch das Teleskop. Und plötzlich machte er sein Ziel aus: einen braunen Fleck zwischen einem Felsen und einem kleinen Berg von Geröll.

Er zielte sorgfältig.

»Tun Sie es nicht.«

Unwillkürlich zuckte er zusammen, und der Laserstrahl ging hoch über sein Ziel hinweg. Ein Stück des Felsens wurde abgesprengt und fiel polternd zu Boden. Der braune Fleck zwischen Fels und Geröll verschwand.

»Verdammt. Warum haben Sie das getan?«

»Ich sollte verhindern, daß Sie zum Mörder werden«, sagte sie hart.

Ein Stein krachte auf den Felsen, hinter dem sie lagen, prallte ab und fuhr dicht über ihre Köpfe hinweg.

»Sie sollten lieber verhindern, daß ich von den Burschen gesteinigt werde«, sagte er bitter. »Verstehen Sie denn nicht? Wenn wir sie nicht töten, töten sie uns.«

»Das glaube ich nicht.« Auch sie hatte jetzt ihr Intercom ausgeschaltet, und er hörte ihre Stimme durch das Plastik ihrer durchsichtigen Helme. »Haben Sie es denn schon einmal versucht?«

Eine ganze Salve von Steinen prasselte auf sie herab, gefolgt von mehreren dumpfen Explosionen, als die Waffen der Menschen ihre lebenden Ziele fanden. Shant und Wadjik brüllten triumphierend auf und feuerten weiter.

»Wir haben fünf erwischt!« rief Shant. »Sie laufen! Habt ihr gehört? Sie laufen!«

Das Feuer wurde eingestellt. Kiev blickte vorsichtig über seinen Felsblock und stand dann auf. Wadjik, Shant und Johnson waren ebenfalls aus ihren Deckungen gekommen und blickten zum Paß hinauf.

»Wie viele sind entkommen?« fragte Jonson.

»Nur einer, höchstens zwei . . .« Johnson fuhr herum. »Aufpassen! In Deckung! Richtung: zwölf Uhr, fünfzig Meter . . .«

Kiev warf sich sofort wieder in Deckung und zog Willy mit sich hinter den Felsen.

»Was ist los?«

»Hinter der Feldspat-Klippe da drüben . . .«

Kiev blickte den Hang hinab, bis er den etwa einen Meter hohen Felsen entdeckte. Irgend etwas blitzte hinter und über ihm kurz auf, ein Blinken im Licht des Näheren Mondes, das jetzt die Helligkeit eines trüben, wolkenverhangenen Tages auf der Erde erreicht hatte. Immer wieder wurde es von irgend etwas reflektiert, das sich hinter der Feldspat-Klippe befand.

Dann identifizierte es Kiev als die gekrümmte Oberfläche eines transparenten Helms, der hin und her schwankte, als ob jemand hinter dem Felsen tanzte. Und dann hörte er einen männlichen Udbahr singen:

Mann mit anderthalb Köpfen,
Komm und hol dir deinen Halbkopf.
Mann mit anderthalb Köpfen,
Komm, damit ich dich töten kann.
Uralt, mein Feind.
Uralt, mein Feind . . .

»Hehog«, hörte Kiev Johnsons Stimme über das Intercom sagen.

Eine Minute lang war Stille. Dann sagte Wadjik: »Worauf wartest du noch, Kiev?«

Kiev antwortete nicht. Die transparente Wölbung des Helms tanzte hinter dem Felsen. Sie tanzte höher und höher. Jetzt wurde der runde, kahle, grünliche Kopf sichtbar, die roten, hervorstehenden Augen – und schließlich der schmale Spalt des lippenlosen Mundes, der ständig zu grinsen schien.

»Was ist los? Was hat Wadjik gemeint?« fragte Willy.

Ihre Stimme dröhnte in Kievs Helm. Er hatte das Intercom wieder eingeschaltet.

»Das ist Hehog dort drüben«, sagte Kiev leise. »Und es ist mein Helm, den er aufhat. Er hat ihn mir auf meinem ersten Trip in die Berge abgenommen und trägt ihn seitdem immer bei sich.«

»Er hat ihn Ihnen abgenommen?«

»Ich war ein Anfänger. Ich hatte noch nie vorher an einer Jagd teilgenommen. Ich wurde von einem Stein getroffen und war eine Weile bewußtlos. Als ich wieder zu mir kam, kniete Hehog neben mir und riß mir den Helm vom Kopf. Meine Partner eröffneten das Feuer und vertrieben ihn.«

»Na, was ist, Kiev?« hörte er Johnsons Stimme aus dem Helm-Lautsprecher. »Sollen wir versuchen, hinter ihn zu kommen, oder willst du dir deinen Helm allein zurückholen?«

Kiev knurrte leise, nahm seine Pistole in die linke Hand und bewegte die verkrampften Finger seiner rechten. Er hatte seine Waffe so fest umklammert, als ob er ihren Kolben zerdrücken wollte.

»Ich gehe allein«, sagte er über das Intercom. »Ihr bleibt hier.«

Er spannte die Muskeln an und wollte aufspringen, als er plötzlich zurückgerissen wurde und auf den harten Boden stürzte. Willy hatte ihn am Arm gepackt.

»Sie werden nicht gehen!«

Er schaltete das Helm-Mikrofon aus und riß sich los.

»Sie begreifen nichts!« schrie er ihr durch den Helm zu. »Sie begreifen überhaupt nichts!«

Er stieß sie von sich, sprang auf und suchte hinter einem vier Meter entfernten Felsen erneut Deckung.

Während er lief, bemerkte er hinter der Feldspat-Klippe eine Bewegung: das Ausholen mit einem Wurfholz. Er sah einen faustgroßen Gegenstand auf sich zuschießen. In dem Augenblick, als er sich in Deckung warf, krachte ein Stein auf die Oberkante des Felsens und überschüttete ihn mit scharfen Splittern.

Er sprang auf und rannte auf die nächste Deckung zu. Sein Fuß verfing sich an einem Stein. Er stolperte und rollte den Hang hinab, direkt auf den Felsen zu, hinter dem Hehog hockte, in der einen Hand das Wurfholz, in der anderen den Speer mit der scharfen Steinspitze.

Kiev krachte gegen die Feldspat-Klippe. Er lag auf dem Rükken und starrte hilflos in die großen roten Augen, auf den humorlos grinsenden, lippenlosen Mund, die kaum einen Meter entfernt über ihn gebeugt waren. Das Gesicht wirkte hinter der gekrümmten Plastikscheibe des Helms bizarr und unwirklich. Der Speer zitterte in der Hand des Udbahr – aber das war alles.

Hehog starrte in Kievs Augen. Kiev hörte das erregte Schreien von Willy und den anderen aus seinem Helm-Lautsprecher. Ein paar Schüsse fetzten über seinen Kopf hinweg in den Fels. Mit einem dumpfen Schrei warf Hehog sich herum und lief zwischen den Felsen hindurch auf den Paß zu.

Die hellen Laserstrahlen der Schüsse folgten ihm. Aber sie trafen nicht, und Hehog verschwand im Paß.

Kiev stand zitternd auf. Erst jetzt merkte er, daß er noch immer die Pistole in der Hand hielt. Er begriff, daß er Hehog hätte töten können, als er völlig paralysiert auf den Speer in der braunen Hand und in das grinsende Gesicht gestarrt hatte. Hehog mußte die Waffe bemerkt haben. Das war möglicherweise der Grund dafür, daß er den Speer nicht geworfen hatte.

Kiev fluchte leise. Er fluchte noch immer, als die anderen über das lockere Geröll auf ihn zuliefen und vor ihm stehenblieben.

»Was ist passiert?« fragte Shant.

»Er . . .« Kiev merkte, daß sein Intercom noch immer ausgeschaltet war. Er legte den Hebel um. »Er ist entwischt.«

»Das wissen wir«, sagte Wadjik. »Wir wollen nur erfahren, warum.«

»Ihr habt doch alles gesehen«, sagte Kiev scharf. »Ich bin gefallen. Er hätte mich töten können. Ihr habt ihn verjagt.«

»Er hätte dich töten können? Ich dachte, du hättest ihn vor dem Rohr gehabt!«

»Okay, er ist entwischt«, sagte Johnson. »Die Leichen lassen wir liegen. Es wird sich schon jemand finden, der sie frißt. Es war eine recht gute Jagd. Wir werden uns jetzt trennen.« Er blickte Wadjik und Shant an. »Wir sehen uns wieder, wenn wir in die Zivilisation zurückkehren.«

Wadjik grinste. »Das Team mit der größten Beute zahlt die Drinks. Komm, Shanny.«

Die beiden Männer wandten sich um und zogen ihren Schlitten hinter sich her.

Kiev, Willy und Johnson erreichten die Tote Stadt gut zwei Stunden vor der Dämmerung. Sie hatten genügend Zeit, sich eins der leeren, fensterlosen Häuser auszusuchen, die halb Höhle, halb Gebäude waren, um darin ihr Standquartier aufzuschlagen. Morgen nacht würden sie die Türöffnung mit Steinen verbarrikadieren, aber heute mußte es reichen, wenn sie den Schlitten in die Öffnung stellten.

Kein Gesang ertönte von den Klippen, die den kleinen Talkessel umgaben. Johnson kroch sofort in seinen Schlafsack. Kiev blieb auf, um mit Willy zu sprechen.

»Sie brauchen sich keine Sorgen zu machen.« Das war nicht das, was er ihr eigentlich hatte sagen wollen. »Die Udbahrs scheuen diese Ruinen.«

»Ich weiß.« Sie sah ihn nicht an. »Ich habe mehr Kenntnisse von den Udbahrs als Sie und Mr. Johnson. Dieser Ort ist für sie tabu.«

»Stimmt.« Kiev blickte auf seine rechte Hand und spreizte die Finger, die noch immer verkrampft waren. »Wegen vorhin«, sagte er schwerfällig, »mit Hehog . . .«

»Schon gut«, sagte sie unerwartet sanft und blickte ihn an. Sie hatte das Intercom abgeschaltet, und ihre Stimme klang durch den Helm. Im Zwielicht des tiefstehenden Mondes und dem ersten Morgenrot wirkte ihr Gesicht durchsichtig. »Ich weiß, daß Sie es meinetwegen getan haben – trotz allem.«

Er starrte sie an.

»Was habe ich getan?«

»Ich weiß, warum Sie den Udbahr nicht getötet haben«, sagte sie leise. »Es war meinetwegen, nicht wahr? Sie brauchen sich deswegen nicht zu schämen. Sie sind innerlich eben nicht wirklich so schlecht wie die anderen. Machen Sie sich keine Sorgen – ich werde es niemandem erzählen.«

Sie nahm mit beiden Händen seinen Arm und hob ihr Gesicht,

als ob sie ihn, wenn sie nicht durch die Helme behindert gewesen wäre, auf die Wange geküßt hätte. Dann wandte sie sich um und verschwand in der Höhle.

Er folgte ihr nach einer Weile. Der fensterlose Raum mußte künstlich beleuchtet werden. In dem matten Licht sah Kiev, daß Willy sich hinter Vorratskisten und Teilen ihrer eigenen Ausrüstung einen eigenen, abgeteilten Raum geschaffen hatte.

Er rollte seinen Thermal-Schlafsack aus. Hinter den dicken Mauern des Gebäudes war die Hitze zu dieser frühen Morgenstunde noch erträglich, und er fiel sofort in einen tiefen, traumlosen Schlaf der Erschöpfung.

Plötzlich schreckte er auf. Er war sofort hellwach und stützte sich auf den rechten Ellbogen.

Das Licht war heruntergedreht. Er hörte keinen Laut von Willy. Johnson schnarchte.

Kiev lauschte angespannt in das Halbdunkel. Ein Gefühl von Gefahr prickelte auf seiner Haut, als er auf Geräusche lauschte, die nicht hierher gehörten.

Er lauschte.

Eine ganze Weile hörte er nur das Schnarchen Johnsons, sonst nichts. Und dann vernahm er wieder den Laut, der ihn aus dem Schlaf gerissen hatte. Es klang wie die Klage eines gefangenen Geistes – nicht von draußen, von den Hügeln, die die tote Stadt umgaben, sondern von unten, durch den Steinboden, auf dem er lag.

Mann mit anderthalb Köpfen,
Komm und hol dir deinen Halbkopf.
Mann mit anderthalb Köpfen,
Komm, damit ich dich töten kann.
Uralt, mein Feind.
Uralt, mein Feind . . .

Das Singen brach plötzlich ab. Kiev setzte sich auf, und der Thermal-Schlafsack glitt von seinen Schultern. Plötzlich erklang die Stimme wieder, lauter und näher drang sie durch den Stein und hallte von den Wänden des Gebäudes wider:

Wir werden uns gegenseitig töten!
Mann mit anderthalb Köpfen,
das ist unsere Art.
Komm und hol dir deinen Halbkopf.
Mann mit anderthalb Köpfen . . .

Der Singsang ging weiter. Eine eisige Wut stieg in Kiev auf. Fluchend warf er den Thermal-Schlafsack von sich und griff mit beiden Händen in den unordentlichen Haufen seiner ausgezogenen Kleidung. Die Finger seiner rechten Hand schlossen sich um den Kolben der Pistole. Er riß sie heraus, richtete die Mündung auf die Stelle des Steinbodens, unter der er die Stimme gehört zu haben glaubte, und drückte ab.

Ein greller Lichtblitz zuckte, Hitze und Donner zerrissen die halbdunkle Stille. Kiev hielt den Energiestrahl noch immer auf den Steinboden gerichtet und wurde von einer nie gekannten Wut geschüttelt. Plötzlich packte eine Hand seinen Arm, eine andere riß ihm die Waffe fort. Er fuhr herum und sah Johnson, der seine Waffe über den Kopf hielt.

»Gib sie her«, sagte Kiev heiser.

»Wach auf!« erwiderte Johnson leise. »Was ist denn in dich gefahren?«

»Hast du es nicht gehört?« schrie Kiev. »Das war Hehog – Hehog! Da unten!«

Er deutete auf das halbmetertiefe, schwarzgeränderte Loch, das sein Laser in den Steinboden gebrannt hatte.

»Ich habe es gehört«, sagte Johnson ruhig. »Es war Hehog. Es muß Tunnel unter diesen Gebäuden geben.«

Willy rief: »Aber Udbahrs graben keine . . .«

Kiev und Johnson wandten sich um und sahen sie über die Brüstung ihrer Barrikade gebeugt. Kiev wurde plötzlich bewußt, daß er, ebenso wie Johnson, splitternackt war.

Willys Gesicht verschwand wieder. Kiev wandte der Barrikade den Rücken zu und starrte auf das Loch, das seine Laserpistole in den Steinboden gebrannt hatte. Es zeigte keinen Durchbruch in einen darunterliegenden Raum.

»Okay«, sagte er unsicher. »Tut mir leid. Ich bin aus dem Schlaf geschreckt, als ich ihn singen hörte, und habe anscheinend die Nerven verloren, das ist alles. Morgen können wir in ein anderes Gebäude umziehen. Und es nach Tunnels abklopfen, bevor wir auspacken.«

Johnson wandte sich um und kroch wieder in seinen Thermal-Schlafsack. Auch Kiev stieg wieder in seinen Kokon. Er lag auf dem Rücken, die Hände unter dem Kopf verschränkt, und starrte zur dunklen Decke hinauf.

Uralt, mein Feind . . . uralt, mein Feind . . .

Die Erinnerung an Hehogs Gesang ging ihm immer wieder durch den Kopf.

Du und ich, Hehog. Ich werde es dir zeigen, Udbahr . . .

Nach einiger Zeit schlief er wieder ein.

In der nächsten Nacht, gleich nach Sonnenuntergang, zogen sie um. Kiev und Johnson brachen Steine aus der Wand eines anderen Gebäudes, schlossen mit ihnen den größten Teil der Türöffnung und schmolzen sie mit ihren Lasern zusammen.

Jetzt konnte die kleine, transportable Klimaanlage den Raum auch tagsüber erträglich kühl halten. Als sie mit allen Arbeiten fertig waren und ihre Sachen in die neue Höhle geräumt hatten, war die Hälfte der Nacht vorbei.

Kiev und Johnson hatten noch vier Stunden Zeit, um in ihr Schürfgebiet zu ziehen. Die Goldvorkommen in der Nähe der Toten Stadt lagen fast immer in dicken, röhrenartigen Schichten und konnten von ein paar Männern mit der richtigen Ausrüstung innerhalb weniger Tage ausgebeutet werden.

Kiev zögerte. »Ich bleibe hier«, sagte er schließlich. »Solange Hehog sich hier herumtreibt, muß jemand da sein, der Miß Fairchild beschützt.«

»Du hast recht. Wenn wir sie hier allein zurücklassen, wird Hehog sie sich bestimmt schnappen. Und niemand würde uns noch Ausrüstung für unseren nächsten Trip verkaufen, wenn es sich herumspricht, daß wir sie hier allein zurückgelassen haben.« Er zögerte. »Wir werden Lose ziehen, um zu entscheiden, wer hier bleibt.«

»Ich bleibe«, sagte Kiev. »Komm in einer Woche zurück, dann werde ich dir sagen, ob du mich ablösen mußt.«

Johnson nickte. Er wandte sich ab und begann zu packen: Nahrungsmittel, Waffen, Ausrüstung, ein Bohrgerät, um Wasser aus dem Wurzelsystem der Mondblumen zu gewinnen, außerdem eine Membran, mit der er die Öffnung der Höhlen versiegeln konnte, in denen er die heißen Tagesstunden verbrachte. Kiev, der am Eingang der Höhle hockte und das Siegel überprüfte, sah einen Schatten auf den Boden fallen.

Er stand auf, wandte sich um und sah Willy auf den Eingang des Hauses zukommen. Sie blieb stehen, um Solidographien der alten Bauten zu machen. Johnson trat aus dem Inneren der Höhle auf ihn zu; seine Ausrüstung hatte er bereits als Rückenpack umgeschnallt.

»Wir hatten keine Gelegenheit, alles in Ruhe zu besprechen«, sagte er.

»Nein.«

»Dann will ich dir jetzt das Wichtigste sagen. Warum packst du nicht zusammen und gehst mit dem Mädchen zurück?«

»Ich bin hier, um mir eine Ladung Gold zu holen – wie alle anderen auch.«

»Du weißt, daß die Situation sich grundlegend geändert hat. Wegen Hehog. Außerdem ist das Mädchen da. Du weißt genauso wie ich, was ich damit meine. Und da ist noch etwas anderes – etwas, das du anscheinend noch nicht bemerkt hast.«

»Was?«

»Du hast sicher schon gehört, daß die Männchen – wenn sie gerade gefressen haben und satt sind und sich allein fühlen – manchmal ins Camp kommen, um zu reden?«

Kiev runzelte die Stirn.

»Ich hab' davon gehört«, sagte er nach ein paar Sekunden. »Aber mir ist das noch nicht passiert.«

»Aber mir«, sagte Johnson. »Sie fragen einen Dinge, die wirklich überraschend sind. Und sie erzählen einem auch Sachen, die man nicht für möglich hält. Weißt du, warum Hehog das Tabu gebrochen hat und in die Tote Stadt gekommen ist?«

»Weißt du es?«

Johnson nickte.

»Die Udbahr glauben«, sagte er, »daß sie die Seelen der Getöteten in sich aufnehmen, wenn sie sie fressen.«

Kiev nickte. »Davon habe ich gehört. Und die Seele bleibt in ihnen, bis sie getötet werden. Und wenn sie sterben und nicht sofort gefressen werden, erheben sich die Seelen all derer, die sie gefressen haben, in die Luft und übernehmen die Körper von

Jungen, die noch zu schwach sind, um eigene Seelen zu haben.«

Johnson nickte wieder. Er wandte den Kopf und blickte zu Willy hinaus.

»Du hast von ihr gelernt«, sagte er.

»Von ihr? – Ja, das stimmt. Aber du warst es, der mir vom Kannibalismus der Udbahrs erzählt hat. Das war vor über einem Jahr.«

»Wirklich?« Johnson blickte ihn an. »Habe ich dir auch von den Uralten Feinden erzählt?«

Kiev schüttelte den Kopf.

»Hin und wieder kommt es zu einer richtigen Fehde zwischen zwei Männchen. Es ist kein gewöhnlicher Haß. Es ist fast ein Ehrenhandel. Und wenn einmal so eine Fehde ausgebrochen ist, hört sie nie wieder auf, ganz egal, wie oft die Beteiligten getötet werden. Wenn immer einer im Kampf fällt, wird er wiedergeboren – und wächst auf mit dem einzigen Ziel, den anderen zu töten. Beim nächsten Mal sind die Rollen vertauscht. Kannst du mir folgen?«

Kiev runzelte die Stirn. »Nein.«

»Stell dir vor, daß die Seelen der beiden durch eine unbeschränkte Anzahl von Körpern leben, die abwechselnd einander töten.« Johnson blickte Kiev mit einem seltsamen Ausdruck an. »Die Seelen haben natürlich keine Erinnerung an den Körper, aus dem sie gekommen sind – sie wissen nicht, ob sie die Rolle des Killers oder des Opfers übernehmen müssen. Also leben sie jahrelang nebeneinander her, bis die Seele einem der beiden sagt: ›Bring ihn um!‹ Dann tötet er den anderen und wartet den Rest seines Lebens darauf, daß jemand ihn tötet.«

Kiev starrte Johnson an.

»Du glaubst, daß Hehog denkt, er und ich sind – Uralte Feinde?«

»Vorgestern nacht«, sagte Johnson, »standet ihr beide euch gegenüber, beide bewaffnet – aber keiner von euch hat den anderen getötet. Gestern, während wir hier schliefen, ist er in die Tote Stadt gekommen, die für ihn tabu ist. Die einzige Entschuldigung, dieses Tabu zu brechen, ist die Anwesenheit eines Uralten Feindes. Was hältst du davon?«

Kiev blickte aus der Türöffnung nach Willy.

»Hehog wird dich nicht in Ruhe lassen, wenn meine Vermutung zutrifft«, sagte Johnson. »Und er ist schlau. Er würde vielleicht sogar einen oder zwei von uns töten, nur um in deiner Nähe bleiben zu können. Und bei dem Mädchen wäre es für ihn am leichtesten. Denk daran, was ich vorhin gesagt habe: wenn wir nicht verhindern können, daß eine Frau getötet wird, verkaufen uns die Händler nicht einmal mehr eine Rolle Garn. Und man wird uns nie mehr Studenten anvertrauen. Dann ist Schluß mit dem Nebenverdienst.«

»Das stimmt«, sagte Kiev.

»Ich habe keine Angst vor Hehog, aber ich kann diesen Planeten nie wieder verlassen. Ich werde eines Tages irgendwo dort draußen sterben. Aber noch nicht jetzt. Ein paar Trips will ich noch überleben. Nimm das Mädchen und geh mit ihr zurück, solange noch Zeit dazu ist. – Ich meine es ernst, Kiev.«

»Du kannst uns nicht dazu zwingen«, sagte Kiev ruhig.

»Nein«, sagte Johnson. Sein Gesicht wirkte alt und dunkel wie wettergegerbtes Eichenholz. »Aber wenn du das Mädchen hierbehältst, wird Hehog sie sich holen. Sie kennt nur ihre Bücher und versteht Kreaturen wie Hehog nicht. Sie versteht doch nicht einmal uns.« Er trat einen Schritt zurück. »Good-bye, Partner«, sagte er. »Wir sehen uns in drei Tagen – vielleicht.«

Er wandte sich um und stapfte langsam davon, den Oberkörper vorgebeugt, um das Gewicht des Rückenpacks auszugleichen. Kiev sah ihm nach, bis er zwischen den Felsen der westlichen Klippen verschwunden war.

Kiev wandte sich um und sah Willy am anderen Ende der Straße. Sie machte noch immer Aufnahmen.

Die folgenden zwei Tage verliefen völlig ruhig. Er verbrachte viel Zeit mit dem Studium von Luftaufnahmen des Geländes in der Nähe der Toten Stadt, in dem er hatte arbeiten wollen. Hauptsächlich aber versuchte er, seine Gedanken zu ordnen, um Willy die Situation zu erklären. Das Mädchen lebte völlig sorglos in den Tag hinein und schien jede Stunde zu genießen. Sie vermaß und fotografierte jede Einzelheit der Toten Stadt und freute sich darüber wie ein Kind zu Weihnachten. Auch ihre Einstellung ihm gegenüber hatte sich geändert. Sie half bereitwillig bei allen anfallenden Arbeiten und war immer zu Scherzen aufgelegt.

Hehog sang nicht aus dem Untergrund ihrer neuen Behausung.

In der dritten Nacht bot Kiev ihr an, bei ihrer Arbeit in der Toten Stadt zu helfen.

Er hatte erkannt, daß Johnson ihm die Wahrheit gesagt hatte. Durch seine Worte hatte er ihm den letzten Anstoß gegeben, zu einem Entschluß zu kommen. Der Umstand, daß er Willy erst vor weniger als einer Woche kennengelernt hatte, spielte keine Rolle. Hier draußen galten andere Maßstäbe.

Er überlegte immer wieder, wie er das Gespräch auf seine Zukunft bringen sollte – und auf die ihre. Aber es stellte sich heraus, daß sich dieses Problem von selbst erledigte. Bevor er es merkte, redeten sie miteinander, als ob alles zwischen ihnen bereits abgesprochen und geregelt wäre.

»Ich muß noch mindestens fünf Trips machen, bevor ich genug habe, um zu den alten Welten zurückzukehren«, sagte er. »Du wirst bis dahin warten müssen.«

»Aber du brauchst doch nicht hierher zu kommen«, widersprach Willy. »Ich weiß, wie du das Geld, das du noch brauchst, verdienen kannst, ohne auch nur einen einzigen Trip machen zu müssen. Ein Buchverlag hat mich beauftragt, etwas über diesen Planeten zu schreiben. Es gibt einen guten Markt für Informationen über Humanoiden wie die Udbahrs. Bücher, Vorträge, und so weiter. Du könntest Berater für die Industrie und den Handel werden . . .«

Er starrte sie an.

»Unmöglich«, sagte er. »Ich bin nicht so gut mit Worten und Theorien.«

»Das ist auch nicht nötig«, sagte sie. »Du brauchst nur zu berichten, was du auf deinen Trips gesehen und erlebt hast. Allein mit den Vorausbuchungen für deine Vorträge würdest du genug verdienen, um die Tickets zu jener alten Welt für uns beide zu bezahlen. – Nachdem ich meine Doktorarbeit beendet habe, natürlich. Vergiß nicht, daß auch ich meine Arbeit haben werde, wenn wir zurück sind, um ein normales Leben zu führen. Ich will Lehrerin werden.« Sie blickte ihn auffordernd an. »Und denk nur daran, wieviel Gutes du schaffen würdest. Intelligente Kreaturen werden auf neuen Welten wie dieser abgeschlachtet oder ausgebeutet, weil sich niemand um sie kümmert oder weil unsere

Zivilisation sie nicht versteht und keine ausreichenden Konzessionen macht, die sie akzeptieren können. Du könntest der Mensch werden, der die Dinge in Bewegung bringt und verhindert, daß die Udbahrs weiterhin gejagt und vollends ausgerottet werden.«

»Von Menschen wie mir«, sagte er sarkastisch.

»Nein. Nicht von dir. Du bist von dieser schrecklichen Lust am Töten noch nicht infiziert worden, wie Shant und Wadjik – und sogar Johnson.«

»Es ist nicht Lust am Töten. Man muß die Udbahrs töten, um nicht von ihnen getötet zu werden.«

Sie blickte ihn prüfend an.

»Ja – wenn du ein Wilder bist – wie die Udbahrs. Ich könnte einen Udbahr nicht lieben. Ich kann nur einen Menschen lieben, der zivilisiert ist. Diese Verse von dem Uralten Feind, die Hehog für dich sang, verraten die Denkweise eines Wilden. Du hast – genau wie alle anderen – die Voraussetzungen, Lust am Töten zu empfinden. Aber wenn du psychisch gesund bist, kannst du den Uralten Feind in dir unterdrücken. Du bist nicht gezwungen, dich von ihm beherrschen zu lassen.«

Er öffnete den Mund, um noch einen letzten Versuch zu machen, sich ihr zu erklären, aber er schloß ihn wieder, eine Geste der Hilflosigkeit. Er mußte zugeben, daß sie recht hatte. Aber irgendwie war sie auf ein Feld vorgestoßen, wo sie einen Denkfehler gemacht hatte. Während er noch nach diesem Fehler suchte und nach den richtigen Worten, um ihn zu beschreiben, wurde die Stille plötzlich von dem Dröhnen eines Schusses zerrissen.

Kiev riß seine Pistole heraus und lief auf das Gebäude zu, das sie sich als Unterkunft eingerichtet hatten. Willy folgte ihm.

Als er um die Ecke bog, sah er, daß der halb zugemauerte Eingang aufgesprengt worden war. Ein Loch mit brandgeschwärzten Rändern klaffte in der vorderen Wand des Gebäudes. Er stürzte hinein. Wie durch ein Wunder brannte das Licht noch. Aber es beleuchtete ein Bild der Zerstörung. Druckwelle und Hitze des Laserschusses hatten alles, was in dem Raum war, zerfetzt oder verbrannt.

Hastig durchsuchte Kiev die Trümmer, in der Hoffnung, noch irgend etwas zu entdecken, das brauchbar war. Zwei Thermal-

Schlafsäcke schienen noch intakt zu sein, obwohl ihre Außenhaut angesengt war und nach verbranntem Plastik stank. Nahrungsmittelbehälter waren aufgerissen, und ihr Inhalt verdorben. Aber der Wasserbohrer war intakt geblieben, und auch eine Membran schien noch brauchbar.

»Was ist passiert?« rief Willy verstört. »Wer hat das getan? – Kiev . . .!«

Er schüttelte den Kopf, als ob er aus einem tiefen Schlaf erwachte.

»Ich weiß nicht«, sagte er müde. »Vielleicht hat ein Prospektor durchgedreht. Oder . . .«

»Oder was?«

Er blickte sie an. »Oder ein Udbahr hat die Waffe eines toten Prospektors benutzt.«

Ihr Gesicht wirkte bleich im Licht der Lampe, die an der Decke hing.

»Eines toten . . .« Sie brachte den Satz nicht zu Ende.

»Ja, eines toten Prospektors«, sagte Kiev, »die Waffe eines unserer Leute: Wadjik, Shant oder Johnson.«

»Wie könnte ein Wilder, der nur Stöcke und Steine kennt, einen erfahrenen, bewaffneten Mann töten?« sagte Willy empört.

»Alle möglichen Tiere töten Menschen.« Kiev machte sich Vorwürfe, daß er nicht wenigstens Alarmdrähte gelegt hatte, um ihre Unterkunft zu sichern. »Wir müssen hier weg. Wir können ohnehin nicht bleiben, wenn der Eingang offen ist.«

»Und wohin?«

»Wir werden Johnson suchen«, sagte Kiev. »Er kann nicht weit sein. Wir sollten es vor Sonnenaufgang schaffen – wenn er nicht tot ist.«

Sie brachen sofort auf und gingen in die Richtung, die Johnson genommen hatte. Kurze Zeit später lag die Tote Stadt hinter ihnen. Voll entfaltete Mondblumen – manche von ihnen Giganten von über drei Metern Höhe – bildeten stellenweise dichte Dschungel. Sie durchquerten einen Wald von fremdartiger, fahler Schönheit, an dessen Stelle während der Hitze des Tages nur eine kahle Wüste war.

»Wir könnten dicht an ihm vorbeigehen, ohne ihn zu sehen«, bemerkte Willy.

»Nein«, sagte Kiev abwesend. »Er wird sich an eine Bergkontur halten, die möglichst ohne Höhenunterschiede verläuft. Und das tun wir auch. Wenn wir in seine Nähe kommen, hören wir Statik in unseren Lautsprechern.«

Er sprach nicht davon, daß Johnson möglicherweise tot war – schon deswegen, um sich nicht selbst an die Möglichkeit zu erinnern.

Schweigend zogen sie weiter. Kievs Gedanken drehten sich um mehrere Probleme, die sich aus ihrer derzeitigen Situation ergaben. Etwa eine Stunde später hörte er das Prasseln von Statik aus seinem Helmlautsprecher, das die Annäherung an eine andere Sendeeinheit signalisierte.

Er blieb so plötzlich stehen, daß Willy ihn anrempelte. Er drehte langsam seinen Helm, um wie mit einer Peilantenne die Richtung festzustellen, in der sich die Energiequelle befand.

Als er die richtige Einstellung gefunden hatte, sagte er: »Johnson? Johnson? Kannst du mich hören?«

»Ich dachte mir, daß du es bist«, klang Johnsons Stimme schwach und verzerrt aus dem Lautsprecher. »Ist das Mädchen bei dir? Was ist los?«

»Jemand hat mit einem Laser in unsere Bude gefeuert«, sagte Kiev. »Ich habe alles Brauchbare zusammengesucht und mitgenommen. Aber viel ist es nicht.«

»Verstehe.« Johnson ersparte es sich, näher auf Kievs Bemerkungen einzugehen. »Bleibt, wo ihr seid, und wartet auf mich. Ich bin dafür, daß wir zurückgehen und Wadjiks und Shants Schürfgebiet aufsuchen. Also spart eure Energie und kommt mir nicht entgegen.«

»Okay.«

Kiev ließ seine Last zu Boden sinken und hockte sich auf den Boden, den Rücken an den Stamm einer riesigen Mondblume gelehnt. Willy setzte sich neben ihn. Sie sagte nichts, und Kiev, der noch immer mit seinen eigenen Gedanken beschäftigt war, bemerkte ihre Schweigsamkeit kaum.

Als Johnson sie erreichte, hatte Kiev bereits die Richtung festgestellt, in der sich das Camp von Wadjik und Shant befinden mußte. Sie hatten noch reichlich drei Nachtstunden vor sich.

»Glaubst du, daß wir es vor Sonnenaufgang schaffen können?« fragte Kiev, als sie aufbrachen. »Du warst doch schon einmal in dem Gebiet, nicht wahr?«

Johnson nickte.

»Ich weiß nicht«, sagte er. »Wir kommen schneller vorwärts, sobald die Mondblumen sich in die Erde zurückziehen.« Er sah Willy an. »Wir müssen so schnell vorwärtskommen, wie wir können. Glauben Sie, daß Sie durchhalten?«

»Ja«, sagte sie, ohne ihn anzusehen.

»Gut. Aber wenn sie wirklich nicht mehr können, sagen Sie rechtzeitig Bescheid. Zwingen Sie sich nicht zum Durchhalten, bis Sie zusammenbrechen und wir Sie tragen müssen. Verstanden?«

»Ja.«

Sie begannen ihren Marsch. Kurze Zeit nach ihrem Aufbruch zogen die Mondblumen ihre Blüten ein, bis sie unter der hornartigen Hülle verschwanden, und begannen sich in den Boden zurückzuziehen. Jetzt konnten die drei über die nur noch halbhohen Stauden hinwegsehen und sich an den Konturen des Geländes orientieren. Willy ging zwischen den beiden Männern. Die größeren Mondblumen waren immer noch höher als sie, aber das schien sie nicht zu stören. Sie starrte schweigend vor sich zu Boden.

Johnson blickte über ihren Helm hinweg Kiev an und schaltete sein Helmmikrofon aus. Er ließ Willy etwas vorausgehen, dann beugte er sich zu Kiev, bis sich ihre Helme berührten.

»Ich habe es dir gesagt«, hörte Kiev seine Stimme durch das Plastik der Helme, »daß sie nichts versteht und nichts glaubt. Für sie sind wir irgend etwas aus ihren Büchern – genau wie die Udbahrs. Und jetzt gibt sie sich alle Mühe, ihren Unglauben zu bewahren. Verstehst du jetzt, warum ich dir gestern gesagt habe, du sollst sie zurückbringen?«

Kiev antwortete nicht.

Johnson schaltete sein Mikrofon wieder ein.

Nach einer Weile begann der Himmel heller zu werden. Der Nähere Mond stand tief über dem Horizont und verblaßte. Johnson blieb stehen. Kiev und Willy traten zu ihm.

»Es hat keinen Sinn, weiterzumachen«, sagte Johnson über das Intercom. »Wir brauchen etwas Zeit, uns ein Loch zu suchen, in dem wir uns verkriechen können, bevor die Sonne aufgeht. Wir müssen Schluß machen und die nächste Nacht abwarten.«

Kiev nickte.

»Ein Loch?« fragte Willy.

Kiev blickte Johnson an. Johnson zuckte die Achseln. Es gab keine Höhlen in diesem Gebiet. Sie begannen zu suchen, bis Johnson sie rief.

»Dies muß reichen.«

Er deutete auf eine schmale Spalte im Fels. Er und Kiev erweiterten sie etwas mit ihren Spaten und Laser-Pistolen.

Nach zwanzig Minuten Arbeit hatten sie eine Höhlung von drei Metern Durchmesser in den Fels gebrannt, mit einem Einlaß von etwas über einen halben Quadratmeter. Der Spalt oberhalb des Eingangs war mit zerschmolzenem Stein versiegelt worden. Sie krochen in die Höhle und spannten die Membran vor die Öffnung.

Kiev wartete, bis die beiden anderen in ihren Thermal-Schlafsäcken waren, bevor er die Lampe, die er aus ihrer zerstörten Unterkunft in der Toten Stadt gerettet hatte, an die Decke hängte. In der engen Höhle begann es heiß zu werden.

Sie hatten kein Klimagerät. Im Vergleich mit dieser Höhle war ihr Raum in der Toten Stadt ein Palast gewesen. Selbst Kiev litt unter der Hitze und dem klaustrophobischen Effekt des allzu engen Raums. Willy verlor kurz vor Mittag die Nerven. Kiev und Johnson mußten sie festhalten. Sie verfiel in eine Art Coma und blieb bewußtlos, bis die Abendkühle einsetzte.

Völlig erschöpft beugte Kiev sich über sie und blickte ihr ins Gesicht, das jetzt gelöst und ruhig wirkte. Am Rand völliger Erschöpfung spürte er eine seltsame Klarheit seiner Gedanken. Sie hat recht, überlegte er. In jedem Menschen ist ein Stück atavistischer Primitivität, der Uralte Feind. Die Prospektoren kämpften nicht gegen die Udbahr-Männchen, sondern gegen etwas in sich selbst, das der Verhaltensform der Udbahrs entsprach. Die Lust am Töten. Eine Lust, die einen Menschen so beherrschen konnte, daß es ihm gleichgültig war, wenn er dabei selbst getötet wurde.

Kiev kam mit seinen Überlegungen nicht zu Ende. Als er die Augen wieder öffnete, war die Membran vom Eingang entfernt, und das fahle Licht des Näheren Mondes fiel in den Eingang der Höhle.

Er kroch hinaus und fand Willy und Johnson schon beim Pakken.

»Wir müssen weiter«, sagte Johnson, als er Kiev sah. »Wenn Wad und Shanny noch leben und sich auf dem Rückweg befinden, müssen wir ihnen so bald wie möglich folgen. Ein langer Nachtmarsch kann uns in die Lodge zurückbringen.«

»Unsinn«, sagte Kiev. »Wieso sollten sie auf dem Rückweg sein? Sie sind doch nicht tagelang marschiert, erst mit uns, und dann allein, zu ihrem Schürfplatz, um dann sofort wieder zurückzugehen.«

»Nicht zurück«, korrigierte ihn Johnson. »Von hier aus kann man einen anderen Weg nehmen, der zu einem Paß im Grenzgebirge führt. Das ist wie die Hypothenuse eines gleichschenkligen Dreiecks.«

Eine knappe halbe Stunde später waren sie unterwegs. Und eine Stunde darauf erreichten sie einen hohen, steil aufragenden Felsen. Johnson hob den Arm und blieb stehen.

»Warten Sie hier, Willy«, sagte er. »Komm mit, Kiev.«

Die beiden Männer umrundeten den Felsen und standen am Rand einer kleinen, ebenen Fläche. Sie sahen verstreutes Werkzeug und anderes Gerät von Wadjik und Shant. Und dann auch die Leichen. Ein Tag in der glühenden Sonne hatte sie mumifiziert. Wadjik lag auf dem Rücken, der abgebrochene Schaft eines Speers ragte aus seiner Brust. Shant hatten sie mit Pflöcken an den Boden genagelt.

Ihre Schutzanzüge und ihre Waffen waren fort.

»Hehog«, sagte Johnson nach einer Weile, »mit ein paar Helfern. Er muß die anderen Männchen verdammt gut unter Kontrolle haben, um zu verhindern, daß sie die beiden nicht auf der Stelle verzehrten.« Er blickte Kiev an. »Und das alles deinetwegen.«

Kiev erwiderte seinen Blick. »Meinetwegen? Du meinst, Hehog hat Shanny lebendig festgenagelt und in der Sonne sterben lassen, nur damit ich vorbeikommen und es sehen sollte?«

»Begreifst du jetzt, was Uralter Feind bedeutet?« sagte Johnson. »Wir sitzen in der Scheiße, Kiev. Zwei Pistolen verschwunden, und eins der Männchen ist zu einem richtigen Berserker geworden. Wir brechen sofort auf und gehen in die Zivilisation zurück.«

»Vorher werdet ihr sie begraben.«

Sie fuhren herum und starrten Willy an, die lautlos hinter sie getreten war. Sie blickte auf die beiden Toten, und im ersten Augenblick hatte Kiev den Eindruck, als ob der Anblick sie um den Verstand gebracht hatte, doch dann sah er, daß ihre Augen völlig klar waren.

»Dazu haben wir keine Zeit«, sagte Johnson. »Und außerdem würden die Udbahrs sie wieder ausgraben, wenn sie hungrig sind.«

»Er hat recht, Willy«, sagte Kiev. »Wir müssen weg von hier – und zwar verdammt schnell.« Er wandte sich an Johnson. »Dieser Paß, von dem du gesprochen hast – ich bin sicher, daß Hehog und seine Horde uns dort auflauern werden. Über ihn führt der kürzeste Weg nach Hause, hast du gesagt, und sie wissen, daß Prospektoren immer den direkten Rückweg nehmen, wenn sie Schwierigkeiten haben.«

Johnson schüttelte den Kopf. »Das glaube ich nicht. Du bist sein Uralter Feind, der nur darauf aus ist, ihn zu stellen, um ihn zu töten – oder getötet zu werden. Er ist irgendwo in dieser Gegend und wartet darauf, daß wir ihn verfolgen. Wenn wir uns beeilen, haben wir eine gute Chance, lebend aus diesen Bergen herauszukommen.«

Johnson legte ein scharfes Tempo vor. Mehrere Male – bevor der Nähere Mond hoch am Himmel stand und die Mondblumen sich voll entfaltet hatten – stolperte Willy und wäre gestürzt, wenn Kiev sie nicht aufgefangen hätte. Aber sie klagte nicht. Sie sprach während des ganzen Weges kein einziges Wort. Kurz nach Mitternacht traten sie aus einem Dickicht von Mondblumen auf eine Geröllhalde und sahen den Paß vor sich, von dem Johnson gesprochen hatte.

»Wir haben es geschafft«, sagte Johnson und blieb stehen. Kiev blieb ebenfalls stehen. Willy, die völlig erschöpft wie ein Automat einen Fuß vor den anderen setzte, lief gegen ihn. Sie klammerte sich wie ein Kind an ihm fest – und in dem Augenblick fuhr ein greller Blitz aus dem Dickicht der Mondblumen hinter ihnen.

Die rechte Seite von Johnsons Schutzanzug löste sich in rauchendes, zerlaufendes Plastik auf.

Johnson spurtete los. Kiev und Willy folgten ihm. Drei weitere Laserstrahlen blitzten auf und fuhren dicht neben ihnen in den Boden, bevor sie den Paß erreichten. Sie liefen noch zwanzig, dreißig Meter, bis sie mit ihrer Kraft völlig am Ende waren, und ließen sich hinter ein paar Granitblöcken zu Boden fallen.

Unterhalb der Paßhöhe begannen mehrere männliche Udbahrs zu singen.

Johnson hustete. Kiev sah ihn an, und Johnson wandte sich rasch ab.

»Geht weiter«, sagte Johnson mit belegter Stimme.

»Bist du verrückt?«

Kiev hatte seine Pistole in der Hand, blickte vorsichtig über den Rand des Granitblocks, hinter dem er lag, und feuerte einen Laserstrahl auf die Felsenkante am Zugang zur Paßhöhe. Krachend zersprang der Fels, und Trümmer polterten auf den Weg. Das Singen hörte auf. Nach ein paar Sekunden setzte es von neuem ein.

»Ich kann euch nicht mehr helfen«, sagte Johnson, das Gesicht noch immer abgewandt. »Geht weiter.«

»Glaubst du allen Ernstes, daß ich dich hier zurücklasse?« Kiev feuerte wieder in die Felsen am Paß. Dieses Mal wurde das Singen nur für wenige Sekunden unterbrochen.

»Vergeude nicht deine Ladung«, sagte Johnson heiser. »Verschwinde. In einer Stunde könnt ihr in . . . in der Lodge sein.«

Er mußte den Satz unterbrechen, um Luft zu holen. Und dann hustete er wieder.

»Red keinen Unsinn, Partner«, sagte Kiev hart. »Mit unseren zwei Pistolen können wir den Paß bis zum Morgen halten. Sie kommen nicht durch.«

»Wer ist dein Partner?« fragte Johnson mit einem heiseren Lachen. »Die Partnerschaft ist aufgelöst. Und was wirst du tun, wenn es Tag wird? In der Sonne schmoren? Du hast noch eine gute Stunde bis zur Lodge.«

Kiev merkte, daß Willy ihn am Ärmel zupfte. Sie gab ihm einen Wink, ihr zu folgen, und kroch ein Stück von Johnson fort.

Willy schaltete ihr Helmmikrofon aus und drückte ihren Helm gegen den Kievs.

»Er hat nicht mehr lange zu leben«, sagte sie.

»Ich weiß.« Kiev starrte sie an, als ob sie Hehog wäre.

»Du kannst ihn nicht mehr rechtzeitig nach Hause bringen, selbst wenn Hehog und die anderen Udbahrs uns nicht verfolgen würden. Und auch wir schaffen es nicht mehr bis zur Lodge, wenn er nicht zurückbleibt und sie eine Weile in Schach hält.«

»Und?«

Sie packte ihn bei den Schultern und schüttelte ihn. »Sei vernünftig.« Sie weinte fast. »Verstehst du denn nicht, daß er uns retten will?«

Kiev starrte sie an. Sein Gesicht wirkte versteinert. »Shanny ist tot«, sagte er, »Wad ist tot. Und du verlangst, daß ich Johnson einfach hier zurücklasse?«

Sie begann zu weinen, und Tränen liefen ihr im Helm über die blassen Wangen.

»Meinetwegen kannst du mich hassen«, sagte sie, »aber warum verübelst du mir, daß ich leben will? Schließlich ist es deine Schuld, daß wir in dieser Lage sind, nicht die meine. Du kannst mir keinen Vorwurf daraus machen, daß Hehog dein besonderer Feind ist. Ich liebe dich, Kiev. Wenn du dort liegen würdest, würde ich dich nicht verlassen. Obgleich mein Bleiben genauso sinnlos wäre.«

»Geh, wenn du willst«, sagte er kalt.

»Du weißt genau, daß ich den Weg zur Lodge nicht allein finden kann! Und du weißt auch, daß ich nicht ohne dich gehe. Du hast ein Recht, dich zu töten. Vielleicht hast du auch das Recht, mich zu töten. Aber hast du auch das Recht, mich für etwas zu opfern, mit dem ich nichts zu tun habe?«

Er schloß die Augen, um ihr nicht mehr ins Gesicht sehen zu müssen. Nach ein paar Sekunden öffnete er die Augen wieder und kroch zu Johnson zurück.

»Willy wollte mit mir sprechen«, sagte er zu ihm.

»Klar«, antwortete Johnson mit heiserer Stimme.

Am Zugang zur Paßhöhe war eine rasche Bewegung zu sehen, und Johnsons Pistole dröhnte. Der Paß war wieder frei von Verfolgern.

»Der Teufel soll euch beide holen«, sagte Kiev düster.

»Klar, Junge. Verliert keine Zeit, verstanden?«

Kiev blieb neben Johnson liegen. Der Nähere Mond hatte den Zenit überschritten und stand jetzt rechts über dem Paß.

»Ich lass' dir meine Pistole«, sagte Kiev.
»Die brauche ich nicht.«
Kiev ergriff Johnsons Hand und drückte sie.
»Verschwindet«, sagte Johnson. »Ich habe dir doch gesagt, daß ich immer damit gerechnet habe, einmal hier draußen zu sterben.«
»Aber noch nicht auf diesem Trip, hast du gesagt.«
»Ich habe meine Ansicht geändert.« Johnson ließ Kievs Hand los und schloß die Augen.
Kiev schwieg fast eine Minute lang. »Johnson«, sagte er dann.
Johnson antwortete nicht. Die Pistole in seiner Hand spuckte einen Feuerstrahl in die Wand am Zugang zur Paßhöhe. Kiev wandte sich wortlos ab und kroch zurück zu der Stelle, an der Willy hinter einem Granitblock kauerte.
»Wir müssen uns beeilen«, sagte Kiev.

Sie gingen, ohne zurückzublicken. Zweimal hörten sie das Krachen von Laserschüssen hinter sich. Dann machte der Paß eine scharfe Biegung, und die Felsen verhinderten, daß sie weitere Schüsse hörten. Sie gingen ohne Pause. Nach einer Stunde begann Willy vor Erschöpfung zu taumeln und klammerte sich an Kiev. Er legte den Arm um sie, und sie stolperten weiter.
Der Mond stand jetzt dicht über dem bergigen Horizont hinter ihnen. Voraus begann der Himmel heller zu werden, und sie wußten, daß es in spätestens zwei Stunden Tag werden würde. Willy stolperte immer häufiger und lehnte sich immer schwerer gegen Kiev. Sie hatte die Augen geschlossen, sah Kiev, als er einen Blick auf ihr blasses Gesicht warf, und er fühlte sich von tiefem Mitleid ergriffen.
Anfangs hatte er sie nicht als attraktiv empfunden, und jetzt, mit dem von Anstrengung und Erschöpfung verzerrten Gesicht, war sie noch weniger anziehend als sonst, und doch hatte er sie noch nie so geliebt und begehrt wie in diesen Minuten. Vielleicht lag es an ihrer Situation, sagte er sich, und an Hehog, Wad, Shanny – und Johnson.
Sie stolperte wieder und wäre fast gestürzt. Sie stieß einen leisen Schrei aus, den er im Lautsprecher seines Helms hörte, aber ihre Augen blieben geschlossen.

»Nimm dich zusammen«, sagte er hart und riß sie vorwärts. »Geh weiter!« Sie hatten jetzt den Pfad erreicht, den gewundenen Weg, den alle Prospektoren benutzten, wenn sie zur Lodge zurückkamen. »Nimm dich zusammen«, murmelte er wieder. »Es ist gleich um die nächste Biegung . . .«

Hinter ihnen krachte ein Schuß, und rechts über ihnen splitterte der Fels. Steintrümmer regneten auf sie herab.

Willy wollte sich zu Boden fallen lassen.

Kiev riß sie hoch. »Lauf, Willy! Lauf!«

Taumelnd, stolpernd begannen sie zu laufen, während hinter ihnen die Pistole dröhnte.

»Ein Glück, daß sie nicht schießen können«, murmelte Kiev.

Sie kamen um eine Biegung und sahen die Lodge in weniger als einen Kilometer Entfernung – und davor Hehog, der hinter einem Felsen hervortrat und in der Mitte des Pfades stehen blieb, kaum zwanzig Meter von ihnen entfernt.

In diesem Moment schien die Zeit stillzustehen. Kiev war stehengeblieben, als Hehog ihnen in den Weg getreten war. Jetzt ging er weiter und schleppte Willy mit sich. Ihre Augen waren noch immer geschlossen.

Sie hat Hehog gar nicht gesehen, dachte er.

Er ging weiter. Hehog hob die Pistole und richtete sie auf Kiev. Aber auch er schien vom Stillstand der Zeit gefangen zu sein. Er trug den Helm, den er Kiev vor zwei Jahren abgenommen hatte, und die weiße Jacke von Shants Schutzanzug, die ihm fast paßte. Er stand reglos und wartete, eine Pistole in der Hand, die andere in der Jackentasche.

Kiev taumelte auf ihn zu, das halb bewußtlose, willenlose Mädchen mit sich schleppend. Kiev blickte in die hervorquellenden Augen Hehogs. Sie starrten einander an. Das einzige Geräusch war das Knirschen von Geröll unter Kievs Schuhen. Von der Lodge, die jetzt greifbar nahe schien, war kein Laut zu hören. Und auch die anderen Udbahr-Männchen, die von hinten auf sie geschossen hatten, verhielten sich ruhig.

Kiev ging schweigend auf Hehog zu. Die großen Augen des Udbahr glühten hinter dem Plastik des Helms. In Kievs Kopf war eine dumpfe Leere. Er änderte nicht seine Richtung, um an Hehog vorbeizukommen. Stur ging er direkt auf ihn zu. Nur noch zehn Schritte – noch fünf . . .

Hehog trat zur Seite. Ohne seine Richtung zu ändern, ohne sich nach Hehog umzusehen, ging Kiev an ihm vorbei. Der Weg senkte sich jetzt etwas steiler ab, und vor ihm lag jetzt nur die von Menschen erbaute Zuflucht. Alle Udbahrs waren jetzt hinter ihm. Und hinter sich hörte er Hehogs Stimme singen:

Mann mit anderthalb Köpfen,
Komm und hol dir deinen Halbkopf.
Mann mit anderthalb Köpfen,
Komm, damit ich dich töten kann . . .

Der Gesang verklang hinter ihm, bis seine müden Füße durch die Luftschleuse ins Foyer der Lodge stolperten . . .

Er brauchte mehr als vier Tage, um sich von den Strapazen der Expedition zu erholen. Am fünften Tag saß er in der Halle des Hotels und machte Pläne für seine Zukunft mit Willy. Sie hatten nebeneinanderliegende Zimmer mit Balkons auf der Sonnenaufgangsseite des Hotels. Dickes Filterglas schützte sie vor dem grellen Sonnenlicht und der Tageshitze. Kiev hatte Willys Drängen nachgegeben, mit ihr auf die alten Welten zurückzukehren, sie zu heiraten und über alles zu schreiben, was er gesehen und erlebt hatte. Man konnte auch in den alten Welten sein Geld verdienen, selbst wenn man dazu schreiben und Vorträge halten mußte. Nur ein einziges Mal kam Willy auf ihren Trip in die Berge zu sprechen.

»Warum hat Hehog uns vorbeigelassen?« fragte sie.

Er sah sie an. »Woher weißt du das? Du hattest doch die Augen geschlossen.«

»Ich habe sie geöffnet, als du stehenbliebst, und sie wieder geschlossen, als ich ihn sah. Ich dachte, es sei das Ende – daß er uns beide töten würde. Aber du bist weitergegangen, und er hat uns vorbeigelassen. Warum?«

Kiev starrte auf den braunen Teppichboden. »Hehog wird niemals den Impuls bekommen«, sagte er leise.

»Was?«

»Uralte Feinde – Johnson hat mir davon erzählt. Hehog glaubt, daß er und ich durch diesen Aberglauben miteinander verbunden sind. Daß wir dazu verurteilt sind, uns gegenseitig zu töten, oder von ihm getötet zu werden. Wir sind, nach Hehogs Glauben, dazu bestimmt, einander immer wieder zu begegnen, bis einer von uns den Impuls bekommt, den anderen zu töten. Und der andere wehrt sich nicht dagegen, weil es so vorherbestimmt ist, und er nichts dagegen tun kann.«

Willy schwieg fast eine Minute lang. Dann sagte sie: »Hehog hat also nicht den Impuls bekommen, als wir an ihm vorbeigingen? Ist das die Erklärung?«

»Er wird den Impuls nie bekommen«, sagte Kiev leise. »Er hatte zwei Chancen, mich zu töten, und hat nichts unternommen. Also glaubt er, daß er der Verdammte ist. Er wartet auf den Tod. Er wartet darauf, daß ich ihn töte.«

»Daß du ihn tötest? – Warum will er, daß du ihn tötest?«

Kiev zuckte die Achseln.

»Antworte mir.«

»Woher soll ich das wissen?« sagte Kiev müde. »Vielleicht wird er alt. Vielleicht denkt er, daß es für ihn Zeit zum Sterben wird. Vielleicht ist sein Weibchen gestorben.«

Sie schwiegen wieder, und die Stille war bedrückend.

»Kiev?« sagte Willy schließlich.

»Was ist?«

»Sieh mich an«, sagte sie scharf. »Ich will, daß du mich ansiehst.«

Langsam, widerwillig hob er den Kopf und sah ihr ins Gesicht. Es war so angespannt, wie während der letzten Kilometer auf ihrem Marsch zur Lodge.

»Hör mir zu, Kiev«, sagte sie ruhig. »Ich liebe dich, und ich möchte nichts mehr, als mit dir leben. Es gibt nichts, das ich nicht für dich tun würde. Aber da ist etwas, das ich nicht ertragen könnte, niemals.«

Er blickte sie unsicher an.

»Ich kann nichts dafür«, sagte sie. »Ich glaubte, wenn wir wieder hier sind, würde es vorbei sein und keine Rolle mehr spielen. Aber es ist noch immer da. Wenn ich es in dir fühle, erstarre ich innerlich – und kann dich nicht mehr lieben . . .«

»Wovon sprichst du?« fragte er irritiert.

Sie ballte die Fäuste in ihrem Schoß, dann entkrampften sich ihre Hände wieder.

»Es gibt so viele Dinge, die ich an dir liebe«, sagte sie leise,

»daß ich glaubte, ich könnte es ignorieren. Aber jetzt weiß ich, daß ich es nicht kann. Nicht mehr, seit wir vor den beiden toten Männern standen, nicht mehr, seit wir hierher zurückgekehrt sind. Unsere Liebe stirbt, wenn du noch immer – töten willst. Verstehst du, was ich meine? Wenn du noch immer töten willst, werden wir nie zueinander finden. Begreifst du das, Kiev?«

Er hatte das Gefühl, als ob sein Magen von einer Faust zusammengepreßt würde. Übelkeit stieg in ihm auf.

»Ich habe dir doch gesagt, daß es endgültig vorbei ist!« schrie er wütend. »Ich will niemanden und nichts töten!«

»Das brauchst du mir nicht zu versprechen.« Sie stand auf. »Dein Versprechen interessiert mich nicht. Ich will nur, daß du die Wahrheit sagst.«

Sie wandte sich um und ging zur Tür.

»Es ist fast Tag«, sagte sie. »Ich werde nachfragen, ob die Genehmigung für unsere Raumschiff-Tickets für den heutigen Flug schon erteilt worden ist. Ich bin in einer Stunde zurück.«

Sie verließ das Zimmer. Die Tür schloß sich geräuschlos hinter ihr.

Er warf sich im Bett hin und her und starrte zur Decke hinauf. Es war alles in Ordnung – oder nicht? Er versuchte sich das Leben in der Sicherheit der alten Welten vorzustellen, aber es gelang ihm nicht. Nach einer Weile stand er auf und trat auf den Balkon.

Auf der anderen Seite der Ebene, kaum mehr als einen Kilometer entfernt, erhoben sich die steilen Felsen, hinter denen der Paß lag. Auf dem Balkon war ein Fernrohr in den Boden eingelassen. Er richtete es auf die Berge und stellte die Optik ein, bis die dunklen Felsen auf Reichweite herangerückt zu sein schienen.

Er schaltete das empfindliche Richtmikrofon ein.

Es war die Zeit, zu der die Udbahrs nach Höhlen suchten, in denen sie sich während der Tageshitze verkriechen konnten, aber er hörte keinen Gesang. Er ließ Fernrohr und Richtmikrofon von links nach rechts über die Felswände gleiten. Und dann hörte er es – eine leise, fast unhörbare Melodie.

Er suchte den Fels mit der Linse ab. Die Melodie verebbte,

klang wieder auf, und als er sie klar und deutlich aus dem Lautsprecher hörte und aufmerksam durch das Fernrohr blickte, sah er einen Udbahr zwischen zwei hohen, steilen Felsen stehen – einen Udbahr mit einem durchsichtigen Helm und einer weißen Jacke, eine Pistole in der Hand.

Laut und klar hörte er seinen Gesang:

Uralt, mein Feind,
Uralt, mein Feind.
Keiner außer uns beiden
kann den anderen töten.
Mann mit anderthalb Köpfen,
komm und hol dir deinen Halbkopf.
Mann mit anderthalb Köpfen . . .

Kiev trat vom Fernrohr zurück. Er hatte plötzlich rasende Kopfschmerzen. Sein Magen schien gefroren. Ein Fieberschauer schüttelte ihn, und seine Haut war wie ausgetrocknet, verstaubt. Er wandte sich um und lief in sein Zimmer zurück. Er riß den Koffer auf und wühlte in seinem Inhalt, warf Schuhe, Hosen und Hemden heraus.

Seine Finger schlossen sich um einen harten Gegenstand, der am Boden des Koffers lag: seine Pistole. Er riß sie heraus, steckte den langen Lauf für große Entfernungen auf und lief auf den Balkon zurück. Beim Laufen schaltete er das Zielfernrohr auf teleskopische Sicht.

Er stützte den langen Lauf der Waffe auf die Balkonbrüstung und starrte durch das Zielfernrohr. Das rote Fadenkreuz zitterte, als er die Waffe auf Hehog richtete. Es war ein riskanter Schuß, über eine fast unmögliche Distanz. Das Fadenkreuz des Teleskops war auf die Brust des Udbahrs gerichtet, aber der Lauf der Waffe wies über die Bergspitzen hinweg, hinter denen jetzt das erste Dämmern eines neuen Tages heraufzog. Kievs zitternde Finger umklammerten den Kolben der Waffe. Sein Zeigefinger legte sich um den Abzug, und im gleichen Moment hörte das Zittern auf.

Sein Kopf war wieder klar, trotz der Fieberhitze, die noch immer in ihm war. Er sah die mumifizierten Leichen von Shant und Wadjik vor sich – und den sterbenden Johnson.

Kiev drückte ab.

Vom gegenüberliegenden Berg rollte das Donnern einer Explosion. Eine Wolke von Steinsplittern wurde zum heller werdenden Himmel emporgeschleudert. Aus den anderen Räumen des Hotels hörte er erregte Stimmen. Menschen erschienen auf den Balkonen.

Kiev trat zwei Schritte zurück, lautlos wie ein Dieb. Aber aus dem Schatten konnte er noch immer sehen, was die anderen nicht bemerkten.

Hehog lag neben einem der beiden hohen Felsen, zwischen denen er gestanden hatte. Auf der rechten Seite seiner weißen Jacke breitete sich ein dunkler Fleck aus, und die Pistole war ihm aus der Hand gefallen.

Er lag im Sterben. Aber er war noch nicht tot. Er begann wieder zu singen:

Mann mit anderthalb Köpfen
. . . komm und hol dir deinen . . . Halbkopf.
Mann mit anderthalb . . .

Über das Richtmikrofon des Fernrohrs hörte Kiev, der wie paralysiert im Schatten stand, die Stimme des Udbahrs stocken. Da wurde die Tür des Zimmers hinter ihm aufgerissen.

»Kiev, hast du gehört? Jemand hat vom Hotel aus geschossen, und . . .«

Willys Stimme erstarb.

Er wandte sich um und sah sie in der offenen Tür stehen. Sie starrte auf das Teleskop, dessen Mattscheibe das Bild des sterbenden Hehog zeigte, hörte seine immer leiser werdende Stimme. Über eine Minute lang starrte sie auf das Bild. Dann hob sie langsam, als ob sie sich dazu zwingen müßte, den Kopf und sah Kiev an.

Alle Gefühle, die der Anblick Hehogs in ihm ausgelöst hatte, entströmten plötzlich wie aus einem überhitzten Dampfkessel, und eine ungeheure Leere blieb zurück.

»Willy . . .«

Er tat einen Schritt auf sie zu. Ihre Gesichtsmuskeln zuckten wie unter einem plötzlichen, unerträglichen Schmerz, und sie hob mit einer Reflexbewegung die Hand, als ob sie ihn von sich stoßen wollte, obwohl sie noch durch die halbe Länge des Zimmers voneinander getrennt waren.

Sie öffnete den Mund, aber kein Ton kam heraus. Sie zögerte ein paar Sekunden lang, dann schüttelte sie den Kopf. Wortlos, die Hand noch immer wie abwehrend erhoben, wandte sie sich um und ging aus dem Zimmer.

Die Tür schloß sich hinter ihr, und er war allein. Auf der Mattscheibe des Teleskops sah er Hehog neben dem Felsen liegen, und über ihm wurde der Himmel rasch heller.

Hehog sang noch immer, mit schwächer werdender Stimme, aber es war ein anderes Lied. Kiev hörte die Worte, die er am ersten Abend auf Willys Bitten für sie übersetzt hatte. Kiev wandte sich um, ging ins Zimmer und warf sich auf das Bett. Er preßte beide Hände auf die Ohren, um den Gesang nicht mehr hören zu müssen, aber er hörte ihn doch:

Du verläßt mich nun, Frau,
Weil ich ein Krüppel bin,
Obwohl es mein einziger Fehler war,
Kein Feigling zu sein.
Deshalb werde ich jetzt in die Berge gehen, um dort zu sterben.
Und du wirst einem anderen gehören . . .

Mit leisem Dröhnen schob sich die schwere, undurchsichtige Scheibe aus Thermalglas vor die offene Balkontür, und Kiev konnte Hehogs Gesang nicht mehr hören. Hinter dem schützenden getönten Glas stieg die Sonne eines neuen Tages über die Spitzen des Bergkamms empor, und ihre heißen Strahlen fielen auf das ausgedörrte Land. Das gleißende Licht kannte keine Gnade, und alles Lebendige, das sich nicht vor ihm in Sicherheit brachte, würde sterben.

Die Seltsamen

Der Lut und der Snorap entdecken etwas Neues . . .

»Das verstehe ich nicht«, sagte der Snorap und setzte sich auf den Boden.

»Sie sind jung«, sagte der Lut und hockte sich neben den Snorap, »jung und dumm.«

»Ich gebe zu, daß sie jung sind«, sagte der Snorap, »aber ich bin nicht überzeugt, daß sie auch dumm sind. Ich verstehe nur ihre Hartnäckigkeit nicht.«

Die beiden gehörten verschiedenen Rassen an, waren aber etwa gleich alt und in den Fragen des Universums erfahren. Beide hatten sich den verschiedenen und ständig wechselnden Bedingungen des Raums und der unterschiedlichen Welten angepaßt, und obwohl das Endprodukt beider Rassen in vielen Punkten verschieden von dem anderen war, waren sie doch im Wesentlichen einander sehr ähnlich. Zum Beispiel benötigte keiner von ihnen eine Atmosphäre, und sie konnten ihre Körper durch fast jede Substanz ernähren, die bei dem Prozeß der Zerlegung in ihre einzelnen Elemente Energie freisetzte. Im Notfall tat es sogar die Sonnenenergie, obwohl sie diese Art der Ernährung als etwas unbefriedigend empfanden. Knochen und Muskeln ihrer Körper waren angelegt, um selbst unwahrscheinliche Schwerkraftwerte, Drücke und Temperaturen aushalten zu können. Sie waren praktisch auf fast allen Welten zu Hause.

Das waren die Gemeinsamkeiten. Was das Aussehen betraf, so hatte jede Rasse ihre eigene Form gefunden. Der Snorap ähnelte einer sehr fetten und schläfrigen Eidechse von fast vier Metern Länge – ein harmloser kleiner Drache, der so aussah, als ob er es jederzeit vorziehen würde, auf einem weichen Sessel ein gemütliches Nickerchen zu halten als eine Jungfrau zu verspeisen. Seine Haut war dunkel und mit dicken Panzerplatten belegt.

Der Lut ähnelte mehr einem irdischen Tiger, war jedoch länger, fast so lang wie der Snorap, und dicker. Sein runder Körper hatte die Form eines dicken Rohres. Er hatte keinen Schwanz, sein Kopf war groß, mit einem flachen Gesicht und enormen Kiefern, die Körper wie Konfekt zermalmen konnten. Seine Augen waren strahlend grün, sein Leib war mit dünnen, aber unglaublich harten Schuppen bedeckt, die ihm erlaubt hätten, jeden Morgen mit konzentrierter Schwefelsäure zu duschen, ohne etwas davon zu merken. Trotz seines Aussehens war er jedoch genauso zivilisiert, genauso intelligent und genauso ein Gentleman wie der Snorap. In all diesen Punkten war jeder von ihnen den beiden Menschen überlegen, die sie beobachteten.

Der Lut und der Snorap waren philosophische Ingenieure, ein Beruf, den man kaum in die menschliche Sprache übersetzen kann. Man könnte es vielleicht so erklären, daß jedes Lebewesen, selbst das niedrigste und unentwickeltste, eine gewisse, eingeborene Philosophie des Überlebens besitzt. Wenn die Philosophien aller Lebensformen einer Welt ausgeglichen sind, gibt es keinerlei Probleme. Wenn das Gleichgewicht gestört ist, greift der philosophische Ingenieur ein, um die Situation zu klären und nebenbei neue Erkenntnisse zu gewinnen.

Die beiden, der Lut und der Snorap, hatten entdeckt, daß die Welt, auf der sie sich jetzt befanden, eine neue war, mit der sich noch niemand befaßt hatte, und sie hatten die letzten achtzig Jahre damit verbracht, sie zu untersuchen. Ihr Raumschiff – eigentlich mehr ein Raumschlitten, da es nach allen Seiten offen war und nur einen Energieschild als Schutz vor Meteoren aufwies – hatten sie auf der anderen Seite des Planeten zurückgelassen und während ihrer Jahrzehnte der Philosophie-Prüfung Tausende von Kilometern zurückgelegt. Jetzt waren sie auf diese beiden menschlichen Einwanderer gestoßen. Die weichen, kleinen Zweibeiner waren für den Lut und den Snorap eine neue Erfahrung. Kein Angehöriger ihrer Rassen hatte jemals einen Menschen kennengelernt. Sie saßen im Schatten der Vegetation, die die Lichtung umgab, auf der das Raumschiff der Menschen gelandet war, und kommunizierten in einer Methode, die weder Sprache noch Zeichensprache, noch Telepathie war, sondern eine Mischung aller drei Ausdrucksformen.

»Ich verstehe sie nicht«, wiederholte der Snorap. »Wirklich, ich verstehe nicht, wie solche Lebensformen existieren können. Sie sind zum Untergang verurteilt.«

»Ohne Zweifel«, antwortete der Lut und blinzelte mit seinen grünen Augen. »Sie verlassen sich auf ihre Maschinen, denke ich.« Er deutete auf die domförmige Leichtmetall-Hütte und das niedrige Gebäude des Hydroponik-Tanks, das wie ein halbierter

Brotlaib aussah, und auf das kleine Raumschiff, an dem die beiden Menschen gerade arbeiteten und die Motoren ausbauten, die sie für ihre Energieversorgung benutzen wollten. Der Planet befand sich auf dem Höhepunkt seiner Sommerperiode, und die Temperatur betrug über siebzig Grad Celsius, eine Hitze, die der Snorap und der Lut nicht einmal registrierten. Die beiden Menschen aber litten unter ihr, trotz klimatisierter Anzüge und Helme.

»Ich gebe ihnen vier Monate«, sagte der Lut und schloß seine mächtigen Kiefer.

»Höchstens«, sagte der Snorap. »Ihre Heimatwelt muß völlig aus dem Gleichgewicht geraten sein, wenn sie sich auf Maschinen verlassen, anstatt sich anzupassen. Diese Kreaturen können keine Ausdauer, keine philosophische Stärke besitzen. Ihr Heimatplanet muß sich in einem katastrophalen Zustand befinden.«

»Wenn ihre Maschinen versagen, müssen sie diesen Planeten notgedrungen verlassen. Wir werden ihnen folgen.«

Mit einer den Menschen unverständlichen Geduld richteten sich die beiden im Schatten der Vegetation auf eine längere Wartezeit ein.

»Was machen sie jetzt?« fragte der Lut.

Er hatte zwei Wochen lang geschlafen und es dem Snorap überlassen, die Menschen zu beobachten. Der Snorap, der nur schlief, wenn bei ihm ein verlorenes Körperglied nachwuchs, war von dem Verhalten der Menschen fasziniert.

»Sie richten sich für den Winter ein«, sagte er.

»Oh, für den Winter.« Der Lut setzte sich auf und leckte sich wie eine große Katze, der er ähnelte. »Richtig.«

Der Planet, auf dem sie sich befanden, hatte keine geneigte Polachse, aber er beschrieb einen Orbit, auf dem er sich ziemlich weit von seiner Sonne entfernte. Das Resultat war ein langer, aber äußerst kalter Winter. Schon jetzt war die Temperatur seit ihrer ersten Sichtung der Menschen um gut hundert Grad gefallen, aber für den Lut und den Snorap war dieser Temperaturunterschied zu geringfügig, um ihn auch nur zu bemerken.

Die beiden Menschen arbeiteten fieberhaft, um ihren Metalldom, den Hydroponik-Tank und das Raumschiff winterfest zu machen. Sie hatten die Triebwerke des Schiffes in einem kleinen Gebäude etwas abseits von dem Dom installiert, und dicke Rohre liefen von der Kraftstation zum Dom und zum Hydroponik-Tank. Der Lut starrte auf die Erdwälle, mit denen die beiden Menschen Bauten und Rohre umgaben.

»Wozu?« fragte er.

»Isolation wahrscheinlich«, sagte der Snorap.

»Sinnlos«, sagte der Lut. »Die Winterstürme wehen sie ja doch wieder fort.«

»Nicht, wenn es vorher friert«, sagte der Snorap. »Sie sind offenbar ziemlich intelligent.«

»Wahrscheinlich verkriechen sie sich, bis es wieder warm wird«, sagte der Lut. »Eine Art Untergrund-Existenz.« Er blickte zu den beiden Menschen hinüber, die gerade dabei waren, einen dicken Schutzwall um das Fundament der Kraftstation zu schippen. »Wie kann man sie eigentlich voneinander unterscheiden?«

»Sie sind fast identisch«, stimmte der Snorap zu. »Aber wenn man sich die Mühe macht, sie genauer anzusehen, erkennt man, daß der eine etwas größer ist als der andere. Ich werde sie von jetzt an den Größeren Zweibeinigen Kolonisten und den Kleineren Zweibeinigen Kolonisten nennen, oder, um es abzukürzen, Groß und Klein. Groß geht jetzt um die Kraftstation herum. Klein schaufelt noch immer.«

»Ich möchte wissen, warum sie zu zweit sind?« sagte der Lut nachdenklich.

»Wir sind ja auch zu zweit.«

»Natürlich«, sagte der Lut. »Aber dafür gibt es einen guten Grund. Wir sind verschiedene Lebensformen. Unsere Sinne und Fähigkeiten ergänzen einander. Die beiden aber sind fast exakte Duplikate. Das ist doch sinnlos.«

»Nicht unbedingt«, widersprach der Snorap. »Dafür könnte es eine Reihe von Erklärungen geben. Vielleicht ist einer von ihnen als Ersatz mitgekommen.«

»Ersatz?«

»Was ist denn daran so seltsam?« sagte der Snorap. »Überlege doch mal, wie empfindlich und anfällig sie sind, und wie weit entfernt von ihrer Heimatwelt. Sie müssen mit einem Ausfall rechnen.«

»Trotzdem«, sagte der Lut, »ist es mir unmöglich, diese Hypothese zu akzeptieren. Sie ist in höchstem Maße unmoralisch.«

»Ich habe lediglich eine mögliche Erklärung dafür genannt, warum sie zu zweit gekommen sind«, sagte der Snorap. »Während du geschlafen hast, habe ich eine Menge Zeit darauf verwandt, sie genau zu beobachten. Willst du meine Schlußfolgerung hören?«

»Was soll diese rhetorische Frage«, knurrte der Lut.

»Sie sind seit höchstens acht- oder zehntausend Jahren zivilisiert.«

»Was? Das ist doch lächerlich!« Der Lut schüttelte ungläubig den Kopf. »Es ist völlig klar, daß sie noch sehr jung sein müssen, aber acht- oder zehntausend Jahre ist absolut phantastisch.«

»Nicht, wenn du das philosophische Ungleichgewicht in Betracht ziehst, das sie zu der Herstellung von Maschinen für jeden erdenklichen Zweck gezwungen hat. Das ist ein sehr ernstes Gefahrensignal. Zweifellos hat es ihre moralische Resistenz untergraben.«

»Verstehe. Und damit kommen wir zu einer anderen Frage«, sagte der Snorap und faltete seine plumpen Klauen wie ein pedantischer alter Mann. »Aus welchem Grund sind sie hergekommen? Sie zeigen keinerlei intellektuelles Interesse für diesen Planeten. Ihre Sinne sind offensichtlich sehr unterentwickelt. Ich erkenne weder Sinn noch Zweck für ihr Hiersein.«

»Existenz unter äußerst schwierigen Umständen«, sagte der Lut nachdenklich.

»Unter äußerst schwierigen Bedingungen«, bestätigte der Snorap, »und das stützt meine Annahme, daß ihr Gleichgewicht stark gestört sein muß.«

Der Lut neigte von Natur aus zum Widerspruch, und diese Veranlagung zeigte sich besonders, wenn er aus einem zu kurzen Schlaf erwacht war.

»Und ich«, sagte er, »bin der Ansicht, daß sie einen guten Grund haben, auf diesen Planeten zu kommen, den du und ich nur noch nicht erkannt haben.«

»Mein lieber Freund . . .«, rief der Snorap empört.

»Warum nicht?« Der Lut setzte sich zufrieden zurecht. »Wenn du und ich auch die Philosophien von einigen hunderttausend intelligenter Lebensformen verstehen, so folgert daraus nicht zwingend, daß wir auch in der Lage sind, diese zu erkennen und zu verstehen. Habe ich recht?«

»Ja – natürlich – aber . . .« Der Snorap war dem sophistischen Argument seines Freundes nicht gewachsen.

»Du mußt zugeben«, fuhr der Lut fort, »daß es zumindest Raum für Zweifel gibt. Wir wollen die Frage einmal nüchtern und logisch betrachten. Du hast behauptet, daß die Maschinen ihre moralische Resistenz zerstören. Damit bist du der Ansicht, daß sie ohne ihre Maschinen keinen Instinkt und keine Fähigkeiten zum Überleben besitzen. Stimmt das nicht?«

Der Snorap nickte.

»Ich aber bin anderer Meinung«, fuhr der Lut fort. »Ich verstehe genauso wenig wie du, warum sie hier sind, warum sie zu zweit sind und was für eine Lebensphilosophie sie haben. Aber ich behaupte, daß keine Angehörigen einer Rasse, die in eine Welt vorgedrungen ist, deren Lebensbedingungen für sie so feindlich sind wie auf dieser, Mangel an moralischer Resistenz aufweisen können. Ich schlage vor, daß wir unsere eigentlichen Arbeiten auf diesem Planeten vorläufig unterbrechen und uns ganz auf die Beobachtung dieser beiden Lebewesen konzentrieren – bis wir schlüssige Antworten auf unsere Fragen finden.«

»Und wenn es sich dabei herausstellen sollte, daß ich recht habe«, sagte der Snorap steif, »erwarte ich dein Einverständnis dafür, ihren Heimatplaneten zu suchen und uns dort gründlich um eine Wiederherstellung des philosophischen Gleichgewichts dieser Rasse zu kümmern.«

»Einverstanden«, sagte der Lut. »Aber es ist nur fair, wenn auch ich eine Forderung stellen darf. Falls ich recht haben sollte, erwarte ich dein Einverständnis, uns den beiden vorzustellen und ihnen klarzumachen, daß es viele andere intelligente Rassen mit völlig anderen Philosophien gibt.«

»Gut«, sagte er Snorap. Er hob seine eidechsenähnliche Schnauze zum Himmel, an dem dunkle Haufenwolken aufzogen. »Und jetzt kommt der Winter, der uns die Gelegenheit gibt, unsere Versuchsobjekte einem ersten Test zu unterziehen.«

Die ersten Schneeflocken rieselten aus den dunklen Wolken. Bei den Gebäuden trampelten Groß und Klein, die seltsamen Zweibeiner, die Erdaufschüttungen zum letzten Mal fest und verschwanden in ihrem Dom. Der Tag neigte sich dem Ende zu, und es wurde dunkel. Der Boden war bereits mit einer Schneeschicht bedeckt, und ein aufkommender Wind trieb ein dichtes Gestöber weißer Flocken vor sich her.

Zwei Wochen später hörte der Schneefall auf, und eine fahle, weit entfernte Wintersonne schien durch die Wolken. Die Temperatur fiel auf achtzig Grad unter dem Gefrierpunkt. Unter dem Gewirr der jetzt kahlen Äste der Vegetation, die die Lichtung umgab, hockten der Lut und der Snorap im Schnee und blickten zum Dom hinüber.

»Was machen sie dort drin?« fragte der Lut immer wieder. Das Hörvermögen des Snorap war besser als das seines tigerähnlichen Freundes, und er gab ihm laufend Berichte über das, was im Inneren des Doms vor sich ging.

»Sie reden«, sagte er jetzt.

»Immer noch?« wunderte sich der Lut. »Wie kann eine nur verbale Sprache genügend Konzepte enthalten, um eine längere Diskussion zu erlauben?«

»Das begreife ich auch nicht«, sagte der Snorap. Er hatte versucht, durch Zuhören die Sprache der Zweibeiner zu erlernen. »Ein großer Teil ihrer Gespräche ist völlig sinnlos.«

»Ruh dich mal eine Weile aus«, schlug der Lut vor. »Vergiß die beiden vorläufig. Wir wollen uns über die Gravitationsrelationen in einem Vierzigkörper-System unterhalten.«

Die komplizierten Interaktionen verschieden schwerer Massen waren zur Zeit das Hobby des Snorap. Vor zweihundert Jahren hatte er angefangen, sich damit zu beschäftigen.

Groß und Klein wurden müde und gingen zu Bett. Unbemerkt von den beiden Menschen und den beiden Lebensformen im winterkahlen Dickicht am Rande der Lichtung barst ein Rohr im Hydroponik-Gebäude, das zu nahe der Außenwand lag, um der klirrenden Kälte zu widerstehen. Flüssigkeit rann auf den Boden, und langsam, aber unaufhaltsam sank der Spiegel der Nahrungsflüssigkeit in den Pflanztanks.

»Ich mache mir Vorwürfe«, sagte der Snorap niedergeschlagen. »Ich mache mir Vorwürfe.«

»Warum?« sagte der Lut scharf. »Es ist nicht unsere Aufgabe, sie zu beschützen. Wir sind hier, um ihre moralische Resistenz zu überprüfen – falls sie eine haben. Ich dachte, diese Ausnahmesituation würde dich freuen.«

Sie hatten gerade Groß und Klein beobachtet, als sie bei Temperaturen, die jetzt bei minus hundert Grad lagen, versucht hatten, den Rest der Pflanzen aus dem Hydroponik-Gebäude zu retten. Die schweren Schutzanzüge hatten sie dabei stark behindert, und sie hatten sie schließlich abgelegt. Nun konnten sie zwar größere Mengen tragen, aber sie waren auch den Einwirkungen der Kälte fast schutzlos ausgesetzt. Klein war zweimal zusammengebrochen, dann hatte er aufgegeben, und Groß hatte die Arbeit allein zu Ende geführt. Aber er schien Erfrierungen in der Lunge davongetragen zu haben. Klein versorgte ihn aus den mageren Beständen ihrer Apotheke.

»Bist du jetzt überzeugt?« fragte der Lut.

Der Snorap schüttelte den Kopf. »Nein. Sie haben sich zwar nicht einfach hingesetzt und die Hände über dem Bauch gefaltet, als ihre Maschine zusammenbrach, aber wir – oder ich jedenfalls – sind doch an einer rassisch bedingten Philosophie interessiert. Welche Stärke haben diese beiden Kreaturen aufzuweisen, außer der Stärke ihrer Maschinen, und der Fähigkeit, mehr Maschinen herzustellen? Was sonst? Hier ist nur eine einzige Maschine ausgefallen. Was wäre, wenn sie alle ausfallen würden? Was wäre, wenn die *Konzeption* von Maschinen sich als falsch erweisen würde? Sie müssen beweisen, daß es nicht nur der Stolz auf ihre Fähigkeit zur Herstellung von Maschinen ist, der sie zu glauben veranlaßt, daß sie erfolgreich auf fremde Welten vordringen können.«

»Ha!« sagte der Lut.

»Aber eine Rasse kann ohne eine richtige Philosophie nicht *wachsen,* wie du sehr wohl weißt«, sagte der Snorap.

Der Lut hatte keine Lust, das Streitgespräch fortzusetzen. »Ich werde mir etwas die Beine vertreten«, sagte er knurrend. »Ich brauche ein wenig Bewegung.« Er wandte sich ab und trabte durch den Schnee. Als er eine ebene Stelle außer Sichtweite des Snorap erreichte, legte er Tempo zu und raste mit fast zweihundert Stundenkilometern über die verschneite Winterlandschaft, um seine schlechte Laune abzureagieren. Er hatte schlechte Laune, erkannte er, aber er wußte nicht, warum.

Der Snorap, jetzt allein, blickte zweifelnd zu den Gebäuden der seltsamen Zweibeiner hinüber.

»Ich glaube nicht, daß ich zu hart zu ihnen bin«, murmelte er. »Ich glaube es nicht . . .«

Der kurze Winter ging vorbei, und fast über Nacht wurde es Frühling. Der Boden um die Gebäude der Menschen verwandelte sich in zähen, braunen Schlamm. Groß und Klein arbeiteten jetzt Tag für Tag draußen. Sie waren damit beschäftigt, die Lichtung bis zu einem Bach zu vergrößern, der von den Hügeln am Westrand der Lichtung vorbei zu der tieferliegenden Ebene floß.

»Wozu machen sie das?« fragte der Lut den Snorap.

»Ich bin nicht sicher«, antwortete der Snorap. »Es hat irgendwie mit dem Hydroponik-Gebäude zu tun.«

Sie bekamen die Antwort auf Luts Frage zwei Tage später, als Groß und Klein die Samen und Schößlinge von Gemüsepflanzen, die sie aus dem Hydroponik-Gebäude gerettet hatten, in den schlammigen Boden pflanzten. Den Boden hatten sie vor dem Pflanzen mit Substanzen aus dem ruinierten Hydroponik-Gebäude behandelt.

»Sehr klug«, sagte der Lut anerkennend und wandte sich an den Snorap. »Findest du nicht auch?«

»Das stimmt«, gab der Snorap zu. »Aber darf ich dich darauf hinweisen, daß sie ohne *alle* ihre Maschinen auskommen müßten, um ihre Intelligenz wirklich zu beweisen?«

»Wenn die Pflanzen wachsen, können sie ihre Aussaat vergrößern«, sagte der Lut.

»Das stimmt.«

»Und bei dem langen Sommer, den es auf dieser Welt gibt, können sie vor dem nächsten Winter zwei oder drei Ernten einbringen.«

»Diese Möglichkeit«, sagte der Snorap höflich, »habe ich nicht bedacht.«

Allmählich wurde es wärmer. Ein paar Wochen lang waren sowohl die Menschen als auch die beiden Beobachter von Sorge erfüllt, aber eines Tages zeigten sich die ersten frischen Triebe der Pflanzen in dem braunen Boden.

»Sehr schön«, sagte der Snorap in einer dunklen Nacht, als er und der Lut das Feld aus der Nähe begutachteten. Er bückte sich und berührte das frische Grün einer Pflanze, die wie ein Speer aus dem Boden wuchs. Seine Nachtsicht war so scharf, daß er auch in der Dunkelheit alle Farben erkennen konnte, während ein Mensch in dieser Nacht kaum die Hand vor Augen gesehen hätte. »Hier haben wir in der Tat ein Beispiel für Schönheit, Stärke und Zielstrebigkeit. Diese Pflanzen streben in einem fremden Boden dem Licht einer fremden Sonne entgegen, so wie sie in ihrem heimatlichen Boden um das Licht ihres heimatlichen Gestirns gekämpft haben.«

»Die Pflanzen und die Zweibeiner sind wahrscheinlich Abkömmlinge des selben Planeten«, bemerkte der Lut.

»Zweifellos«, sagte der Snorap. Er ließ die Pflanze los und richtete sich auf. »Aber auf jeder Welt gibt es Gutes und Schlechtes, wie du sehr wohl weißt, mein Freund.«

Die grünen Augen des Lut schimmerten in einem milden Türkis.

»Mit der Ausnahme von Lut«, sagte er.

»Und Snorap«, setzte der Snorap hinzu. »Und einiger anderer Welten, deren Kreaturen älter und weiser sind . . .« Seine Stimme erstarb, und sie standen eine Weile schweigend nebeneinander, mit ihren Gedanken auf den Welten, auf denen sie zu Hause waren.

Sie fühlten den Druck des Universums, wie ihn alle denkenden Wesen empfinden, wenn sie ihre Seelen dem Unbekannten öffnen. Mit gesenkten Köpfen standen sie vor der Mutter aller Geheimnisse, dem großen und grundlegenden *Warum?*, auf das es keine Antwort gibt, das von denen, die Wissen erlangen, höchstens einen Schritt zurückgedrängt werden kann. Die Stimmung dauerte etwa fünf Minuten lang, dann fanden sie wieder in die Wirklichkeit zurück.

»Ich habe ihnen vier Monate gegeben«, sagte der Lut. »Diese Zeit ist bereits abgelaufen.«

»Und ich zumindest bin der Entschlüsselung ihrer Philosophie nicht einen Schritt nähergekommen – falls nicht die Maschine die Antwort auf alle unsere Fragen darstellt.«

»Sie haben einen starken Überlebenswillen«, sagte der Lut.

»Das muß ich zugeben«, erwiderte der Snorap. »Aber für sich

gesehen ist das ein rein animalischer Zug. Und wenn wir auch die Tiere nicht verachten, so strecken wir ihnen doch unsere Hand nicht in Freundschaft entgegen, so wie du es gegenüber diesen Zweibeinern tun willst.«

»Ich habe eine Vermutung«, sagte der Lut.

»Eine wirkliche Vermutung, oder nur Wunschdenken?« fragte der Snorap. Sie hatten sich über den unbewußten Denkprozeß unterhalten, von dessen Vorhandensein sie beide wußten – und dem sie instinktiv mißtrauten.

»Ich weiß nicht«, sagte der Lut zweifelnd. »Ihr Lebensstil ist für die hiesigen Bedingungen denkbar ungeeignet. Ich sehe eine Katastrophe voraus.«

Es wurde Sommer. Der Planet erwärmte sich unter der sich nähernden Sonne und ließ die Pflanzen der Zweibeiner reifen. Groß und Klein arbeiteten fieberhaft, um die Ernte einzubringen, während die Sonne am wolkenlosen Himmel stand und die Südwinde, die jetzt ununterbrochen wehten, von Tag zu Tag wärmer wurden.

Schließlich war das Feld abgeerntet und neu bestellt. Aus dem zerstörten Hydroponik-Gebäude hatten die beiden Zweibeiner ein Lagerhaus gemacht, in dem sie alles, was sie geerntet hatten, aufbewahrten. Mit der Sommerhitze und den stärker werdenden Südwinden kamen die Sandstürme, die über die weiten Ebenen fegten und den Hang des flachen Hügels hinauf, wo die Lichtung lag, auf der sich Groß und Klein eingerichtet hatten. Der Lut und der Snorap saßen hinter dem Feld, auf dem die Pflanzen der neuen Aussaat sprossen, und beobachteten. Aber die Zweibeiner waren nur selten draußen zu sehen. Die Hitze war jetzt genauso unerträglich geworden wie die Kälte des Winters und machte sie zu Gefangenen ihrer Unterkunft.

»Es ist nicht gut für sie«, sagte der Snorap zu dem Lut.

»Warum?« fragte der Lut. Ein Sandsturm fegte über sie hinweg, ohne daß sie viel davon merkten.

»Der Wind«, sagte der Snorap, »das Heulen des Sturms, und daß sie nicht hinausgehen können. Sie sind nervös und oft ohne ersichtlichen Grund wütend aufeinander.«

»Der Sommer geht vorbei«, sagte der Lut gleichgültig. »Eines Tages wird der Wind einschlafen, und dann ist es Herbst.«

Und natürlich kam es so. Eines Tages sank die Temperatur unter vierzig Grad, und die Zweibeiner kamen aus ihrem Dom. Der Wind war seit einer Woche schwächer geworden. Jetzt drehte er nach Norden, und es begann zu regnen. Zuerst nur zögernd, aber dann ergoß sich eine Wasserflut auf den ausgetrockneten Boden. Die Erde dampfte, wenn hin und wieder für kurze Zeit die Sonne durch die Wolken brach. Und eines Tages kamen die beiden Zweibeiner heraus und betrachteten das Feld, das sie für die zweite Ernte der Saison bepflanzt hatten.

Sie fanden eine Schlammwüste.

Mit dem Näherkommen des Winters blieb ihnen keine andere Wahl, als ihre Vorräte anzubrechen und noch einmal zu säen in der Hoffnung, daß sie noch eine Ernte einbringen konnten, bevor der Winter einsetzte.

»Ob sie glauben, daß sie noch Zeit dazu haben«, fragte der Lut.

»Ich weiß nicht«, antwortete der Snorap. »Theoretisch könnten sie es schaffen. Aber ob die Pflanzen jetzt so schnell wachsen wie im Sommer?«

Der Lut nickte nachdenklich. »Zumindest haben sie eine Chance . . .«

Im Lauf der Monate hatten der Lut und der Snorap sich so auf die Zweibeiner eingestellt, daß sie jetzt in der Lage waren, auch kleinste Veränderungen an ihnen zu registrieren. Aber ihre Perzeption war doch nicht ausreichend entwickelt, um zu bemerken, daß der ständige harte Existenzkampf die Nerven der beiden Zweibeiner fast völlig aufgerieben hatte. Sie lebten jetzt, nach der zweiten Aussaat, wie gefangene Tiere zusammen und gingen einander so weit wie möglich aus dem Weg, aus Furcht, daß ein unüberlegtes Wort den schwelenden Konflikt zum Ausbruch bringen könnte. Aber davon spürten der Lut und der Snorap nichts. Sie konnten nur die physischen Phänomene wahrnehmen.

»Ihre Masse hat sich verringert«, bemerkte der Lut eines Nachmittags kritisch, als sie den beiden Zweibeinern zusahen, die die Lichtung für den herannahenden Winter vorbereiteten.

»Wahrscheinlich haben sie nicht genug Nahrung«, meinte der Snorap.

»Ich glaube nicht, daß das der Grund ist«, sagte der Lut nachdenklich. »Wahrscheinlich ist es Überanstrengung. Sie haben während der letzten Wochen schwer gearbeitet.«

»Sie sprechen auch weniger«, sagte der Snorap.

»Und sie lachen nicht mehr«, fügte der Lut hinzu, dem es endlich auch gelungen war, die Sprache der Zweibeiner zu erlernen und nun zwischen Reden und Lachen zu unterscheiden. »Aber vielleicht werden sie wieder fröhlicher, wenn die neue Saat aus dem Boden zu sprießen beginnt.«

»Das visuelle Erscheinen neuen Lebens hat immer eine stimulierende Wirkung«, sagte der Snorap. »Für diejenigen, die es begreifen, ist es eine Demonstration des ewigen Wunders neuen Lebens.«

»Ich dachte mehr daran«, sagte der Lut, »was diese Ernte für ihr Überleben während des Winters bedeutet.«

»Das natürlich auch«, nickte der Snorap, etwas verstimmt darüber, daß seine philosophischen Gedanken durch eine so profane Bemerkung gestört wurden.

Doch das erste Grün der neuen Aussaat zeigte wirklich den günstigen Effekt, den der Lut erwartet hatte. Die beiden Zweibeiner wurden ausgeglichener und fanden wieder zu ihrem normalen, freundlichen Verhältnis zueinander zurück. Die zweite Aussaat wuchs tatsächlich erheblich langsamer als die des Sommers, aber die Pflanzen waren kräftiger, und die Ernte versprach, etwas besser zu werden.

Aber jetzt, während sie ihrer Reife entgegenwuchs, wurde sie von dem eingeborenen Leben des Planeten bedroht. Niemand wußte, wo es während des eisigen Winters, des frischen Frühlings und der sengenden Hitze des Sommers verborgen gewesen war. Groß und Klein meinten zwar, schon früher Anzeichen von Leben bemerkt zu haben, aber sie hatten ihm keinerlei Bedeutung beigemessen. Die kleinsten Formen erschienen zuerst: Insekten aller Gestalt und Größe, und kleine Tiere. Die Zweibeiner arbeiteten bis tief in die Nacht, schaufelten einen tiefen Graben um das Feld und füllten ihn mit Wasser, das sie aus dem Bach ableiteten. Danach kamen die größeren Tiere, und nun hielt immer einer von beiden während der ganzen Nacht Wache, denn die größeren Tiere kamen nur bei Dunkelheit auf das Feld und scheuten die Gegenwart eines Zweibeiners. Eines Tages sahen der Lut und der Snorap Groß Pfähle am Rand des Feldes in den Boden schlagen, über die er dann etwas zog, das wie ein schwarzes Seil aussah. In der folgenden Nacht gingen der Lut und der Snorap zum Feld, um zu prüfen, wozu die Neuerung gut sein mochte.

»Ein Kabel«, stellte der Snorap fest, nachdem er das schwarze Seil befühlt hatte, »das zu dem Zweck konstruiert ist, eine Energieform zu leiten. Jetzt fällt mir auch ein, daß ich gesehen habe, wie Klein bei der Kraftstation gearbeitet hat, doch ich war zu interessiert, zu sehen, was Groß hier tat, daß ich der Sache keine sonderliche Beachtung schenkte. Aber jetzt frage ich mich . . .«

In diesem Augenblick schien ein Abschnitt des schwarzen Kabels auf der anderen Seite des Feldes plötzlich zu explodieren. Knisternde, helle Funken schossen in das Dunkel. Es war tatsächlich nichts anderes als eine Leuchtkugel, die sich immer wieder auflud. Aber dieser Vergleich kam dem Lut und dem Snorap natürlich nicht, obwohl sie das Prinzip der Anlage sofort erkannt hatten. Kaum war das erste Feuerwerk erloschen, als auch schon an einer anderen Stelle des Feldrandes ein zweites aufflammte. Der Lut und der Snorap zogen sich in die Dunkelheit zurück.

»Siehst du!« sagte der Lut triumphierend. »Was habe ich dir gesagt! Die Zweibeiner stehen nicht in Abhängigkeit von der Maschine. Sie ist für sie nur ein Werkzeug, das sie nach Willen und Gutdünken benutzen.«

Der Snorap wandte seinen schweren Kopf und sah seinen Freund an.

»Nun?« fragte der Lut. »Du mußt zugeben, daß ich recht habe. Hörst du?« Die empfindlichen Ohren der beiden lauschten in das Dunkel. »Die wilden Kreaturen sind verängstigt und ziehen sich zurück.«

»Das gebe ich zu«, sagte der Snorap widerstrebend. »Aber du hast dich von Anfang an darauf versteift, mich mißzuverstehen. Es ist nicht wichtig, wie der Zweibeiner ein Werkzeug benutzt. Es kommt nur darauf an, ob er ohne diese Werkzeuge überleben kann, ob er auch ohne Hilfsmittel etwas schaffen kann. Wenn das der Fall ist – und nur dann –, bin ich bereit, ihm gegenüberzutreten und ihn Bruder zu nennen.«

Die grünen Augen des Lut glühten vor Entrüstung.

»Du bist unfair«, sagte er. »Ich habe dich im Lauf der letzten Jahrhunderte kennengelernt. Du mißtraust deiner eigenen Gefühlsschwäche, die in dir ein instinktives Zusammengehörigkeitsgefühl mit diesen Zweibeinern wachruft, und bei deinem Bemühen, objektiv zu bleiben, schlägt das Pendel nach der anderen Seite aus, und du ziehst alles in Zweifel.«

Der Snorap senkte den Blick. »Müssen wir nach all diesen Jahrhunderten persönlich werden?« sagte er bitter.

»Die Wahrheit bleibt die Wahrheit«, sagte der Lut.

»Ich stehe zu meiner Schlußfolgerung«, sagte der Snorap.

»Und ich zu der meinen!«

Ein paar Sekunden lang standen sie einander gegenüber und blickten sich an. Dann wandte der Snorap sich ab und ging zurück in die Deckung der dichten Vegetation. Der Lut blickte ihm eine Weile nach, dann lief er in die andere Richtung, auf die weite Ebene zu, wo er seine innere Ruhe wiederzufinden hoffte.

In dem Dom schliefen die beiden erschöpften Menschen zum erstenmal seit Wochen wieder tief und fest.

Zwei Tage darauf begannen sie mit der Ernte. Am Abend des ersten Tages hatten sie etwa ein Fünftel des Feldes abgeerntet. Am zweiten Tag begann Klein plötzlich zu taumeln und setzte sich auf den Boden. Der Lut und der Snorap, die die beiden Zweibeiner schweigend beobachteten, sahen Groß seine Arbeit unterbrechen und zu dem anderen Zweibeiner laufen.

»Mein Gott, mach doch nicht gerade jetzt schlapp!« hörten sie ihn sagen.

»Nur einen Tag . . .«, murmelte Klein kaum hörbar. »Laß uns einen Tag Pause machen. Ich kann nicht mehr . . .«

»Es könnte etwas passieren . . .«

Klein stemmte sich stöhnend hoch, wandte sich um und ging auf den Dom zu. »Das Wetter ist gut, und der Zaun hält die Tiere vom Feld. Es hat keinen Sinn, daß wir uns zu Tode schinden. Ich muß ein paar Stunden schlafen.«

Groß blickte dem anderen Zweibeiner nach, der langsam zum Dom ging. Plötzlich stieß er einen lauten Fluch aus, warf das

Werkzeug zu Boden, das er in der Hand hielt, und lief dem anderen nach.

Der Lut und der Snorap blickten einander an.

»Sie geben auf«, sagte der Snorap. »Sie überlassen es der Maschine, das Feld zu bewachen.«

Der Lut blickte ihn an.

»Ich nehme es ihnen nicht übel«, sagte er.

»In meinen Augen«, sagte der Snorap, »sind sie Versager.«

Sie blickten einander an.

»Ich bin der Meinung«, sagte der Lut schließlich, »daß wir nicht mehr das nötige Verständnis aufbringen, um unsere Partnerschaft fortsetzen zu können.«

Der Snorap senkte den Kopf. »Zu der Erkenntnis bin ich auch gekommen.«

»Unsere Partnerschaft war gut und erfreulich«, sagte der Lut. »Ich werde sie in Erinnerung behalten.«

»Das werde ich auch«, sagte der Snorap. Er machte eine Pause. »Ich werde noch eine Weile hier bleiben, um zu sehen, wie diese Sache zu Ende geht.«

»Dann werde ich auch bleiben«, sagte der Lut.

Sie standen einander gegenüber. Plötzlich hob der Snorap den Kopf und lauschte nach Süden. »Und das Ende steht unmittelbar bevor . . .«

Auf allen jungen Welten gibt es Monster. Die Kreatur, die jetzt über die Ebene nordwärts zog, war ein Beweis dafür. Das Tier war ein Pflanzenfresser, aber von so riesigen Ausmaßen, von einer so unfaßbaren Kraft, daß es auf dieser Welt keine Feinde hatte. Sein Körper war nur Kopf, Hörner und Magen und stand auf vier pfeilerförmigen Beinen. Mit den sinkenden Temperaturen zog er nach Norden und plünderte auf seinem Weg das Land.

Schon auf der Ebene hatte er die reifen Pflanzen auf dem Feld der Zweibeiner gerochen. Aber weil er zu der Zeit bis zu seinen faßdicken Schenkeln im saftigen Gras einer Wiese stand, hatte er zunächst ruhig weitergefressen. Als es dämmerte, hatte er eine Weile geschlafen, den mächtigen Kopf gesenkt, auf seinen pfeilerförmigen Beinen stehend. Aber als die Mittagsbrise den Geruch der reifenden Pflanzen auf dem Feld der Zweibeiner wieder in seine Nüstern wehte, war er aufgewacht und begann methodisch auf die Lichtung zuzugrasen.

Das riesige Tier erreichte den Rand der Lichtung. Und jetzt schien seine gewohnte Ruhe es plötzlich zu verlassen. Es hörte auf zu fressen, hob den Kopf und trabte auf die ordentlichen Reihen der Pflanzen auf dem Feld der Zweibeiner zu.

Die Erde erbebte unter seinen Tritten, und im Dom schreckte Groß aus einem unruhigen Schlaf. Er wälzte sich stöhnend auf den Rücken und lag lauschend, den Blick zur gekrümmten Decke des Doms gerichtet.

Das Monster hatte den Feldrand erreicht. Es blieb stehen und hob den Kopf. Der Geruch verbrannten Metalls von den Leuchtkugeln stieg ihm in die Nüstern und löste in seinem kleinen Gehirn eine Warnung aus. Langsam trat er auf den schwarzen Draht zu und schnupperte daran. Das laute Schnüffeln drang bis zu dem Lut und dem Snorap, die nebeneinander im Dickicht lagen.

Plötzlich stieß das Ungeheuer einen Schrei aus – ein ohrenbetäubender Laut, der die Erde erzittern ließ –, hob sich auf die Hinterbeine und drosch mit seinen Vorderbeinen einen Pfosten des Zauns tief in den Boden.

Groß und Klein stürzten aus ihrem Dom. Klein war verschlafen und taumelte vor Erschöpfung, Groß fluchte und fummelte an einem Gegenstand herum, einer Waffe, wie der Lut und der Snorap erkannten. Dann richtete er sie auf das Monster und drückte ab. Hinter der Schulter des Monsters stob eine Sandfontäne auf, es fuhr herum und griff den Zweibeiner an.

Groß feuerte wieder. Das Geschoß traf den Kopf des Monsters und wurde von den Knochenplatten zurückgeworfen wie von einem Felsen. Aber der Treffer ließ das Monster innehalten. Es schwenkte den Kopf unruhig hin und her. Dann bemerkte es Klein und wandte sich diesem neuen Gegner zu. Klein warf einen Blick auf das riesenhafte Tier, wandte sich um und stürzte in blinder Panik davon.

Groß feuerte noch zweimal, dann hatte seine Waffe eine Ladehemmung. In dem Moment hatte das Monster Klein eingeholt. Aber durch seine Geschwindigkeit und seine immense Größe raste es an dem fliehenden Zweibeiner vorbei. Klein stolperte und fiel zu Boden.

Während der zwei Sekunden, die das Monster brauchte, um zum Stehen zu kommen und sich umzudrehen, versuchte Groß fieberhaft, seine Waffe wieder in Ordnung zu bringen. Dann gab er auf, packte sie beim Lauf und schwang sie wie eine Keule, während er auf das Monster zulief.

»Was soll das?« rief der Snorap erregt.

Das Monster hatte sich herumgeworfen und stand jetzt den beiden Zweibeinern gegenüber. Groß lief an dem zu Boden gestürzten Klein vorbei und schrie: »Lauf zum Dom! Lauf zum Dom! Ich halte ihn auf!«

Das Monster brüllte vor Wut, als Klein aufsprang und auf den Dom zulief, und wollte ihm folgen. Aber Groß rannte weiter auf das Monster zu, damit Klein Zeit hatte, sich im Dom in Sicherheit zu bringen.

»Keine moralische Resistenz, wie?« knurrte der Lut und sprang auf die Beine. Er wollte aus der Deckung laufen, aber der Snorap hielt ihn zurück.

»Ich werde ihnen helfen!« rief der Snorap. »Ich habe mich geirrt. Es ist meine Pflicht, zu helfen!«

»Für mich ist es ein Vergnügen«, knurrte der Lut. »Kümmere du dich um die Zweibeiner.«

Er schoß über die Lichtung auf das Monster zu. Ein Schlag seiner Vorderpfote ließ es taumeln. Eine Sekunde lang stand es reglos, wie betäubt. Dann hob es den Kopf und brüllte.

Der Lut stand ihm gegenüber. Seine grünen Augen starrten in die schwarzen des Monsters und hielten seinen Blick fest.

Das Monster brüllte wieder und trat von einem Fuß auf den anderen. Es fühlte eine unbekannte, unerklärliche Unruhe. Es zögerte ein paar Sekunden lang – dann griff es an.

Der Lut sprang wie ein Geschoß an seinen Kopf. Es krachte, als ob ein alter Baum vom Sturm umgerissen würde. Der dicke Knochenpanzer, von dem das Geschoß aus der Waffe von Groß wirkungslos abgeprallt war, zersplitterte, als der stahlharte Körper des Lut dagegen prallte. Das Monster torkelte rückwärts, stürzte zu Boden und lag eine Weile reglos. Dann kam es taumelnd wieder auf die Beine, wandte sich um und wankte mit unsicheren Schritten auf das Dickicht zu. Seine mächtige Stirn war eingekerbt, und eine dunkle Flüssigkeit tropfte zu Boden.

»Es wird überleben«, sagte der Lut, der dem Monster nachblickte, bis es im Dickicht verschwunden war.

Dann wandte er sich um und suchte die Zweibeiner. Der Snorap stand vor den beiden, und Groß versuchte wieder, seine Waffe in Ordnung zu bringen, um auf sie zu schießen.

»Leg das Ding weg«, sagte der Lut. »Wir sind Freunde.« Da fiel ihm ein, daß der Zweibeiner seine telepathische Stimme nicht hören konnte.

Groß stand reglos, die Hände auf der Kammer seiner Waffe. Der Lut formte die Sprache der Menschen, indem er Luft hinunterschluckte und sie mit seinen kräftigen Halsmuskeln durch die Kehle preßte. Die Worte klangen in einem tiefen, knurrenden Baß.

»Wir sind Freunde«, wiederholte der Lut. »Wir haben euch ein Jahr lang beobachtet. Außerdem kann eure Waffe uns nicht verletzen.« Er wandte sich dem Snorap zu. »Sage irgend etwas, damit sie sehen, daß du kein wildes Tier bist.«

»Ich habe den Fehler begangen, euch zu unterschätzen«, sagte der Snorap zu den beiden Menschen. Er sprach auf dieselbe Weise wie der Lut, und die beiden Menschen sahen von ihm zu dem Lut, als ob sie den verdächtigten, ein Bauchredner zu sein.

»Wer – wer seid ihr?« fragte Groß schließlich.

»Wir«, sagte der Lut, »sind Angehörige zweier alter und respektierter Rassen aus einem anderen Sonnensystem. Ihr könnt mich Lut nennen, und meinen Freund Snorap. Und wie nennt ihr euch?«

Der Mensch lachte etwas nervös. Die Bekanntmachung mit zwei Kreaturen, die aussahen, als ob sie einem Alptraum entsprungen seien, nachdem man um Haaresbreite dem Tod entgangen war, konnte einen schon etwas hysterisch werden lassen.

»Wir sind Menschen«, sagte Groß. »Ich bin Jos Parner. Und das . . .« – er deutete auf Klein – »ist meine Frau Gela.«

»Was ist eine Frau?« fragte der Lut.

»Eine Frau ist . . .« Der Mann blickte die beiden verblüfft an. »Ich bin ein Mann, und sie ist eine Frau. Männlich – weiblich . . .«

»Soll das heißen«, sagte der Lut, »daß eure Rasse bisexuell ist?«

»Natürlich«, sagte der Mann. »Ist das nicht normal? Seid ihr nicht . . .« Er verstummte und blickte unsicher vom Lut zum Snorap. »Ist das bei euch nicht so?«

Der Lut wandte langsam den Kopf und sah den Snorap an, der sich jetzt in den Sand setzte.

»Ich bin ein alter Narr«, sagte der Snorap reumütig. »Ich bin ein seniler, alter Trottel, der seinen Verstand verloren hat. Während ich die ganze Zeit herumgesessen, über die Quelle ihrer rassischen Philosophie spekuliert und ihre moralische Basis angezweifelt habe, haben sie einander geliebt und die Charaktermerkmale des anderen ergänzt – und alles direkt vor meiner Nase. Was sonst könnte die Grundlage einer Kolonisation durch eine bisexuelle Rasse sein, als die Familienzelle? Wo sonst, außer in ihrem Drang, ein Heim zu gründen, könnten ihre Triebe liegen? Was, außer der Liebe, könnte die Wurzel ihres Mutes bilden?« Er hockte auf dem Boden und ließ den Kopf hängen. »Ich bin ein alter Narr.«

Der Lut trat neben ihn und legte seinen schweren Kopf auf die Schulter des Snorap.

»Freund vieler Jahre der Vergangenheit und vieler Jahre der Zukunft«, sagte er. »Wir beide sind alte Narren.«

Sand im Getriebe

Cary Harmon war kein unbegabter junger Mann. Er verfügte über die Intelligenz, sich eine Position als ein in der Gesellschaft angesehener Anwalt des Unterlandes zu schaffen, was auf der Venus nicht einfach war. Und er besaß die Umsicht, diese Position durch die Einheirat in die Familie des führenden Pharmazeutik-Exporteurs zu konsolidieren und auszubauen. Aber trotzdem, vom wissenschaftlichen Standpunkt aus gesehen, war er ein Laie, und Laien sollte niemals gestattet werden, mit komplizierten technischen Geräten zu spielen, denn daraus entsteht nur Unheil, so sicher wie bei einem Kind, das zum erstenmal Zündhölzer in die Hand kriegt.

Seine Frau war voller Schwung und Temperament und wäre nur schwer zu zähmen gewesen, wenn sie nicht die Dummheit besessen hätte, ihn zu lieben. Da er sie überhaupt nicht liebte, hatte er keinerlei Schwierigkeiten, jeden Streit zu beenden, indem er einfach mehrere Tage lang verschwand, bis ihre Angst, ihn für immer zu verlieren, sie wieder zur Vernunft gebracht hatte. Er sah darauf, daß er jedesmal, wenn er verschwand, ein neues Versteck aufsuchte, auf das sie selbst durch jahrelange Kenntnisse seiner Gewohnheiten nicht kommen würde. Es machte ihm sogar Spaß, sich immer wieder neue und sichere Verstecke einfallen zu lassen, und machte die Suche danach zu einer Art Hobby.

Dementsprechend war er in bester Laune, als er an einem grauen Winternachmittag unangemeldet auf der Wetterstation von Burke McIntyre in den Lonesome Mountains erschien, einer wilden, zerklüfteten Bergkette am Ufer der Nördlichen See. Kurz bevor ein Schneesturm losbrach, hatte er die Wetterstation erreicht, und nachdem er sein kleines, zweisitziges Flugzeug sicher verstaut hatte, saß er in dem sicheren Komfort der Wohnung McIntyres und lauschte auf das Heulen des eisigen Sturms.

»Zehn Minuten früher, und ich hätte ein paar Schwierigkeiten gehabt«, sagte er zu Burke.

»Schwierigkeiten!« Burke McIntyre war ein kräftiger, blonder Mann mit einer milden Verachtung für alle Menschen mit Ausnahme der Meteorologen. »Ihr Unterländer habt euch zu sehr an den Garten Eden gewöhnt, den ihr dort unten habt.

Wenn der Sturm zehn Minuten früher gekommen wäre, hätte er dich stückweise über die Berge verstreut, und wir hätten bis zum Frühjahr warten müssen, um deine Knochen einzusammeln.«

Cary lachte ungläubig.

»Versuche es doch mal, wenn du mir nicht glaubst«, sagte Burke. »Es ist nicht mein Bier, wenn du nicht hören willst. Von mir aus kannst du deinen Schlitten sofort rausholen und losfliegen.«

»Vielen Dank.« Carys weiße Zähne blitzten in seinem dunklen Gesicht. »Ich fühle mich hier sehr wohl. Außerdem gehört es sich nicht, einen Gast, der gerade angekommen ist, wieder in den Sturm hinauszujagen.«

»Komischer Gast«, sagte Burke knurrig. »Zuletzt habe ich dich gesehen, als ich dir nach dem Examen gratulierte. Das war vor sechs Jahren. Und heute kommst du plötzlich hereingeschneit . . .«

»Es war ein plötzlicher Impuls«, sagte Cary. »Ich handele immer impulsiv, Burke. Das gibt meinem Leben den nötigen Pfeffer.«

»Und führt in ein frühes Grab«, setzte Burke hinzu.

»Wenn man den falschen Impulsen nachgibt«, sagte Cary. »Aber wenn man den plötzlichen Drang verspürt, von einer Klippe zu springen oder russisches Roulette zu spielen, ist man ohnehin zu dumm zum Leben.«

»Cary«, sagte Burke langsam, »du bist sehr flach.«

»Und du hast den nötigen Tiefgang, wie?« sagte Cary grinsend. »Jetzt hör endlich auf, mich zu beleidigen, und erzähl mir, wie es dir ergangen ist. Wie hältst du dieses Eremiten-Leben aus? Was treibst du die ganze Zeit?«

»Ich arbeite.«

»Aber wie?« fragte Cary und lehnte sich bequemer in den Sessel. »Läßt du Ballons steigen? Sammelst du Schnee in einem Eimer, um festzustellen, wieviel gefallen ist? Beobachtest du die Sterne? Oder was sonst?«

Burke schüttelte den Kopf und lächelte nachsichtig.

»Warum willst du das wissen?« fragte er. »Es geht ja doch zu einem Ohr hinein und zum anderen wieder hinaus.«

»Oh, etwas davon bleibt vielleicht dazwischen hängen«, sagte Cary. »Du kannst es auf jeden Fall versuchen.«

»Na schön, wenn du darauf bestehst, von mir unterhalten zu werden«, sagte Burke seufzend. »Aber Sensationen kann ich dir nicht bieten. Ich sitze den ganzen Tag lang am Schreibtisch und bereite Wetterdaten für die Durchgabe ans Wetterzentrum in der Hauptstadt vor.«

»Aha«, sagte Cary und hob tadelnd den rechten Zeigefinger. »Ich habe dich durchschaut. Du bummelst. Wenn außer dir niemand hier ist, wer macht dann die Wetterbeobachtungen?«

»Die Instrumente natürlich, du Idiot«, sagte Burke. »Für die Beobachtungen haben wir heute einen Computer.«

»Du Unmensch!« sagte Cary. »Du hockst hier gemütlich und faul in der warmen Bude, während so ein armer, kleiner Computer in Eis und Schnee draußen steht und deine Arbeit machen muß.«

»Ach, halt doch den Mund«, sagte Burke mißgelaunt. Dann fuhr er fort: »Allerdings kommt deine Fantasie der Wahrheit ziemlich nahe, und es könnte dir vielleicht nicht schaden, einige Fakten über die neuen technischen Wunderwerke zu lernen, die es dir gestatten, ein glückliches, ahnungsloses Leben zu führen. Gerade bei der Ausrüstung dieser Stationen sind in letzter Zeit atemberaubende Fortschritte erzielt worden.«

Cary grinste sarkastisch.

»Wirklich«, sagte Burke eifrig. »Das Gehirn, das wir seit einiger Zeit haben, ist die letzte Neuentwicklung auf diesem Gebiet. Bis vor einigen Monaten mußten wir noch mit einem altmodischen Dings arbeiten, das lediglich eine Art Sammler war. Das heißt, es trug die einzelnen Daten nur zusammen und druckte sie aus. Dann mußte ich sie für den Rechner vorbereiten, der eine Weile an ihnen herumkaute und die Resultate ausspuckte, die ich wieder neu aufbereiten mußte, um sie an die Station im Wetterzentrum durchgeben zu können.«

»Sehr ermüdend«, murmelte Cary und griff nach seinem Drink. Burke ignorierte ihn, gefangen in seiner Begeisterung für den Fortschritt der technischen Entwicklung auf seinem Fachgebiet.

»Damals war ich den ganzen Tag über voll beschäftigt«, fuhr er fort, »denn die Daten kamen ununterbrochen herein, und ich hinkte ständig hinterher, weil sich im Nu ein ziemlich großer Stapel ansammelte, während ich noch die vorher eingegangenen bearbeitete. Eine Station wie diese ist die Zentralstelle für mechanische Wetterposten, die über ein Gebiet von fast zweitausend Quadratkilometern verstreut sind, und da ich ein Mensch bin, mit der durch die menschliche Natur beschränkten Kapazität, hatte ich nur Zeit, den Rahm von allen eingehenden Daten abzuschöpfen und dem Rechner eine ziemlich flüchtige Übersicht über die Wetterlage einzugeben. Da blieb dann kaum Zeit, mich um die Station selbst und um mich zu kümmern.

Aber jetzt . . .« – Burke beugte sich vor und deutete mit dem Zeigefinger auf seinen Besucher – »verfügen wir über Geräte, die alle Daten der mechanischen Wetterposten selbsttätig aufzeichnen, sie in die für den Rechner passende Form bringen und alle Berechnungen bis zum Vorliegen der Endresultate durchführen. Alles, was ich noch zu tun habe, ist die Vorbereitung des kompletten Wetterbildes und seine Übermittlung ins Zentrum.

Außerdem überwacht das Gehirn Heizung und Beleuchtung sowie sämtliche anderen Funktionen der Station. Es führt auf verbale Kommandos Reparaturen und Korrekturen durch und verfügt über eine separate Sektion für die Lösung branchenfremder theoretischer Probleme.«

»Scheint ein kleiner Blech-Gott zu sein«, sagte Cary säuerlich lächelnd. Er war daran gewöhnt, selbst im Mittelpunkt zu stehen und ärgerte sich darüber, daß Burke fast rhapsodisch über seine neue Maschine sprach, anstatt sich seinem brillanten, unterhaltenden Gast zu widmen, der, wie er dem Meteorologen gesagt hatte, einem plötzlichen Impuls gefolgt war, um die triste Existenz des Eremiten ein wenig aufzuheitern.

Burke blickte ihn an und lachte leise. »Nein«, sagte er. »Ein *großer* Blech-Gott, Cary.«

Der Anwalt richtete sich ein wenig auf. Wie die meisten Menschen, die Spaß daran haben, sich über andere lustig zu machen, reagierte er wie eine Mimose, wenn andere das gleiche mit ihm taten.

»Sieht alles, weiß alles, sagt alles, wie?« sagte er sarkastisch. »Macht niemals einen Fehler. Ist absolut unfehlbar.«

»Das könnte man sagen«, antwortete Burke, der noch immer grinste. Er genoß die seltene Situation, Cary in der Defensive zu sehen. Doch der in verbalen Kämpfen geschulte Cary wand sich wie ein Aal.

»Schade, Burke«, sagte er. »Aber diese Eigenschaften allein reichen nicht, dein kleines Spielzeug zur Göttlichkeit zu erhöhen. Es fehlt ihm ein unabdingbares Attribut: Unverwundbarkeit. Götter haben keine Pannen.«

»Dieser auch nicht.«

»Komm, komm, Burke«, sagte Cary grinsend, »du darfst dich von deinem Enthusiasmus nicht zur Unlogik verleiten lassen. Keine Maschine ist perfekt. Ein durchgescheuertes Kabel, eine durchgebrannte Röhre, und dein Liebling ist außer Gefecht gesetzt.«

Burke schüttelte den Kopf.

»Kabel gibt es nicht«, sagte er. »Er wird mit drahtlos übertragener Energie gespeist. Und was durchgebrannte Röhren betrifft, so würde das einen Rechenprozeß keine Sekunde lang unterbrechen. Er wird einfach in eine andere Bank verlagert, die zur Zeit gerade nicht gebraucht wird, und das defekte Teil wird selbsttätig repariert. Du mußt wissen, Cary, daß bei diesem Modell keine Bank für eine bestimmte Rechnungsart programmiert ist. Jede von ihnen – und das Gerät besitzt zwanzig davon; doppelt so viel, wie es auf dieser Station jemals braucht – kann jede Funktion übernehmen, von der Überwachung der Heizanlage bis zum Rechnen. Wenn irgendein Problem auftaucht, das für eine Bank zu groß ist, schaltet es einfach eine oder mehr der zur Zeit untätigen Banken dazu, und noch eine und noch eine, bis sie in der Lage sind, das Problem zu lösen.«

»Schon möglich«, sagte Cary, »aber was ist, wenn ein Problem auftaucht, das *alle* Bänke erfordert – vielleicht sogar noch mehr? Würde es da nicht zu einer Überladung kommen?«

»Du willst unbedingt einen Fehler finden, nicht wahr?« sagte Burke. »Die Antwort ist nein. Das kann nicht passieren. Theoretisch wäre es möglich, daß ein Problem auftaucht, das alle Bänke erfordert, oder noch mehr. Wenn zum Beispiel die ganze Station sich plötzlich in die Luft erhöbe und in den Raum davonflöge, würde die erste Bank, die es merkte, sofort Hilfe suchen, und alle anderen Bänke wären damit beschäftigt, die ungewöhnliche Situation zu analysieren. Dadurch würden alle normalen Funktionen der Bänke natürlich storniert. Aber selbst in so einer Extremsituation würden sich die Bänke nicht überladen. Die Bänke würden solange analysieren, bis sie festgestellt hätten, warum die Station sich in die Luft erhoben hat und was zu tun ist, um sie wieder an ihren richtigen Standort und zu ihren normalen Funktionen zurückzuführen.«

Cary richtete sich auf und schnalzte mit den Fingern. »Dann ist es sehr einfach«, sagte er. »Ich brauche deiner Maschine nur die Information zu geben, daß wir durch die Luft fliegen.«

Burke lachte schallend. »Cary, du bist ein Idiot«, sagte er. »Glaubst du, die Leute, die diese Maschine konstruiert haben, hätten eine solche Möglichkeit nicht berücksichtigt? Okay, angenommen, du sagst der Maschine, daß wir durch die Luft fliegen. Die Maschine überprüft die Information sofort, indem sie eine eigene Situationsanalyse durchführt, und sagt dir dann höflich: ›Ihre Behauptung ist unzutreffend‹, und löscht sie sofort.«

Carys Augen wurden zu schmalen Schlitzen, und auf seinen Wangen erschienen hektische Flecken, aber er hielt sein Lächeln fest. »Es bleibt noch immer die theoretische Sektion«, murmelte er.

»Stimmt.« Burke genoß die Situation. »Ihr könntest du den Befehl erteilen: ›Analysiere die falsche Information, daß diese Station durch die Luft fliegt‹, und sie würde sich sofort an die Arbeit machen.«

Er schwieg, und Cary sah ihn erwartungsvoll an.

»Aber«, fuhr der Meteorologe fort, »es würde für diese Analyse nur die Bänke einsetzen, die momentan nicht für andere Aufgaben gebraucht werden, und das ganze Problem sofort fallen lassen, falls diese Bänke für seine eigentlichen Arbeiten benötigt würden.«

Er blickte Cary mit einem gutmütigen Lächeln an. Cary schwieg, er sah ihn nur an, und er wirkte wie ein Wiesel, das der Hofhund im Hühnerstall erwischt und in die Ecke getrieben hatte.

»Gib es auf«, sagte Burke schließlich. »Es hat keinen Sinn. Weder Gott noch der Mensch, noch Cary Harmon kann mein Gehirn dazu bringen, seine Pflichten zu vernachlässigen.«

Carys Augen glänzten zwischen halbgeschlossenen Lidern. Eine ganze Weile blickte er Burke nur schweigend an, dann sagte er: »Ich könnte es schaffen.«

»Was könntest du schaffen?«

»Ich könnte deine Maschine sabotieren.«

»Ach, was soll der Unsinn«, sagte Burke irritiert. »Niemand kann ihr Sand ins Getriebe werfen.«

»Ich schon.«

»Ein für allemal«, sagte Burke, »es ist unmöglich. Und jetzt hör auf, in einem Gerät Fehler zu suchen, auf dessen perfekte Funktion volle Garantie gegeben ist. Laß uns über etwas anderes reden.«

»Ich wette fünftausend Kredits«, sagte Cary langsam und nachdrücklich, »daß ich deine Maschine aus dem Tritt bringen kann, wenn du mich nur eine Minute mit ihr allein läßt.«

»Laß diesen Unsinn, hörst du?« rief Burke irritiert. »Ich will dein Geld nicht, auch wenn fünftausend Kredits für mich fast ein Jahresgehalt sind. Dein größter Fehler ist, daß du nicht verlieren kannst, Cary. Also, lassen wir das Thema.«

»Hältst du die Wette oder nicht?« sagte Cary.

Burke atmete tief durch. »Hör zu«, sagte er, und man spürte den unterdrückten Ärger in seiner tiefen Stimme. »Vielleicht war es falsch, dir alle Vorzüge meiner Maschine in so glühenden Farben zu malen. Aber du brauchst dir nicht einzubilden, daß ich dir deshalb recht gebe. Du hast keine Ahnung von der Technologie, die in dieser Maschine steckt, und deshalb bin ich völlig sicher, daß du nichts tun kannst, um ihre normalen Funktionen zu sabotieren. Du bist anscheinend der Überzeugung, daß ich trotz allem noch einen Rest von Zweifel hege und du mich durch deine astronomisch hohe Wette bluffen kannst. Wenn ich die Wette nicht annehme, bist du überzeugt, daß du recht hast. Hör zu: ich bin nicht nur neunundneunzig Komma neun-neun-neun-neun Prozent sicher, daß meine Maschine unfehlbar ist, sondern ich bin hundert Prozent sicher, und das ist auch der Grund, weshalb ich es ablehne, mit dir zu wetten. Es wäre glatter Diebstahl. Außerdem, wie schon gesagt, kannst du nicht gewinnen und würdest mich für den Rest deines Lebens hassen, weil du noch nie verlieren konntest.«

»Mein Angebot bleibt bestehen«, sagte Cary ungerührt.

»Okay!« brüllte Burke und sprang auf. »Wenn du unbedingt dein Geld loswerden willst, ist das dein Bier! Die Wette gilt!«

Cary grinste und stand auf. Er folgte Burke aus dem gemütlichen Wohnzimmer, dessen Lampen die dunklen Schneewolken vor den Fenstern vergessen ließen, in einen kurzen, graugestrichenen Korridor, dessen Wände mit Kabeln und Röhren bedeckt waren. Am Ende des Korridors lag ein Raum, dessen Stirnwand und Tür aus Glas bestanden.

Burke trat hinein und blieb vor der Glaswand am Ende des Raums stehen. »Das ist die Maschine«, sagte er und deutete auf die Glaswand. »Wenn du ihr verbale Anweisungen geben willst, mußt du in dieses Metallgitter sprechen. Der Rechner ist hier rechts, und die Tür auf der linken Seite führt in den Raum, in dem die Beleuchtungs- und Heizanlagen untergebracht sind. Falls du an physische Sabotage denken solltest, kannst du von vornherein aufgeben. Die Heiz- und Beleuchtungsanlagen haben nicht einmal für den Notfall manuelle Kontrollen. Die Energie kommt aus einem kleinen Atom-Aggregat, dessen Betrieb nur von der Maschine reguliert werden kann. Selbst bei einem Unfall ist kein Eingriff von außen möglich. Falls, zum Beispiel, die Maschine von einem Blitzschlag getroffen werden sollte, wird die Atomanlage automatisch ausgeschaltet. Und was eine physische Sabotage der Maschine selbst angeht, so solltest du wissen, daß die Stahlplatte, in die der Mikrofongrill eingelassen ist, eine Stärke von fast fünf Zentimetern hat und fest eingeschweißt ist.«

»Ich versichere dir«, sagte Cary, »daß ich nicht die Absicht habe, irgend etwas zu beschädigen.«

Burke blickte ihn prüfend an, aber er konnte keine Spur von Sarkasmus im Lächeln seines Gegenübers entdecken.

»Okay«, sagte er. »Kann ich hierbleiben, oder willst du, daß ich gehe?«

»Von mir aus kannst du zusehen«, sagte Cary. »Wir Maschinensaboteure haben nichts zu verbergen.« Mit einem überlegenen Lächeln hob er beide Arme. »Siehst du? Nichts im rechten Ärmel, und auch nichts im linken.«

»Nun mach schon«, sagte Burka unwirsch. »Sieh zu, daß du fertig wirst. Ich möchte zu meinem Drink zurück.«

»Sofort«, sagte Cary und zog die Glastür hinter sich zu.

Durch die Glastür sah Burke ihn auf die Maschine zugehen und einen Schritt vor dem Mikrofongrill stehenbleiben. Er stand ein paar Sekunden lang absolut reglos, mit dem Rücken zu Burke.

Burke kniff die Lider zusammen und starrte durch das Glas, um zu sehen, was sich unter Carys Reglosigkeit verbergen mochte. Dann begriff er und lachte leise.

»Er zieht den Bluff wirklich bis zu Ende durch«, murmelte er, »in der Hoffnung, daß ich hineinstürzen und ihm den Unsinn verbieten werde.«

Erleichtert steckte er sich eine Zigarette an und warf einen Blick auf seine Uhr. Noch fünfundvierzig Sekunden. In weniger als einer Minute würde Cary wieder herauskommen und zugeben müssen, daß er die Wette verloren hatte – falls er sich nicht irgendein phantastisches Argument zurechtgelegt hatte, mit dem er bewies, daß seine Niederlage in Wirklichkeit ein Sieg war. Burke runzelte die Stirn. Es war fast pathologisch, daß Cary niemals zugeben konnte, irgend jemand oder irgend etwas unterlegen zu sein, und wenn Burke keinen Weg fand, ihn über seine Niederlage hinwegzutrösten, würde er für die Tage, die der Schneesturm sie hier gefangenhielt, alles andere als eine angenehme Gesellschaft sein. Es wäre Mord, ihn bei dem eisigen Sturm hinauszuschicken. Die Windgeschwindigkeit hatte Tornadostärke erreicht, und die Temperatur mußte auf vierzig Grad minus gefallen sein. Trotzdem ging es dem Meteorologen gegen den Strich, seinem unerbetenen Gast um den Bart zu gehen, nur um eine einigermaßen erträgliche Atmosphäre zu schaffen.

Die Vibrationen des Generators, die den Boden in leichte Schwingungen versetzten und ihm so selbstverständlich waren wie das Atmen, hörten plötzlich auf. Der warme Luftstrom aus dem in die Decke eingelassenen Grill brach ab. Die Lampen begannen zu flackern und erloschen, und der Korridor wurde nur noch von dem grauen Licht erhellt, das durch die dicken Fenster an seinen beiden Enden hereinfiel. Burke ließ seine Zigarette fallen. Mit zwei Schritten war er bei der Glastür und riß sie auf.

»Was hast du getan?« fuhr er Cary an.

Der blickte ihn mit einem arroganten Lächeln an und lehnte sich gegen die Wand. »Das herauszufinden ist deine Sache«, sagte er.

»Was soll der Unsinn . . .« Er brach ab, lief durch den Raum zu der Armaturenwand der Maschine und warf einen Blick auf die Anzeigen.

Der Atombrenner war abgeschaltet. Das Ventilationssystem

und die gesamte elektrische Anlage waren ohne Strom. Nur die Notstromzellen für die Funktionen der Maschine funktionierten noch, denn die Anzeigen und die Kontrollampen des Rechners waren in Betrieb. Das Haupttor der Station, groß genug, um eine Zwei-Mann-Maschine passieren zu lassen, war geschlossen und würde geschlossen bleiben, da es sich nur elektrisch öffnen ließ. Visio, Radio und Telex waren tot.

Aber die Maschine funktionierte wie immer.

Burke trat vor den Mikrofon-Grill und drückte auf den roten Alarmknopf, der sich unter ihm befand.

»Achtung!« sagte er. »Der Atombrenner ist ausgeschaltet und alle Aggregate außer dir selbst sind ausgefallen. Aus welchem Grund?«

Keine Reaktion, obwohl die Kontrollampen normale Betriebsbereitschaft anzeigten.

»Ein sturer Bursche, was?« sagte Cary grinsend.

Burke ignorierte ihn und drückte noch einmal auf den roten Knopf.

»Antworte!« befahl er. »Antworte sofort! Was ist passiert? Warum ist der Atombrenner abgeschaltet worden?«

Keine Antwort.

Er trat zum Rechner und tastete einen langen Code ein. Ein gelochtes Band schob sich aus einem Schlitz des Rechners und verschwand in einem anderen.

Burke wartete.

Keine Antwort.

Burke stand fast eine Minute lang reglos und starrte auf den Rechner, als ob er nicht glauben konnte, daß seine Maschine ihn wirklich im Stich gelassen hatte. Dann wandte er sich langsam um und starrte Cary an.

»Was hast du getan?« fragte er kaum hörbar.

»Gibst du zu, daß ich recht hatte?« fragte Cary.

»Ja.«

»Und daß ich die Wette gewonnen habe?«

»Ja.«

»Dann werde ich es dir sagen.« Der Anwalt steckte sich eine Zigarette an und blies einen Rauchring, der in der unbewegten Luft des Raums langsam zur Decke stieg. Nach dem Ausfall der Ventilation wurde es rasch kälter. »Dieses hübsche, kleine

Spielzeug ist vielleicht recht brauchbar für alle meteorologischen Probleme, aber es ist nicht gut in Fragen der Logik. Eine unbegreifliche Schwäche, wenn man bedenkt, wie eng die Beziehungen zwischen Mathematik und Logik sind.«

»Was hast du getan?« wiederholte Burke mit heiserer Stimme.

»Ich komme gleich darauf«, sagte Cary. »Wie gesagt, eine unbegreifliche Schwäche. Eine unfehlbare Maschine, wie du behauptest, die sicher ein paar Millionen Kredits wert ist, scheitert hoffnungslos an einem Paradoxon.«

»Einem Paradoxon?« Burkes Worte klangen fast wie ein Schluchzen.

»Einem Paradoxon«, wiederholte Cary lächelnd, »einem genialen Paradoxon, das ich Gilbert und Sullivans' *Piraten von Penzance* entnommen habe. Ich kam darauf, als du damit angegeben hast, daß dein kleiner Freund mechanisch unverwundbar sei. Also konnte ich ihn nur besiegen, indem ich ihm ein Problem aufgab, dem seine mechanischen Gehirnzellen nicht gewachsen waren, und da fiel mir eine kleine Sache aus meinem Logik-Kurs im ersten Semester ein – das sogenannte Epimenides-Paradoxon. Ich kann es nicht mehr im genauen Wortlaut wiedergeben – diese Logikkurse haben mich immer gelangweilt – aber ich weiß noch, worum es dabei geht. Wenn ich zum Beispiel behaupten würde, daß alle Anwälte Lügner sind, kann niemand nachweisen, ob diese Behauptung falsch oder richtig ist, da ich selbst Anwalt bin und, wenn sie richtig wäre, lügen müßte, wenn ich behaupte, daß alle Anwälte Lügner sind. Wenn ich aber lüge, dann sind nicht alle Anwälte Lügner, und meine Behauptung ist falsch. Ergo: Wenn meine Behauptung falsch ist, ist sie wahr, und wenn sie richtig ist, falsch, und so weiter. Wie also kann man eine richtige Antwort darauf finden?« Cary lachte amüsiert. »Du solltest jetzt dein Gesicht sehen können, Burke«, rief er. »Ich habe noch nie einen Menschen gesehen, der so verbiestert aussah. – Ich habe das Paradoxon natürlich etwas verändert, bevor ich es der Maschine zur Lösung eingab. Ich sagte ihr: ›Du mußt die Behauptung, die ich jetzt aufstelle, zurückweisen, weil alle meine Behauptungen nicht stimmen‹.«

Er machte eine Pause und blickte den Meteorologen an. »Begreifst du jetzt, Burke? Die Maschine programmierte sich also, meine Behauptungen zurückzuweisen. Das konnte sie aber nicht, ohne zuzugeben, daß meine Behauptung richtig war, und wie konnte sie richtig sein, wenn alle meine Behauptungen unrichtig waren. Begreifst du das? – Ja, ich sehe es dir an, daß du begriffen hast. Wirklich schade, daß du dich jetzt nicht im Spiegel sehen kannst. Der Stolz der Meteorologie hat vor einem Paradoxon kapituliert.«

Cary lachte schallend und konnte sich nicht beruhigen. Jedesmal, wenn er aufhören wollte, brauchte er nur Burkes versteinertes Gesicht anzusehen, um wieder in Gelächter auszubrechen. Der Meteorologe stand schweigend, reglos, und starrte Cary an, als ob er ein Geist wäre.

Schließlich war Cary vom Lachen so erschöpft, daß er aufhören mußte. Er lehnte sich gegen die Wand und atmete tief durch. Dann lief ein Kälteschauer über seinen Rücken, und er schlang die Arme um die Brust.

»Na?« sagte er. »Jetzt, wo du weißt, wie ich es geschafft habe, kannst du deinen Liebling wieder auf Touren bringen. Es wird allmählich etwas kühl hier, und das graue Tageslicht, das durch die Fenster hereinfällt, trägt auch nicht gerade zur Hebung der Stimmung bei.« Er schlug den Kragen seiner Jacke hoch.

Burke rührte sich nicht. Er stand reglos und blickte Cary schweigend an.

Cary kicherte. »Na, komm schon, Burke«, sagte er. »Leg ein paar Briketts nach. Du hast später Zeit, dich von deinem Schock zu erholen. Falls es die verlorene Wette ist, die dir Sorgen macht, vergiß sie. Ich habe soviel Geld, daß ich deine paar Pennies nicht brauche. Und wenn es dich grämt, daß dein Spielzeug gegen mich verloren hat, so solltest du dir das nicht zu sehr zu Herzen nehmen. Es hat sich besser gehalten, als ich erwartet hatte. Ich war überzeugt, ihm würden aus Verzweiflung alle Sicherungen durchbrennen, aber wie ich sehe, funktioniert es noch immer und hat alle seine Bänke eingeschaltet, um doch noch eine Antwort auf das Paradoxon zu finden. Ich kann mir vorstellen . . .« – Cary gähnte – »daß es darauf abzielt, eine Typen-Theorie zu entwickeln. Das könnte wirklich zu einer Lösung führen – in einem Jahr oder so.«

Burke stand noch immer reglos. Cary blickte ihn auffordernd an. »Was ist denn?« fragte er irritiert.

Burke öffnete den Mund, und ein Speichelfaden rann über sein Kinn.

»Du . . .«, sagte er schließlich, und das Wort klang wie das Stöhnen eines Sterbenden.

»Was ist denn?«

»Du erbärmlicher Trottel!« sagte Burke heiser. »Du verdammter Idiot! Du verblödeter Kretin!«

»Ich? Ich?« protestierte Cary schrill. »Ich habe doch recht behalten!«

»Ja, du hast recht behalten«, sagte Burke. »Du hast zu sehr recht behalten. Wie soll ich der Maschine befehlen, das Problem fallenzulassen und den Atom-Generator wieder in Betrieb zu setzen, damit wir wieder Licht und Wärme haben, wenn alle Bänke damit beschäftigt sind, dein idiotisches Paradoxon zu lösen? Was kann ich tun, wenn das Gehirn taub, stumm und blind ist?«

Die beiden Männer blickten einander schweigend an. Ihr warmer Atem wurde in der bewegungslosen Luft des Raums zunehmend zu weißen Wolken, und das Heulen des Schneesturms, das durch die dicken Wände drang, schien lauter zu werden und in wildem Triumph zu schreien.

Die Temperatur in der Station fiel sehr rasch . . .

Tiger Grün

1

Ein Mann, der unter dem Eindruck unerträglicher Halluzinationen steht und versucht, sich in einer selbstgebastelten Zwangsjacke zu erwürgen, bietet keinen schönen Anblick. Aber nach einer Weile, erkannte Jarry McWhin, der Navigator der *Star Scout*, ließ das Entsetzen nach und wich einem Gefühl eisiger Wut. Menschen in Gruppen und Massen konnten vorübergehend in Panik versetzt werden, aber nach einer Weile lehnte sich ein Individuum unter ihnen auf und schlug zurück.

Zumindest hatte das Individuum in ihm schließlich so reagiert.

Mit Händen, die von Erschöpfung und Schlafmangel steif geworden waren und zitterten, packte er den halb Erstickten – Wally Blake, Ökologe –, drückte ihn zu Boden und löste einen Teil der Verschnürungen, damit es ihm unmöglich wurde, noch einmal zu versuchen, sich zu erdrosseln. Dann verließ er den Vorratsraum des Lazaretts, in dem Wally und die anderen sieben Männer der zwölfköpfigen Besatzung lagen, die gefesselt werden mußten. Die Erschöpfung löste ein leichtes Schwindelgefühl aus, aber irgend etwas in ihm wehrte sich wie ein gereizter Tiger dagegen, zusammenzubrechen wie Wally und die anderen.

Wenn man es genau überlegt, dachte sein angeschlagenes Gehirn, gibt es schlimmere Arten, zu sterben, als bei einem letzten, verzweifelten Angriff inmitten seiner Feinde getötet zu werden.

Als er den Korridor entlangging, riß ihn das Auftauchen eines anderen Menschen ein wenig in die Wirklichkeit zurück. Ben Akham, der Flugingenieur, trat aus der Tür des Luftschleusenkorridors, einen Flammenwerfer auf dem Rücken. Ruß saß in den Falten seines früher runden Gesichts.

»Wieder Pflanzen verbrannt?« fragte Jerry.

Ben nickte erschöpft. »Jeden Morgen finde ich mehr Dschungel«, sagte er. »Jetzt beginnen diese großen Disteln auch noch einen korrosiven Saft abzusondern. Die Schiffswand muß mit einer säurebindenden Lauge abgewaschen werden. Aber ich kann das einfach nicht mehr. Ich bin fertig.«

»Das sind wir alle«, sagte Jerry. Sein ein Meter achtzig großer Körper war auf fünfundsechzig Kilo abgemagert. Dabei gab es genügend Vorräte auf dem Schiff – aber die vier übriggebliebenen Männer hatten nicht genug Zeit, sie zuzubereiten, und nur wenig Zeit zum essen, zubereitet oder nicht.

Forschungsteam 529 hatte sich etwas zu viel vorgenommen, als er auf diesem zweiten Planeten des Sterns 83476 landete, das sah Jerry ein. Daraus war niemand ein Vorwurf zu machen. Milt Johnson, der Captain des Teams, hatte von vornherein gewußt, daß sie ein Risiko eingehen würden, wenn sie hier landeten – aber wenn sie nicht landeten, war das Risiko genausogroß. Also war er gelandet. Und das war der Anfang der Katastrophe gewesen.

Die Tragödie wurde durch Kleinigkeiten ausgelöst: Kommunikationsprobleme mit den Eingeborenen, Dschungelpflanzen, die augenscheinlich entschlossen waren, das Raumschiff zu verdauen, und der Ausfall von acht Männern der zwölfköpfigen Schiffsbesatzung, die von einer Art selbstmörderischen Delirium tremens befallen zu sein schienen. Mit zweien dieser Widrigkeiten wäre das Team sicher fertig geworden, aber nicht mit allen zugleich.

Jerry und Ben erreichten die Tür des Kontrollraums und blickten hinein. Milt Johnson war nicht da.

»Er wird druußen sein und mit den Eingeborenen sprechen«, meinte Jerry.

»Druußen – *Druußen*?!« schrie Ben hysterisch. »Kannst du nicht draußen sagen? Warum sagst du nicht draußen wie ein vernünftiger Mensch.«

Der Tiger in Jerry knurrte und wollte sich losreißen, aber er packte ihn und hielt ihn fest.

»Nimm dich zusammen!« sagte er scharf.

»Ich hätte nichts gesagt, wenn du immer wie ein verdammter Schotte reden würdest«, knurrte Ben, der seine Nerven wieder etwas unter Kontrolle bekam, »aber du tust es nur, wenn ich es nicht erwarte.«

»Wenn Gott gewollt hätte, daß wir alle die gleiche Aussprache haben, hätte er den Turm von Babel nicht zerstört, sondern ihn abgestützt«, sagte Jerry mit einem Anflug von Sarkasmus. Er war nicht besonders gläubig, aber er wußte, daß Ben ein militanter Atheist war. Mit Befriedigung sah er, wie Ben die Lippen zusammenpreßte, um sich zu beherrschen.

Aber eigentlich, das sah er ein, während sie durch das Schiff gingen, um Milt zu suchen, konnte er Ben keine Vorwürfe machen. Wie viele Schottisch-Kanadier sprach auch Jerry meistens mit einem der Mundart des Mittelwestens ähnlichen Akzent, solange er Vokabeln wie ›Haus‹ und ›aus‹ vermied, die er wie ›Huus‹ und ›uus‹ aussprach. Man mußte sich nur etwas daran gewöhnen.

Sie traten aus der Schleuse, umrundeten die Nase des Raumschiffs und traten auf eine kleine Lichtung an der Steuerbordflanke des Rumpfs, auf der paradoxerweise keine der Dschungelpflanzen wuchs. Auf dieser Lichtung stand die breitschulterige Gestalt Milt Johnsons, und seine weißblonden Haare glänzten im grellen Sonnenlicht.

Milt gegenüber stand eine dünne, nackte, dunkelbraune Gestalt, einer der humanoiden Eingeborenen aus dem Dorf – oder wie immer sie es nannten –, das am Ende eines zwei Kilometer langen Dschungelpfades lag. Zwischen Milt und dem Eingeborenen stand die metallglänzende Konsole der Übersetzungsmaschine.

». . . und noch einmal versuchen«, hörten sie Milt sagen, als sie sich ihm zugesellten und hinter ihm stehen blieben.

Der Eingeborene brabbelte etwas, das wie Zustimmung klang.

»Ja, ja, und noch einmal versuchen«, sagte die mechanische Stimme der Übersetzungsmaschine.

»Ich bin Captain Milton Johnson. Ich bin Kommandant des Schiffes, das du hier siehst, und seiner Besatzung.«

»Ich bin der Kommunikator, ein Bote für deine Kranken«, gab die Übersetzungsmaschine die Antwort des Eingeborenen wieder.

»Ich werde dich also Kommunikator nennen«, sagte Milt.

»Natürlich. Wie solltest du mich sonst nennen?«

»Bitte«, sagte Milt müde, »bleiben wir beim Thema. Ich bin auch ein Kommunikator.«

»Nein, nein«, widersprach der Eingeborene. »Du bist kein Kommunikator. Es ist die Krankheit, die dich das sagen läßt.«

»Aber ich kommuniziere mit dir«, sagte der große weißhaarige Captain, und Jerry merkte, wie schwer es ihm fiel, sich zu beherrschen.

»Nein, nein.«

»Ich verstehe«, sagte Milt geduldig. »Du bist der Ansicht, daß zwischen uns keine wirkliche Kommunikation besteht, weil wir einander nicht verstehen. Wir reden zwar miteinander, aber du verstehst mich nicht . . .«

»Nein, nein. Ich verstehe dich sehr gut.«

»Aber ich verstehe dich nicht«, sagte Milt erschöpft.

»Weil du krank bist.«

Milt atmete tief durch und fuhr sich mit der Hand über die Stirn.

»Vergiß, was ich gesagt habe. Viele meiner Männer werden von Alpträumen, unter denen wir alle leiden, fast zum Wahnsinn getrieben. *Sie* sind krank. Aber vier von uns sind noch nicht krank . . .«

»Nein, nein«, sagte der Kommunikator ernst. »Ihr seid alle krank. Ihr müßt lernen, diese Phänomene, die ihr Alpträume nennt, zu lieben. Alle Leute lieben sie.«

»Auch du und dein Volk?«

»Natürlich. Liebt eure Alpträume. Sie werden euch gesund machen. Sie werden das bißchen wirklichen Lebens, das in euch ist, zum Wachsen bringen und euch gesund machen.«

Ben schnaubte verächtlich. Jerry konnte ihn verstehen. Die Alpträume, die er in den vergangenen zwei Wochen während der wenigen Stunden Schlaf gehabt hatte, fielen ihm wieder ein, unbeschreiblich fremde, grausige Gefühle des Schwebens in einer Art mentaler Suppe mit sich ständig verändernden Formen und Identitäten. Selbst wenn man sich mit Beruhigungsmitteln vollstopfte . . .

Dabei fiel ihm ein, daß er vergessen hatte, seine Tabletten zu nehmen. Wann zum letzten Mal? Heute jedenfalls nicht. Gestern irgendwann . . .

»Wir wollen auch das vergessen«, hörte er Milt sagen. »Ein anderes Problem: Der Dschungel wächst über unser Schiff, trotzdem wir alles tun, um ihn zurückzudrängen. Ich habe gehört, daß ihr dem Dschungel befehlen könnt und er alles tut, was ihr wollt.«

»Ja, ja«, sagte der Kommunikator eifrig.

»Würdet ihr ihn dann bitte veranlassen, nicht mehr über unser Schiff zu wuchern?«

»Wir verstehen. Es ist eure Krankheit, das Gift in euren Körpern, das dich das sagen läßt. Habt keine Angst. Wir lassen euch niemals im Stich.« Der Kommunikator sah aus, als ob er Milt beruhigend den Kopf tätscheln wollte. »Ihr seid Leute, die auf jeden Fall gerettet werden müssen. Bald werdet ihr wachsen, den vergifteten Teil eures Seins abwerfen und zu uns kommen.«

»Wir können doch sofort zu euch kommen!« sagte Milt zwischen zusammengepreßten Zähnen. »Wir sind schon ein dutzendmal in eurem Dorf gewesen.«

»Nein, nein.« Der Kommunikator schüttelte traurig den Kopf. »Ihr habt euch unserem Dorf genähert, aber ihr seid nicht zu uns gekommen.«

Milt fuhr sich wieder mit der Hand über die Stirn. »Ich werde jetzt mit dir in dein Dorf gehen«, sagte er. »Bist du einverstanden?«

»Ich bin sogar glücklich darüber«, sagte der Kommunikator. »Aber – du wirst nicht kommen. Du sagst es zwar, aber du wirst nicht kommen.«

»Okay. Warte . . .« Als Milt den Übertrager von der Konsole nehmen wollte, sah er die beiden anderen Männer. »Jerry«, sagte er, »du wirst dieses Mal gehen. Vielleicht ändert er seine Meinung, wenn du mit ihm ins Dorf gehst.«

»Ich bin schon mal dort gewesen«, wandte Jerry ein. »Mit dir, bei deinem zweiten Besuch. Und ich muß die gefesselten Männer bald füttern.«

»Versuch es noch einmal. Das ist alles, was wir tun können. Ben und ich werden die Männer füttern.«

Jerry wollte widersprechen, fühlte aber plötzlich die wortlose, erschöpfte Bitte in Milts Stimme und wußte, daß er am Ende seiner Nervenkraft war.

»Okay«, sagte er.

»Gut.« Milt sah ihn dankbar an. »Wir müssen es immer wieder versuchen. Ich hätte das Schiff wieder starten sollen, solange ich noch fünf gesunde Männer dazu hatte. Komm, Ben. Wir beide wollen jetzt die Männer füttern, bevor wir im Stehen einschlafen.«

2

Sie gingen um die Nase des Schiffes herum. Jerry hakte den kleinen schwarzweißen Übertrager an seinen Gürtel, eine Art Relais, das seine Gespräche mit dem Kommunikator an die Konsole der Übersetzungsmaschine übermittelte, die sie übersetzte und damit eine sinnvolle Konversation ermöglichte.

»Komm«, sagte er zu dem Kommunikator, und sie gingen den breiten Dschungelpfad entlang auf das Dorf zu.

Aus dem hellen Sonnenlicht der Lichtung traten sie in das grüne Dämmerlicht des Dschungels. Über und neben ihnen waren die dicken Äste riesiger Bäume, Farne und Lianen miteinander verwachsen. Kleine Flugtiere, die halb wie Warmblüter, halb wie Insekten aussahen, schwirrten um sie herum. Andere, größere Tiere hockten auf den Zweigen und Ästen und stießen klagende winselnde Laute aus wie verlassene Welpen. Jerry war schwindelig vor Erschöpfung, und er hatte das Gefühl, von der grünen Masse des Dschungels erdrückt zu werden, wie in einem Netz, das ein riesiger, verrückter Fischer über ihn geworfen hatte, um ihn zu fangen.

Mit Bitterkeit erinnerte er sich plötzlich an die optimistischen Erwartungen, von denen sie alle erfüllt gewesen waren, als sie auf diesem Planeten landeten. Keinem anderen Team war es bisher gelungen, Lebewesen zu entdecken, deren Intelligenz höher war als die eines Menschenaffen. Sie aber, Team 529, hatten nicht nur ein intelligentes, halbkultiviertes Volk entdeckt, sondern sogar ein Volk, das begierig war, mit den Menschen in Verbindung zu treten und zu sprechen. Und jetzt, zwei Wochen nach ihrer Landung, waren diese Leute noch immer bemüht, sich ihnen mitzuteilen, aber was sie sagten, war unverständlich.

Es half auch nicht, daß der Kommunikator und andere Eingeborene mit viel Rücksicht und Geduld zu der Erkenntnis gekommen waren, daß nicht sie, sondern die Menschen sich als irrational und unverständlich erwiesen.

Und auch die Tatsache, daß der Dschungel einen gezielten Angriff auf das Raumschiff der Menschen zu unternehmen schien, trug nicht dazu bei, ihre Lage erträglicher zu machen.

Genausowenig wie die Alpträume, von denen sie heimgesucht wurden, und durch die schon acht der zwölf Männer wahnsinnig geworden waren, während den vier, die noch auf den Beinen waren, nur die Wahl blieb, entweder auch in ein selbstmörderisches Delirium zu fallen oder vor Erschöpfung zusammenzubrechen.

Es war ein Wunder, sagte sich Jerry, während er neben dem Kommunikator den Dschungelpfad entlangmarschierte, daß er und die anderen drei Männer bis jetzt durchgehalten hatten. Ein Wunder, das wahrscheinlich auf den Zufall einer bestimmten individuellen Stärke zurückzuführen war, die den acht Männern in den Zwangsjacken fehlte. Aber worin diese Stärke bestand, hatte sich bis jetzt jeder Analyse entzogen. Taumelnd, als hätte er hohes Fieber, ging er den Dschungelpfad entlang und versuchte die Persönlichkeiten der vier Männer zu bestimmen. Sie waren, stellte er fest, die vier Männer des Teams mit dem stärksten Willen.

Oder die stursten Böcke.

Zum Beispiel Arthur Loy, der Arzt, der in den letzten achtundvierzig Stunden kaum den Kopf aus dem Bordlazarett gesteckt hatte. Und es war nicht nur Pflichtbewußtsein, das seine verbissene Entschlossenheit erklärte, die acht Männer wieder auf die Beine zu bringen. Es hing auch damit zusammen, daß Art sich für den einzigen gebildeten und ausgebildeten Mann des Teams hielt und anderen gegenüber niemals zugeben konnte, daß er einer Situation nicht gewachsen war.

Milt Johnson war ein ausgezeichneter Kapitän. Er besaß außerordentlich viel Kraft, zögerte niemals, Entschlüsse zu fassen und Entscheidungen zu treffen. Wenn er aber einmal entschieden hatte, konnte ihm niemand klarmachen, daß einer der anderen vielleicht zu einer anderen Entscheidung gekommen wäre.

Ben Akham haßte die Religion und liebte Maschinen – und der Dschungel griff *sein* Raumschiff an. Jerry war zu jeder Wette bereit, daß Ben den ganzen Rumpf des Schiffes mit einer säureabweisenden Lauge abgewaschen hatte, wenn er aus dem Dorf zurückkommen würde. Obwohl er dicht vor dem Zusammenbruch stand.

Und er selbst? Jerry schüttelte verwirrt den Kopf. Nach zehn Tagen, an denen man nur wenige Stunden Schlaf gehabt hatte, war es schwer, noch selbstkritisch zu sein. Er besaß, was seine Großmutter immer den Fluch Gaels genannt hatte – die verbissene Sturheit und die unkontrollierbare Wut der Schotten.

Unter normalen Umständen waren alle diese Charaktereigenschaften der vier Männer unter der Oberfläche ihrer Persönlichkeiten verborgen und verliehen ihnen nur eine individuelle Färbung. Aber jetzt, während der letzten zwei Wochen, waren diese Persönlichkeiten bis auf ihre Grundfesten abgeschliffen. Jerry verdrängte die sinnlosen Grübeleien aus seinem Gehirn.

»Wir sind schon fast bei deinem Dorf«, wandte er sich an den Kommunikator. »Du kannst diesmal nicht behaupten, daß niemand von uns mitgekommen sei.«

Der Kommunikator stieß eine Reihe unverständlicher Laute aus. Der Übertrager in Jerrys Hand übersetzte:

»Du bist nicht mit mir gekommen.«

»Was soll der Unsinn«, sagte Jerry irritiert, »ich bin doch direkt neben dir.«

»Nein«, widersprach der Kommunikator. »Du begleitest mich, aber du bist nicht hier. Du bist bei deinen toten Dingen zurückgeblieben.«

»Du meinst das Schiff?«

»Es gibt kein Schiff«, sagte der Kommunikator. »Ein Schiff muß gewachsen sein, um zu leben. Das eure ist immer tot gewesen. Aber wir werden euch retten.«

3

Sie traten von dem Pfad auf eine Lichtung, auf der weißliche kürbisförmige Hütten standen. Sie waren gut drei Meter hoch und reichten ein Stück in die Erde hinein. Breite Spalten in den gebogenen Wänden gaben den Blick auf ein Gewirr von Pflanzen im Innern der Hütten frei. Zwischen ihnen sah Jerry Eingeborene, die zwischen den Pflanzen hin und her gingen, sie aufkratzten und Löcher in die Ranken und Triebe bohrten.

»Da sind wir also«, sagte Jerry und versuchte, seiner Stimme einen fröhlichen, optimistischen Klang zu geben.

»Du bist nicht hier.«

Der wilde Tiger in Jerry sprang plötzlich auf und packte ihn an der Kehle. Er sah das Gesicht des Kommunikators plötzlich wie durch einen roten Schleier. Der Kommunikator blickte ihn freundlich und geduldig an. Er schien keine Ahnung zu haben, wie nahe daran er war, von Jerry erwürgt zu werden.

»Hör zu«, stieß Jerry zwischen zusammengepreßten Zähnen hervor und versuchte, sich wieder unter Kontrolle zu bekommen, »wenn du mir nur sagst, was ich tun muß, um bei dir und deinen Leuten zu sein, werde ich es tun.«

»Das ist gut!«

»Also«, sagte Jerry, der immer noch Schwierigkeiten hatte, den Tiger in sich festzuhalten, »was muß ich tun?«

»Du mußt dich von allen toten Dingen befreien«, sagte der Kommunikator, dessen anfänglicher Enthusiasmus plötzlich gedämpft schien, »damit du innerlich wachsen kannst. Dann, wenn du gewachsen bist, wird dein unkrankes Selbst dich zu uns bringen.«

Jerry starrte den anderen an. Ruhig, ruhig, redete er sich gut zu.

»Wachsen? Wie? Auf welche Weise?«

»Ihr habt ein bißchen wirklichen Lebens in euch«, erklärte der Kommunikator. »Natürlich nicht viel . . . aber wenn ihr euch von den toten Dingen befreit und euch auf die Phänomene konzentriert, die ihr Alpträume nennt, wird es wachsen und das Gift des toten Lebens in euch verdrängen. Das wirkliche Leben und die Alpträume sind die einzige Hoffnung für euch.«

»Moment mal!« Jerrys von Erschöpfung umnebeltes Gehirn war von einer Sekunde zur anderen klar, und eine plötzliche Erregung packte ihn. »Dieses wirkliche Leben, von dem du sprichst – hat es etwas mit den Alpträumen zu tun?«

»Natürlich. Wie könntet ihr haben, was ihr Alpträume nennt, ohne daß wirkliches Leben in euch wäre, das sie euch gibt? Je mehr das wirkliche Leben in euch wächst, desto weniger werdet ihr euch gegen diese ›Alpträume‹ wehren.«

Der Kommunikator sprach weiter. Aber Jerrys Gehirn war mit anderen Dingen beschäftigt. Was war ihm vorhin wegen der Beruhigungsmittel eingefallen? Daß er seit einiger Zeit keine genommen hatte. Wie war es dann während seiner letzten drei Stunden Schlaf mit den Alpträumen gewesen?

Er mußte Alpträume gehabt haben – er erinnerte sich jetzt auch wieder, daß er geträumt hatte. Aber offensichtlich hatten sie ihn nicht so bedrückt wie zuvor – jedenfalls nicht so, daß er nach Beruhigungsmitteln geschrien hatte, um die Wirkung der quälenden Träume zu dämpfen.

»Kommunikator!« Jerry packte den dünnen, lederhäutigen Arm des Mannes. »Bin ich – gewachsen?«

»Das weiß ich nicht«, sagte der Eingeborene höflich. »Aber ich hoffe es aus tiefstem Herzen.«

»Entschuldige«, sagte Jerry heiser. »Ich muß gehen – zurück zum Schiff.«

Er fuhr herum und lief den Dschungelpfad entlang. Zwanzig Minuten später stolperte er außer Atem auf die Lichtung, auf der sich das Schiff befand, und über der eine unheilvolle Stille lastete. Nur das leise Rascheln und Zischen des ständig wachsenden Dschungels, der das Schiff überwucherte, drang in seine Ohren.

»Milt! – Ben!« Er lief in das Schiff. »Art!«

Ein Ruf vom anderen Ende des Hauptkorridors dämpfte seine Angst. Er lief weiter und fand alle drei Männer, die noch auf den Beinen waren, im Bordlazarett. Aber – Jerry blieb in der Tür stehen und kämpfte gegen ein plötzliches, erstickendes Gefühl – auf dem Operationstisch lag ein Toter.

»Wer . . .?« fragte er heiser.

Milt Johnson wandte sich um und trat auf ihn zu. Die breitschulterige Gestalt des Captain verdeckte den Mann, der reglos auf dem Tisch lag.

»Wally Blake«, sagte Milt leise. »Er hat es doch irgendwie geschafft, sich zu erdrosseln. Art macht jetzt eine Autopsie.«

»Keine richtige Autopsie«, sagte die sanfte Stimme mit dem Virginia-Akzent. »Ich suche nur nach etwas, was ich vermutet . . . Da ist es!«

Milt wandte sich rasch um, und Jerry drängte sich zwischen den Captain und Ben. Der tote Wally Blake lag mit dem Gesicht nach unten. Der Schädel war am Hinterkopf geöffnet, das Stammhirn freigelegt. An ihm hing – einer winzigen Weintraube ähnlich – eine kleine purpurfarbene Masse.

Art deutete mit der Spitze seines Skalpells auf die rote Beere. »Das ist es«, sagte er. »Und ich wette, daß wir alle auch so etwas im Kopf haben.«

»Was ist das?« fragte Ben kaum hörbar.

»Keine Ahnung«, sagte Art. »Woher, zum Teufel, soll ich das wissen? Aber ich habe im Blut der Männer, von denen ich Proben genommen habe, Organismen gefunden, die wie Sporen aussahen, von der Form wie das hier, nur sehr viel kleiner, nur unter dem Mikroskop zu erkennen.«

»Warum hast du mir das nicht gesagt?« fuhr Milt ihn an.

»Wozu?« Art blickte den Captain an. Jerry sah, daß das schmale Gesicht des Arztes kreidebleich war. »Ich habe nicht gewußt, was es war. Ich wollte meine Untersuchungen erst in aller Stille weiterführen, um vielleicht zu einem definitiven Ergebnis zu kommen. Dann hätte ich dir etwas Positives sagen können – falls man so etwas überhaupt als positiv bezeichnen kann. Aber das bringt uns jetzt auch nicht weiter.«

»Was soll das heißen?« fragte Milt scharf.

»Daß unsere Lage hoffnungslos ist«, sagte Art, und sein Gesicht schien noch bleicher zu werden. »Solange wir glauben konnten, daß es etwas Nichtphysisches war, wogegen wir kämpften, bestand Hoffnung, daß wir damit fertig werden könnten. Aber du siehst jetzt selbst, was in unseren Gehirnen vor sich geht. Wir werden physisch verändert. Das ist die Ursache der Alpträume. Eine physische Veränderung kann man nicht durch Willensanstrengung aufhalten.«

»Und was ist mit der Grotte von Lourdes?« fragte Jerry. Sein Kopf surrte von den Gedanken, die über ihn hereinbrachen. Sein Urgroßvater, so erinnerte er sich jetzt, war 1896 an Tuberkulose erkrankt. Als der Arzt ihm eröffnet hatte, daß sein Zustand nicht gebessert werden könnte, hatte Simon Fraser McWhin beschlossen, selbst etwas dagegen zu unternehmen, weil er es sich nicht leisten konnte, ständig krank zu sein. Er hatte den Gedanken an seine Tuberkulose verdrängt und beschlossen, nicht mehr daran zu denken. Ein Jahr später konnte derselbe Arzt keinerlei Anzeichen der Krankheit mehr feststellen. Aber Art, der am Fußende des Operationstisches in einem Sessel hockte, schien Jerrys Frage nicht gehört zu haben. Und Jerry wurde plötzlich an die Fragen erinnert, die ihn veranlaßt hatten, vom Dorf der Eingeborenen zum Schiff zurückzurennen.

»Wächst es noch – ich meine, ist es gewachsen, nachdem Wally sich erdrosselte – diese Wucherung in seinem Gehirn?«

Art hob den Kopf. »Gewachsen?« wiederholte er dumpf. Er stand auf und trat an den Operationstisch. Mit einer Pinzette tastete er vorsichtig die rote Beere ab.

»Nein«, sagte er dann, warf die Pinzette mit einer müden Bewegung auf den Tisch und ließ sich wieder in den Sessel fallen. »Es sieht aus, als ob die äußere Schicht abgestorben ist und reabsorbiert wird – aber das ist nur eine Vermutung.« Er stützte den Kopf in die Hände. »Ich habe keine Erfahrung in diesen Dingen . . .«

»Die hat keiner von uns«, sagte Milt düster. »Und wir haben nicht nur das Ende unseres Wissens, sondern auch das Ende unserer Kraft erreicht.«

»Wir sind erledigt«, murmelte Ben. Seine Augen glänzten fiebrig, und er starrte auf den geöffneten Hinterkopf des Toten. »Es ist nicht meine Schuld . . .«

»Haltet ihn!« schrie Jerry. »Haltet Art fest!« Er stürzte auf ihn zu.

Aber es war zu spät. Der Arzt war immer mehr in seinem Sessel zusammengesunken. Und jetzt war er vornübergekippt und zu Boden gestürzt.

»Laß ihn liegen«, sagte Milt und hielt Jerry mit seiner breiten Hand zurück. »Er liegt hier genausogut wie woanders.« Er blickte auf den bewußtlosen Arzt. »Ben hat recht. Wir sind erledigt.«

»Erledigt? Jerry starrte Milt an. Er hätte es nie für möglich gehalten, solche Worte aus dem Mund des Captain zu hören.

»Ja«, sagte Milt tonlos.

»Hör zu«, sagte Jerry. Der Tiger in ihm war bei Milts Worten wieder zum Leben erwacht und fauchte wütend. »Wir siegen! Wir verlieren nicht!«

»Ach, hör auf, Jerry«, sagte Ben dumpf.

»Aufhören?« Jerry fuhr herum und blickte den Ingenieur an. »Du hast vorhin schon einmal durchgedreht, bevor ich ins Dorf ging, nur weil ich ein Wort mit schottischem Akzent ausgesprochen habe. Wie konnte dir das passieren, wenn du Beruhigungsmittel geschluckt hättest? Ich habe auch keine genommen und fühle mich deshalb besser. Das bedeutet, daß wir stärker werden als die Alpträume.«

»Die Tabletten lassen mir übel werden, wenn du es unbedingt

wissen mußt! Das ist der Grund, weshalb ich keine mehr genommen habe . . .« Ben starrte Jerry an, und sein Gesicht war plötzlich grau. Mit zitternden Fingern deutete er auf die purpurfarbene Wucherung an Wallys freigelegtem Gehirn. »Es verändert mich, deshalb wird mir von den Tabletten übel! Sie verändern mich! Ich bin schon verändert!« Seine Stimme klang schrill vor Hysterie. »Siehst du nicht selbst, wie es mich verändert?« Er sprang auf und stürzte mit ausgestreckten, gekrallten Händen auf Milt zu. »Wir alle verändern uns! Durch deine Schuld! Du hast darauf bestanden, das Schiff auf diesen Planeten zu bringen! Du bist schuld . . .!«

Milts riesige Faust traf das Kinn des kleineren Mannes, und er sackte neben dem bewußtlosen Arzt zusammen. Zitternd und schluchzend blieb er liegen.

Milt hob den Kopf und blickte Jerry an. Im Schiff herrschte die Standardtemperatur von zweiundzwanzig Grad, aber Jerry sah Schweißperlen auf Milts ruhigem Gesicht, als ob er gerade aus einer Sauna käme.

»Vielleicht hat er recht«, sagte Milt tonlos. Seine Stimme schien vom anderen Ende eines dunklen Tunnels zu kommen. »Vielleicht verändern wir uns in jeder Sekunde durch diese Wucherung im Gehirn – wir alle.«

»Milt!« sagte Jerry scharf. Aber Milt reagierte nicht. Sein Gesicht blieb ruhig und blaß – und von Schweißtropfen bedeckt. »Gerade jetzt dürfen wir nicht aufgeben! Wir beginnen zu verstehen! Ich sage dir, wir müssen dem Kommunikator und den anderen Eingeborenen gegenübertreten! Wir müssen sie stellen, dann – und nur dann – können wir sie besiegen! Einer von uns muß ins Dorf gehen.«

»Nein«, sagte Milt, und seine Stimme klang noch immer unbewegt, »ich bin der Captain, ich trage die Verantwortung, und ich treffe die Entscheidungen. Wir brauchen mindestens fünf Männer, um das Schiff zu starten, und es sind nur noch zwei von uns übrig – du und ich. Ich kann nicht riskieren, daß einer von uns beiden unter den Einfluß der Wucherung in seinem Gehirn gerät und sich auf die Seite der Eingeborenen stellt.«

»Du meinst, daß er überläuft?« Jerry starrte ihn entsetzt an.

»Das ist doch der Zweck all dieser Dinge: des Dschungels, der Eingeborenen, der Alpträume. Sie wollen von uns Besitz ergreifen.« Schweiß rann über Milts Wangen und tropfte von seinem Kinn, während er mit tonloser Stimme weitersprach und an Jerry vorbei an die gegenüberliegende Wand starrte. »Sie wollen uns – oder das, was von uns übriggeblieben ist – gegen unsere eigenen Leute stellen. Wir müssen uns selbst vernichten, damit nichts übrig bleibt, das sie verwenden können.«

»Milt . . .«

»Nein.« Der Captain schwankte ein wenig, wie ein Baum in einem starken Sturm, »wir können es nicht riskieren, das Schiff oder die Mannschaft allein zu lassen. Wir werden das Schiff mit der ganzen Besatzung – uns eingeschlossen – in die Luft sprengen.«

»Das Schiff in die Luft sprengen . . .?«

Jerry hörte einen wilden, tierischen Schrei. Ben Akham sprang vom Boden auf und stürzte sich auf den Captain. Wie eine Wildkatze versuchte er, seine Zähne in Milts Jugularvene zu schlagen. Der Angriff war so wild und so überraschend, daß der kräftige Mann zu Boden gerissen wurde. Wie bissige Hunde knurrend, rollten sie unter den Operationstisch.

Der gefesselte Tiger in Jerry zerriß seine Ketten.

Er fuhr herum und lief durch die offene Tür auf den Korridor. Die Tür war ein luftdichtes Schott. Ein Kurbelrad betätigte ein Dutzend Stahlbolzen, die in Löcher einrasteten, um das Lazarett bei einer Beschädigung des Rumpfs oder einem plötzlichen Druckabfall hermetisch abzudichten. Jerry schlug die Tür zu und drehte das Rad.

Die Bolzen klickten in die Löcher. Jerry riß den Feuerlöscher aus seiner Halterung, stellte ihn auf den Boden und rammte die Kupferdüse am Ende des Schlauchs zwischen Radspeichen und den Anschlag, der unter dem Rad auf die Stahltür geschweißt war.

Er horchte. Im Bordlazarett rührte sich nichts. Dann rüttelte jemand am Türrad, und die Düse wurde gegen den Anschlag gedrückt.

»Was ist los?« schrie Milt aus dem Lazarett. »Jerry, was ist da draußen passiert? Mach auf!«

Jerry mußte das verrückte, hysterische Gelächter unterdrükken, das plötzlich in ihm aufstieg.

»Du bist eingeschlossen, Milt!« rief er.

»Jerry!« Die Radspeiche klirrte gegen die sperrende Düse, als der Captain versuchte, die Verriegelung zu lösen. »Mach auf! Das ist ein dienstlicher Befehl!«

»Tut mir leid, Milt«, sagte Jerry ruhig. »Ich bin noch nicht soweit, mir das Haus über dem Kopf anzuzünden. Deine Idee, das Schiff in die Luft zu sprengen, ist genauso ein selbstmörderischer Wahnsinn, wie er Wally und die anderen gepackt hat. Ich werde jetzt ins Dorf gehen und mich den Eingeborenen stellen. Ich will herausbekommen, was sie wirklich von uns wollen. Wenn ich zurück bin, lasse ich euch wieder heraus.«

»Jerry!«

Er hörte Milt weiter schreien, als er den Korridor entlangging.

»Jerry!« Fäuste hämmerten gegen die Stahltür. »Begreifst du denn nicht, Jerry? Diese Wucherung in deinem Kopf hat dich um den Verstand gebracht! Jerry, komm zurück! Du darfst dich nicht von ihnen beherrschen lassen! Jerry . . .!«

Jerry verließ das Schiff durch die Luftschleuse. Der Dschungel hatte die Bordwände schon wieder überwuchert, sah er, als er zu der Übersetzer-Konsole ging. Dort zog er sich aus, und als er völlig nackt war, hakte er den Übertrager, den er vom Dorf zurückgebracht hatte, von der Konsole und hängte ihn an seinem Gürtel über die Schulter.

Er ging den Dschungelpfad entlang, der zum Dorf führte. Steine und Wurzeln drückten sich in die Sohlen seiner nackten Füße.

Als er die Dorflichtung erreichte, kam ihm eine nackte Gestalt entgegen. Jerry erkannte den Kommunikator, der jetzt vor Freude die Arme in die Luft warf.

»Du siehst«, sagte Jerry, »daß ich gewachsen bin. Ich habe die toten, giftigen Dinge und die Krankheit abgeworfen. Ich bin hier, um zu euch zu gehören.«

»Endlich!« rief der Kommunikator. Andere Eingeborene kamen auf sie zugelaufen. »Jetzt wirf auch das tote Ding fort, das an deiner Schulter hängt.«

»Das brauche ich noch, um euch verstehen zu können«, sagte Jerry. »Ich glaube, ich brauche eure Hilfe, bis ich ganz zu euch gehöre.«

»Hilfe? Natürlich helfen wir dir!« rief der Kommunikator. »Aber du mußt das tote Ding wegwerfen. Du hast dich von den toten Dingen befreit, die du um deine Arme und Beine und um deinen Körper gewickelt hattest«, brabbelte der Kommunikator. »Jetzt wirf auch das letzte tote Ding, das an deiner Schulter hängt, fort.«

»Aber ich habe dir doch gesagt, daß ich dann nicht mehr verstehe, was ihr sagt«, wandte Jerry ein, »und ihr könnt mich dann auch nicht mehr verstehen!«

»Wirf es fort! Wirf es fort! Es vergiftet dich! Wirf es fort!« forderte der Kommunikator. Drei oder vier andere Eingeborene waren jetzt zu ihnen getreten, und andere näherten sich. »Bald wirst du uns verstehen, und wir werden dich verstehen. Wirf es fort!«

»Wirf es fort! Wirf es fort!« riefen die anderen Eingeborenen.

»Ich weiß nicht . . .« Widerstrebend nahm Jerry den Gürtel mit dem Übertragungsgerät von der Schulter. Der Kommunikator brabbelte Unverständliches.

». . . mit mir kommen . . .«, plärrte der Übertrager, der am Boden lag, und es klang wie ein fernes, undeutliches Echo.

Der Kommunikator nahm Jerrys Hand und zog ihn auf die nächste der weißlichen Hütten zu. Jerry schluckte nervös. Es war eine Sache, den Entschluß zu fassen, dies zu tun, und eine andere, es wirklich durchzuführen. Schweigend folgte er dem Kommunikator durch eine Öffnung in das Innere der weißlichen Hütte.

Der Geruch erinnerte an eine Mischung zwischen Keller und Heuboden, erdig und mit einem Duft von Pflanzen. Der Kommunikator zog Jerry durch ein hüfthohes Gewirr von Wurzeln, die aus dem Boden ragten und wieder in ihn zurückwuchsen. Die anderen Eingeborenen folgten ihnen. Im Zentrum der Hütte waren die Wurzeln zu dicht, um sie durchzulassen. Sie waren dort zu einer Matte verflochten, deren unregelmäßige Oberfläche sich fast einen Meter über dem Boden befand. Der Kommunikator streichelte die Wurzeln und brabbelte etwas vor sich hin.

»Du willst, daß ich da hinaufklettere?« Jerry schluckte wieder. Dann biß er die Zähne zusammen, als seine mühsam gebändigte Wut sich gegen ihn selbst wandte. Es gibt nichts Schlimmeres, wies er sich zurecht, als einen Mann, der große Dinge plant, sich aber dann bei ihrer Durchführung als zu klein erweist.

Schwerfällig kletterte er auf das mattenartige Geflecht der Wurzeln. Es schwankte unter seinem Gewicht, und die rauhe Oberfläche kratzte Hände und Knie auf. Die Eingeborenen brabbelten erregt, lederige Hände griffen nach ihm und versuchten, ihn auf den Rücken zu drücken.

Er ließ sie gewähren. Die Wurzeln preßten sich in die empfindliche Haut seines Rückens.

»Und was jetzt?« fragte er und hob den Kopf. Er sah, daß grüne Ranken, die aus den Wurzeln schossen, sich um Arme und Beine des Kommunikators und einiger anderer Eingeborener wanden. Ein prickelndes Gefühl an seinem linken Handgelenk ließ ihn zusammenfahren.

Grüne Ranken wanden sich um seine Handgelenke und Fußknöchel. Fadendünne Triebe bohrten sich in seine Haut. In einer unbewußten Reflexbewegung wollte er sich aufrichten, aber die Ranken hielten ihn fest.

»Brabbel-brabbel-brabbel«, machte der Kommunikator beruhigend.

Jerry sah entsetzt, daß die grünen Triebe auch in die Arme und Beine der Eingeborenen wuchsen und fühlte nun das Prickeln am ganzen Körper.

»Was soll das . . .« Er brachte den Satz nicht zu Ende, weil seine Zunge plötzlich schwer und unbeweglich wurde. Ein Schwindelgefühl packte ihn, und er fühlte sich matt und ausgelaugt. Das Innere der Hütte schien dunkler zu werden, und er hatte das Gefühl, auf die gewölbte Decke zuzuschwingen, als ob er sich auf einem riesigen Pendel befände.

Es schwang ihn ins Dunkel. Und in einen Alptraum.

Es war derselbe, alte Alptraum, aber viel intensiver. Es war ein Alptraum, den er *wachend* erlebte und nicht im Schlaf, und der Unterschied lag darin, daß er wußte, er erlebte, was er zu erleben glaubte, und auch nicht den Trost hatte, daß das Erwachen Erlösung bringen würde.

Wieder schwamm er in dieser Suppe, die sich ständig veränderte, und er veränderte sich mit ihr. Es war nicht schmerzhaft, es war nicht einmal schrecklich. Aber es war ein Affront wider die Natur! Er war nicht er selbst. Er war ein Objekt, Teil eines fremden Ganzen – und er mußte sich damit abfinden, daß es so war. Er mußte es akzeptieren.

Sich abfinden – akzeptieren . . . *Nein!* Alles in ihm lehnte sich dagegen auf.

Jerry biß die Zähne zusammen und fühlte seine Entschlossenheit, diese Sache durchzustehen, diese Unbegreiflichkeit zu begreifen, so hart und unnachgiebig zu sein wie ein Schwert aus Tungsten-Stahl. Das Schwert schlug zu.

Im selben Augenblick kam Ordnung in die Suppe. Sie klärte sich wie eine unscharfe Szene vor den Augen eines stark kurzsichtigen Menschen, der seine Brille aufsetzt. Plötzlich erkannte Jerry, daß der Anblick, der sich ihm darbot, sich nicht seinen Augen darbot, sondern seinem ganzen Bewußtsein. Und es war nicht die Hütte, in der er auf einem Wurzelbett lag, sondern der ganze Planet.

Es war eine Fabriklandschaft. Unzählige Fabriken, miteinander verbunden, voneinander abhängig, integriert. Er mußte nur noch seinen Arbeitsplatz in ihnen finden.

Jetzt, sagte die Szene. *Dies ist das vernünftige Universum, die Welt, wie sie wirklich ist. Finde dich damit ab.*

Ich denke nicht daran!

Es war der unnachgiebige, individualistische Teil seines Selbst, die Essenz seines Seins, die sich wieder zu Wort meldete. Und sie meldete sich nicht nur zu Wort, sie brüllte, fauchte, schrie ihren Widerstand hinaus, wie ein Tiger auf einem Berg.

Die Szene vor seinen Augen zerriß.

Jerry öffnete die Augen. Er richtete sich auf. Die grünen Ranken um seine Arme und Beine zerrten an ihm. Aber sie starben bereits ab und konnten ihn nicht mehr halten. Er schwang seine Beine von der Wurzelmatte und sprang zu Boden. Der Kommunikator und die anderen wichen angstvoll vor ihm zurück und brabbelten aufgeregt.

Er verstand ihr Brabbeln genausowenig wie zuvor, aber jetzt hörte er die emotionalen Obertöne heraus. Und in diesen Obertönen lagen Erschrecken und Ablehnung unter einer atavistischen Angst. Er trat auf sie zu. Sie wichen aufgeregt brabbelnd vor ihm zurück. Er trat durch eine Öffnung in der Hüttenwand ins helle Sonnenlicht und ging auf seinen Übertrager zu, der wenige Schritte von der Hütte entfernt am Boden lag.

»Ungeheuer!« sagte die mechanische Stimme des Geräts, in Übersetzung des erregten Gebrabbels vom Kommunikator, der Jerry in einigen Schritten Entfernung folgte, wie ein kleiner Hund, der einen größeren ankläfft. »Tier! Wilder! Unreiner . . .«

Jerry blieb stehen und wandte sich um. Der Eingeborene duckte sich, fluchtbereit.

»Du weißt, worauf ich warte«, sagte Jerry mit einem harten Lächeln und wartete, bis das Gerät seine Worte in die Sprache der Eingeborenen übersetzt hatte, obwohl das gar nicht nötig war. Der Kommunikator wußte, worauf er wartete.

Der Kommunikator fluchte noch eine Weile, dann ging er in eine der Hütten. Kurz darauf kam er wieder zurück und hielt ein Bündel grüner Ranken in der Hand. Er warf sie Jerry vor die Füße und wich vorsichtig ein paar Schritte zurück.

»Wirst du jetzt gehen? Und nie zurückkommen?«

»Das werden wir sehen«, sagte Jerry. Er nahm die grünen Ranken, wandte sich um und ging den Dschungelpfad entlang.

Als er die Lichtung erreichte, auf der das Raumschiff stand, sah er, daß die meisten der Pflanzen, die um das Schiff wucherten, bereits welkten. Durch die Luftschleuse trat er in den Korridor. Er ging an der verriegelten Tür des Behandlungsraums vorbei und trat in den Raum, in dem die gefesselten Männer lagen. Er schritt von einem zum anderen und wand jedem von ihnen eine der Ranken um das Handgelenk.

Dann setzte er sich auf einen Stuhl und wartete, was geschehen würde. Er hatte sich noch nie in seinem Leben so müde und zerschlagen gefühlt. Wenige Sekunden, nachdem er sich hingesetzt hatte, fielen ihm die Augen zu. Er stand wieder auf und zwang sich, auf und ab zu gehen, bis die grünen Ranken, die bereits haarfeine Triebe in die Arterien der Männer wachsen ließen und ihre Substanzen in den Blutkreislauf absonderten.

Als die Männer die Augen öffneten und verwundert umherblickten, befreite er einen nach dem anderen von den hausgemachten Zwangsjacken, die sie gefangen hielten, und gab ihnen eine letzte Anweisung, bevor er zusammenbrach.

»Startet das Schiff«, sagte er heiser. »Wenn wir abgehoben

haben, geht ihr in den Behandlungsraum und wickelt eine von den Ranken um die Handgelenke von Milt, Ben und Art. Aber bringt zuerst das Schiff hoch. Erst wenn wir im Raum sind, dürft ihr euch um die drei Männer kümmern. Wenn ihr es umgekehrt macht, werdet ihr die Erde nie wiedersehen.«

Sie drängten sich um ihn und bestürmten ihn mit Fragen. Er winkte abwehrend und ließ sich auf eine der leer gewordenen Kojen fallen.

»Schiff hochbringen . . . dann um die drei anderen kümmern . . . später fragen . . . später . . .«

Und das war alles, woran er sich erinnern konnte.

4

Eine Ewigkeit später – er konnte nicht sagen, ob er von selbst aufgewacht war oder ob jemand ihn geweckt hatte – fand er ins Bewußtsein zurück. Er hatte das Gefühl, sehr lange geschlafen zu haben. Sein Geist fühlte sich wieder gesund, aber sein Körper war schlapp und zerschlagen, als ob er eine lange Krankheit überstanden hätte.

Er blinzelte und blickte in das breite Gesicht von Milt Johnson. Der Captain saß neben der Koje, in der Jerry lag, auf einem Stuhl und hielt eine Tasse mit einer dampfenden schwarzen Flüssigkeit in der Hand. Nach einer Weile begriff Jerry, daß es Kaffee war, und stützte sich auf einen Ellbogen auf, um nach der Tasse zu greifen. Schweigend nahm er ein paar Schlucke. Milt sah ihn an und wartete.

»Weißt du eigentlich«, sagte Milt schließlich, »daß das, was du getan hast, den Tatbestand der Meuterei erfüllt?«

Jerry nahm einen Schluck Kaffee.

»Weißt du eigentlich«, sagte er mit belegter, heiserer Stimme, »was passiert wäre, wenn ich es nicht getan hätte?«

»Du hast es darauf ankommen lassen. Du hattest eine Vermutung . . .«

»Keine Vermutung«, sagte Jerry und räusperte sich. »Art hat diese Wucherung in Wallys Gehirn entdeckt und festgestellt, daß sie zu wachsen aufgehört hatte, seit er tot war. Und ich hatte aufgehört, Beruhigungsmittel zu nehmen.«

»Es hätte eine Wucherung in deinem eigenen Gehirn sein können«, sagte Milt, »die dich stärker in ihre Gewalt bekam als Wally.«

»Mich stärker in die Gewalt bekam als Wally? Rede doch keinen Unsinn!« Jerry war zu fertig, um daran zu denken, daß er seinem Captain eigentlich etwas mehr Höflichkeit schuldete. »Die Alpträume hatten Wally wahnsinnig gemacht, so daß wir ihn schließlich in eine Zwangsjacke stecken mußten. Sie hatten sogar mich fertiggemacht. Wenn Wallys physiologischer Prozeß die Invasion der Eingeborenen gestoppt hätte, hätten ich, du, Art und Ben das noch besser geschafft. Außerdem habe ich herausbekommen, was diese Leute wirklich wollten.«

»Und was war das?«

»Sie wollten uns heilen – von etwas, das wir nicht hatten, als wir landeten!«

»Und was war das?« fragte Milt noch einmal.

»Wahnsinn.«

Milts blonde Brauen hoben sich. Er öffnete den Mund, als ob er eine ungläubige Frage stellen wollte, dann schloß er ihn wieder.

Als er schließlich sprach, klang seine Stimme ruhig und sachlich. »Die Leute haben also geglaubt, daß wir wahnsinnig seien und sie uns heilen könnten?«

Jerry lachte. Es war ein Lachen, dem jede Fröhlichkeit fehlte. »Du hast doch den Dschungel gesehen. Das war kein Wald, sondern ein Fabrik-Komplex – ein ungeheuer komplizierter, integrierter Fabrik-Komplex. Du hast ihr Dorf gesehen, mit den ineinander verwobenen Wurzeln in den Hütten. – Das war ein hochentwickeltes Laboratorium.«

Milt blickte ihn schweigend an.

»Das kann doch nicht dein Ernst sein«, sagte er schließlich.

»Es ist mein Ernst.« Jerry nahm den letzten Schluck Kaffee und stellte die Tasse zur Seite. »Ihre Technologie basiert auf organischer Chemie, so wie die unsere auf der Physik beruht. Nach unseren Maßstäben sind sie chemische Zauberer. Oder wie würdest du es bezeichnen, wenn jemand das Denken eines fremden Wesens verändert, indem er einen Anhang, eine chemische Schaltstelle an seinem Gehirn wachsen läßt? Für sie war das die einfachste Art, uns zu überzeugen.«

Milt starrte ihn wieder an. Dann schüttelte er den Kopf. »Aber warum?« fragte er. »Warum wollten sie unser Denken ändern?«

»Weil ihre Philosophie, ihr Weltbild, aus einer chemisch orientierten Wissenschaft erwuchs«, sagte Jerry. »Sie sehen aus diesem Grund alles Leben als einen geschlossenen, integrierenden chemischen Kreislauf, in dem alles Lebende, ob intelligent oder nicht, Teil des Ganzen ist. Aber das hast du ja selbst in deinen Alpträumen gesehen. Das ist ihr Universum, und sie finden es schön.«

»Aber warum sollten wir es auch schön finden?« fragte Milt.

»Aus reiner Freundlichkeit«, sagte Jerry. »In ihrem Weltbild gibt es keine ›Fremden‹. Also waren wir in ihren Augen nicht anders als sie, sondern nur krank, von den ›toten Dingen‹ vergiftet – von dem Schiff, unserer Kleidung und dem Übersetzungsgerät – die wir für so wichtig hielten. Für sie war es also ein Akt der Nächstenliebe, uns zu heilen und zu retten.«

»Moment mal«, sagte Milt. »Sie haben gesehen, daß all diese Dinge *funktionieren.*«

»Was hat denn das damit zu tun? Du scheinst nicht zu verstehen ...« – Jerry streckte sich wieder aus –, »daß die Gehirne dieser Leute verschlossen sind. Sie sind nicht nur unfähig, sich überzeugen zu lassen, andere Dinge wahrzunehmen, sondern *verschlossen*! Versiegelt, zugeschweißt, hermetisch abgeriegelt seit den prähistorischen Anfängen dieser Rasse. Die Tatsache, daß unser Übersetzungsgerät funktionierte, beeindruckte sie nicht. Nach den Regeln ihrer Kosmologie konnte es nicht funktionieren, also funktionierte es auch nicht, und jeder Versuch, sie vom Gegenteil zu überzeugen, bewies ihnen nur, daß unsere Gehirne krank sind.«

Jerry machte eine Pause und schloß die Augen. Das nächste, was ihm bewußt wurde, war ein kräftiges Schütteln.

»Wach auf!« schrie Milt ihn an. »Du kannst pennen, nachdem du mir alles erklärt hast. Ich habe keine Lust, wieder einige meiner Leute in Zwangsjacken stecken zu müssen, nur weil du zu verschlafen warst, um mich zu warnen, daß es zu Rückfällen kommen könnte.«

»... keine Rückfälle«, sagte Jerry mit schwerer Zunge. »Diese Ranken haben chemische Substanzen in ihren Blutkreislauf injiziert, die die Wucherung an ihrem Gehirn zurückbilden. Ich habe mich geweigert, das Dorf zu verlassen, bevor der Kommunikator sie mir gab.« Jerry stützte sich wieder auf den Ellbogen. »Nach einem kurzen Spaziergang in einem menschlichen Gehirn – dem meinen – hatten er und seine Leute es plötzlich sehr eilig, uns loszuwerden.«

»Warum?« Milt schüttelte ihn wieder, als sich seine Lider schlossen. »Warum sollte es sie so erschüttern, wenn ihre Gehirne mit einem der unseren verbunden wurden?«

». . . zerstörte ihr Weltbild . . . Hör doch auf, mich zu schütteln. Ich bin wach.«

»Warum hat es ihr Weltbild zerstört?«

»Erinnere dich doch daran, was du während dieser Alpträume empfunden hast«, sagte Jerry. »Kannst du dir die Umkehrung vorstellen? Versuche, dich daran zu erinnern. Du sahst dich als ein einsames Atom der menschlichen Rasse, gefangen in einem Alptraum wie in einem riesigen Topf, in dem alles Leben zu einem Brei, zu einem mentalen Eintopf zusammengekocht wurde – ein winziges, chemisches Atom ohne unabhängige, individuelle Existenz, nur noch ein winziger Teil des Ganzen. Erinnerst du dich?«

Er sah, daß Milt erschauerte.

»Es war, als ob ich von einer Maschine aufgesaugt würde«, sagte der Captain nach einer Weile kaum hörbar. »Ja, ich kann mich daran erinnern.«

»Okay«, sagte Jerry. »Das war das Weltbild des Kommunikators und seiner Leute. Aber kannst du dich auch daran erinnern, wie warm und sicher ihr Kosmos ist? Er ist allumfassend, problemlos, bietet Geborgenheit, wie ein riesiges, weiches, warmes Kissen.«

»Es war zu sehr wie ein weiches, warmes Kissen«, sagte Milt und erschauerte wieder. »Ich hatte das Gefühl, darin zu erstikken.«

»Für den Kommunikator und seine Leute war es der Idealzustand«, sagte Jerry. »Und nun stelle dir vor, aus diesem Idealzustand in ein menschliches Gehirn zu treten – in das meine.«

Milt starrte ihn an. »Warum?«

»Weil er sich darin *allein* fand.«

Milt hob die Brauen.

»Versuche doch einmal, es dir vorzustellen«, sagte Jerry. »Wir sind von Geburt an Individuen. Von dem Moment an, in dem wir die Augen öffnen, sind wir allein in unserem Universum. Alle emotionellen und intellektuellen Wurzeln, aus denen diese Eingeborenen ihre Identität mit dem Kochtopf ihres Universums beziehen, muß jeder von uns in sich selbst finden und ausgraben.«

Jerry machte eine kurze Pause, um Milt Gelegenheit zu einer Antwort zu geben. Aber Milt hatte im Augenblick nichts zu sagen.

»Deshalb konnten der Kommunikator und seine Leute es nicht ertragen, als sie mit einem menschlichen Gehirn verbunden wurden«, fuhr Jerry fort. »Und deshalb konnten sie, nachdem sie erfahren hatten, wie es in uns aussah, kaum erwarten, uns in ihren Kosmos einzubeziehen. Deshalb gaben sie mir die Ranken, um uns so schnell wie möglich loszuwerden. Das ist alles.« Er ließ sich auf die Koje zurückfallen.

Milt räusperte sich. »Verstehe«, sagte er.

Jerry schloß die Augen.

»Aber«, sagte Milt, »es war trotz allem ein Risiko, daß du ins Dorf gegangen bist und dich ihnen gestellt hast. Was wäre passiert, wenn der Kommunikator und die anderen es *nicht* unerträglich gefunden hätten, in dein Gehirn zu blicken? Du hast mich eingeschlossen, und die anderen Männer waren mit Zwangsjacken gefesselt. Das ganze Team hätte in diesem riesigen Kochkessel verschmoren können.«

»Unmöglich«, sagte Jerry.

»Du konntest dessen nicht sicher sein.«

»Doch, ich war sicher«, sagte Jerry, ohne die Augen zu öffnen. »Ich wußte nicht nur, daß mein Weltbild für sie unerträglich sein würde wie ein Alptraum, sondern vor allem war ich überzeugt, daß ihr Gehirn verschlossen war. In ihrem Kessel hatten sie nicht die Freiheit, ihre Ansichten zu ändern und sich neuen Verhältnissen anzupassen.«

»Was hat denn das damit zu tun?«

»Alles«, sagte Jerry. »Uns konnte ihr kosmisches Bild nur irritieren – aber unsere Denkweise war für sie durch unsere individuelle Anpassungsfähigkeit und unseren allem Neuen offenen Verstand eine Bedrohung ihrer Existenz. Ein offener Verstand kann einen verschlossenen ertragen, wenn es sein muß, indem er ihm in seinem Weltbild einen Platz einräumt. Aber ein verschlossener Verstand kann die Nähe eines offenen nicht aushalten, weil der die Wurzeln seiner Existenz bedroht. In einem verschlossenen Verstand gibt es keinen Raum für neue Erkenntnisse.«

Er schwieg und atmete erschöpft tief durch.

Nach einer Weile sagte er, ohne die Augen zu öffnen: »Wirst du jetzt endlich verschwinden und mich schlafen lassen?«

Nach ein paar Sekunden hörte er das leise Scharren des Stuhls und die leisen Schritte Milts.

Jerry seufzte erleichtert und versank in einen tiefen Schlaf.

Er schlief – wie der Keiler auf der Ebene, wie der Habicht auf dem Felsen, wie der Tiger in den Bergen . . .

Der freundliche Mann

Mark Toren war überrascht, daß jemand auf ihn wartete.

Es war ein junger, nett aussehender Mann in einem offenen Sporthemd, mit einer Pfeife im Mund. Als Mark hereintrat, nahm er die Pfeife aus dem Mund, winkte ihm mit ihr zu und deutete auf eine offene Tür, die in ein Wohnzimmer zu führen schien.

»Kommen Sie«, sagte der junge Mann. »Kommen Sie herein und fühlen Sie sich wie zu Hause.«

Erstaunt folgte ihm Mark in das Zimmer. Dieser Empfang war so ganz anders, als er erwartet hatte. Hatten sie einen Empfangsraum für alle Besucher aus einer anderen Zeit?

Er sah sich verwundert um, als er sich auf einen Stuhl setzte. Er befand sich in einem normalen, komfortablen Wohnzimmer. Die Einrichtung entsprach dem Stil seines eigenen Jahrhunderts.

»Sie sehen erstaunt aus«, sagte der junge Mann, der ihm gegenüber Platz genommen hatte. Mark blickte ihn mißtrauisch an. Seine Kleidung war von demselben Stil wie die Marks.

»Ich bin erstaunt«, sagte Mark. »Schließlich erwartet man nicht, auf die Gegenwart zu stoßen, wenn man fünfzigtausend Jahre in die Zukunft reist.«

Der junge Mann lachte amüsiert. »Sie werden noch mehr Überraschungen erleben«, sagte er. »Die Zivilisation hat die Angewohnheit, sich ständig zu wiederholen. Oh, ich habe ganz vergessen, mich vorzustellen. Ich heiße Merkl. Und Sie?«

»Mark Toren«, sagte Mark. »Was meinen Sie damit, daß die Zivilisation sich ständig wiederholt?«

»Höhen und Tiefen«, antwortete der junge Mann. »Finsterstes Mittelalter – eine neue Periode wissenschaftlichen Fortschritts – und so weiter.«

Mark runzelte die Stirn. »Komisch«, sagte er. »So ein Kreislauf wurde zu meiner Zeit gelegentlich angenommen, aber nach meinen eigenen Vorausberechnungen sollte die Entwicklung sich spätestens zwanzigtausend Jahre nach meiner Zeit zu einem stetigen Fortschritt eingependelt haben. Um ehrlich zu sein, das war der Grund, warum ich so weit in die Zukunft vorgedrungen bin. Fünfzigtausend Jahre erschienen mir so weit entfernt, daß keiner meiner Zeitgenossen sich vorzustellen vermochte, wie die menschliche Rasse in dieser Epoche aussehen könnte . . .« Er unterbrach sich und blickte den jungen Mann prüfend an. »Wenn Sie nichts dagegen haben, würde ich Ihnen gerne ein paar Fragen über Ihre Gegenwart stellen.«

»Schießen Sie los«, sagte der junge Mann und blies eine Rauchwolke zur Decke.

»Sie sprechen meine Sprache, Sie kleiden sich wie ich. Wie kommt das?«

»Oh, das«, sagte Merkl. »Wir verfügen über Instrumente, die es uns erlauben, ein kleines Stück an der Zeitlinie entlangzublikken – in beiden Richtungen. Wir sahen Sie kommen und haben die nötigen Vorbereitungen für Ihren Empfang getroffen.«

»So viele Umstände für einen einzigen Besucher?«

»Mit unserer Technologie hat es keine großen Umstände gemacht«, sagte Merkl achselzuckend.

»Dann muß ich annehmen, daß Ihre Welt ganz anders ist als das, was ich hier sehe.«

»Ein wenig«, gab der junge Mann zu. »Wir haben natürlich eine höher entwickelte Technologie. Aber kulturell ist unsere Zivilisation, wie ich bereits sagte, bei ihrem Zyklus etwa auf demselben Punkt angekommen, auf dem die Ihre sich befand.«

»Sehr interessant«, sagte Mark, spürte den Eifer eines Forschers. »Sie haben doch nichts dagegen, wenn ich mich hier ein wenig umsehe?«

»Aber nein, natürlich nicht«, sagte der junge Mann rasch. »Ich hoffe, Sie haben auch nichts dagegen, daß wir Sie und Ihre Zeitmaschine ein wenig unter die Lupe nehmen, nur um uns zu versichern, daß weder an Ihnen noch an Ihrem Gerät etwas ist, das uns gefährden könnte.«

»Sie können mir glauben . . .«

Der junge Mann unterbrach ihn mit einer entschuldigenden Geste. »Wir sind natürlich überzeugt, daß Sie nicht die Absicht haben, uns zu schaden. Aber Sie könnten, zum Beispiel, Träger von Krankheitserregern sein, gegen die wir nicht mehr immun sind. Ihre Maschine könnte eine latente Energie enthalten, wodurch es zu unvorhersehbaren Reaktionen kommen könnte, wenn sie unserer Technologie ausgesetzt würden. Ich versichere Ihnen, daß unsere Untersuchungen weder Ihnen noch Ihrem

Gerät schaden werden. Sie könnten den Prozeß noch beschleunigen, wenn Sie mir ein paar Fragen beantworten.«

Mark lächelte. »Ich hatte es mir eigentlich umgekehrt vorgestellt«, sagte er. »Ich brenne darauf, Ihnen Fragen stellen zu können. Aber fangen Sie an.«

»Zuerst«, sagte Merkl, »möchte ich Sie nur bitten, uns die Aufzeichnungen unserer Instrumente zu bestätigen. Aus welcher Zeit kommen Sie?«

»Aus dem einundzwanzigsten Jahrhundert«, sagte Mark.

Merkl nickte.

»Und was für eine Art Zivilisation hatten Sie damals?«

»Wir haben uns als ziemlich fortgeschritten betrachtet«, sagte Mark. »Unsere Raumschiffe hatten die Monde des Jupiter erreicht, und wir besaßen Kolonien auf Mars und Venus. Wir haben die Atomkraft bei einer ganzen Reihe von Projekten eingesetzt, und ihre Anwendung war eigentlich nur durch die hohen Kosten beschränkt.« Er brach ab und lächelte etwas verlegen. »Ich nehme an, daß Ihnen das alles ziemlich dürftig und primitiv erscheinen muß.«

»Überhaupt nicht«, widersprach Merkl eifrig. »Bitte fahren Sie fort.«

»Nun – soziologisch waren wir ziemlich rückständig, glaube ich. Die Gleichheit der Geschlechter war natürlich gesetzlich festgelegt, aber es gab noch immer eine gewisse Diskriminierung gegenüber von Minoritäten. Formell wurde die Regierungsgewalt von gewählten Parlamenten ausgeübt, aber in Wirklichkeit lag die Macht zum großen Teil in den Händen der großen Konzerne und der Gewerkschaften.«

»Verstehe«, nickte Merkl. »Also immer noch eine Gesellschaftsform, in der ein starker Mann die Macht an sich reißen könnte.«

»Ja, so ungefähr«, gab Mark zögernd zu. Und dann setzte er hinzu: »Warum fragen Sie das?«

»Ach, nur so«, sagte Merkl lächelnd. »So eine Situation ist typisch für solche zyklischen Zustände, wie Sie sie beschreiben. Erzählen Sie mir mehr über Ihre Raumfahrt. Weiter als bis zum Jupiter sind Sie also nicht gekommen?«

»Nicht, daß ich wüßte«, antwortete Mark. »Und ich hätte bestimmt davon gehört.«

»Interessant«, sagte Merkl. »Sehr interessant.« Er stand auf. »Ich werde Sie jetzt verlassen«, sagte er. »Die Maschinen sind bereit, Sie und Ihre Zeitmaschine zu überprüfen. Der Prozeß wird einige Tage in Anspruch nehmen, aber ich kann Ihnen versichern, daß er Ihnen nicht die geringsten Unannehmlichkeiten verursachen wird. Machen Sie es sich hier bequem. Das Haus gehört Ihnen. Ich muß Sie nur bitten, es nicht zu verlassen, bis man Ihnen sagt, daß Sie es ungefährdet tun dürfen.«

»Natürlich«, sagte Mark. »Aber bevor Sie gehen, würde ich Ihnen noch gern ein paar Fragen stellen . . .« Er brach ab, weil Merkl schon aus der Tür war.

Nachdem der junge Mann gegangen war, starrte Mark eine Weile nachdenklich vor sich hin. Der Empfang, den man ihm bereitet hatte, war eine Überraschung gewesen. Aber er konnte schließlich nicht erwarten, daß irgend etwas fünfzigtausend Jahre nach seiner Epoche seinen Vorstellungen entsprach.

Er war nicht der erste Forscher aus dem einundzwanzigsten Jahrhundert, der einen Zeitsprung unternahm, aber wenn er in seine Epoche zurückkehrte, wäre er der erste, dem das gelänge. Er war ein kalkuliertes Risiko eingegangen, darüber war er sich von Anfang an völlig im klaren gewesen. Aber es war auch aus Gründen der Sicherheit gewesen, weshalb er sein Ziel fünfzigtausend Jahre in die Zukunft verlegt hatte. An sich hatte er gehofft, jenseits der zyklischen Entwicklungen anzukommen, von denen Merkl gesprochen hatte. Er war überzeugt gewesen, daß die ständigen Wiederholungen der Geschichte eines Tages aufhören müßten, wenn der Mensch das Frühstadium seiner Entwicklung abgeschlossen hatte und reifer geworden war.

Wie weit konnte sich die Menschheit in einem Zeitraum von fünfzigtausend Jahren entwickeln, wenn man den Fortschritt der ersten fünftausend Jahre ihrer geschichtlichen Epoche zugrunde legte? hatte Mark sich gefragt und war zu dem Schluß gekommen, daß es auf diese Frage keine Antwort gab. Es war zu erwarten, daß der Mensch dieser Ära ein ganz anderes Geschöpf war, das mit seinen Vorfahren aus dem einundzwanzigsten Jahrhundert nur noch entfernte Ähnlichkeit aufwies. Zumindest hatte Mark erwartet, daß die Menschheit nach fünfzigtausend Jahren in eine völlig neue Ära eingetreten sein würde.

Und jetzt hatte Merkl ihm gesagt, daß sie sich, von einer sehr hochentwickelten Technologie abgesehen, noch immer auf dem sich ständig drehenden Karussell befand, das schon zu Marks Zeiten zu einer ständigen Wiederholung der Geschichte geführt hatte. Mark schüttelte den Kopf über diese Erkenntnis. Merkls Antwort war glaubhaft, sogar logisch, aber irgendwie klang sie falsch.

Mark schüttelte diesen Gedanken ab und stand auf, um das Haus zu untersuchen, in dem er für einige Zeit wie ein Gefangener leben würde. Es bestand aus drei Räumen und war genau so angelegt und eingerichtet wie ein Bungalow des einundzwanzigsten Jahrhunderts. Nur wenn man die Treppe hinaufstieg, die auf das Dach führte, sah man einen Unterschied.

Das Haus stand in einer grünen Hügellandschaft, und die Luft war erstaunlich frisch und klar, so daß die isolierten Gebäudegruppen, die er in einiger Entfernung bemerkte, deutlich zu erkennen waren. Er wunderte sich, daß der Bungalow so weit von allen anderen Gebäuden entfernt stand, und hatte sich schon vorgenommen, Merkl nach dem Grund dafür zu fragen, als ihm einfiel, daß es wahrscheinlich eine Sicherheitsmaßnahme war, um jede mögliche Kontamination zu verhindern. Aber warum hatte Merkl sich ihm dann ohne jede Scheu genähert? Natürlich gingen Wissenschaftler manchmal ziemlich hohe Risiken ein . . . Er zuckte die Achseln und stieg die Treppe wieder hinab. Ich werde inzwischen die Zeitmaschine überprüfen, sagte er sich, und dann ein wenig schlafen. Sowie die Überprüfungsperiode vorbei ist, gibt es für mich eine Menge zu tun.

Aber als er in den Vorraum trat, in dem er in dieser Epoche angekommen war, war seine Zeitmaschine fort.

Zwei Tage später kam Merkl zurück. Mark hörte ihn nicht kommen. Er stand plötzlich in der Tür des Wohnzimmers.

»Hallo«, sagte Merkl mit einem freundlichen Lächeln, »wie geht es Ihnen?«

Mark sprang auf. »Sie haben meine Zeitmaschine fortgebracht!« sagte er wütend.

»Ja, natürlich«, sagte Merkl. »Es ist viel einfacher, sie zu den Geräten zu bringen, die die Untersuchung durchführen, als diese Geräte hierherzuschaffen. Ich denke, daß Sie sie morgen oder übermorgen zurückhaben können.«

»Ach so«, sagte Mark, etwas besänftigt. Merkl trat ins Zimmer, gefolgt von einem älteren, hageren Mann, der Mark freundlich zunickte.

»Mark«, sagte Merkl, »ich möchte Sie mit Termi bekannt machen, einem unserer Archäologen. Er gehört zu dem Team, das Ihre Zeitmaschine untersucht, und er findet sie äußerst interessant. So interessant, daß er mich gebeten hat, Sie zu fragen, ob er sich mit Ihnen ein wenig über sie unterhalten kann.«

Mark fühlte sich ein wenig geschmeichelt und lächelte. »Natürlich«, sagte er. »Ich werde ihm alles sagen, was er wissen will.«

»Ich danke Ihnen, Sir«, sagte Termi mit einer leichten Verbeugung. »Wollen wir uns setzen?«

Die drei Männer setzten sich. Mark beugte sich vor, umklammerte seine Knie mit den Händen und blickte den Archäologen erwartungsvoll an.

»Ich muß mit einem Geständnis beginnen«, sagte Termi. »Unsere Unterlagen über Zeitmaschinen sind sehr unvollständig. Die primitivsten, von denen wir Kenntnis haben, stammen aus einer Periode fünfzehntausend Jahre nach Ihrer Zeit. Wir nehmen an, daß es nach Ihrer Epoche eine Periode wissenschaftlicher Regression gab, während der die Grundkenntnisse für die Konstruktion solcher Maschinen verloren gingen. Deshalb steht Ihre Maschine nach unseren Erfahrungen allein, ohne jede Beziehung zu späteren Entwicklungen. Wir haben noch nicht feststellen können, wie sie funktioniert, und ich hoffe, Sie werden uns unnötigen Aufwand an Zeit und Mühe ersparen, indem Sie uns den Prozeß erklären.«

»Gerne«, sagte Mark bereitwillig. »Sie müssen dabei jedoch bedenken, daß auch andere an dem Projekt der Zeitreisen gearbeitet haben und meine Maschine alles andere als typisch ist. Aber das Prinzip ist bei allen im wesentlichen gleich.

Die Grundlage wirklicher Forschungsarbeit auf dem Gebiet der Zeitreisen ist die Entwicklung der Psychomechanik. Mit ihrer Hilfe wurde festgestellt, daß zwischen der Zeit-Perzeption des menschlichen Körpers und seinem Zeit-Erleben ein unmittelbarer Zusammenhang besteht. Das heißt, der Körper neigt zu einer Reaktion auf das Phänomen der Zeit-Beschleunigung, indem er sich selbst beschleunigt. Der Mackenwald-Verzerrer war das erste Gerät, das diese Reaktion nutzbar machen konnte, indem es die Zeit-Perzeption eines Menschen auf das Dreifache der normalen Geschwindigkeit beschleunigte, und bei diesen Experimenten wurde festgestellt, daß tote Objekte in der Nähe eines Menschen überraschenderweise ebenfalls von dem Beschleunigungsprozeß beeinflußt wurden.

Von diesem ersten Schritt der Veränderung eines Körpers in Relation zur Zeit war es natürlich nur noch ein kleiner Schritt, die Zeit in Relation zu einem Körper zu verändern. Und von den Ergebnissen der Forschung, die in dieser Richtung unternommen wurde, entwickelte sich schließlich die Methode, einen Körper in Relation zur Zeit in einem Zustand der Suspension zu halten – in einem zeitlosen Zustand, mit anderen Worten.

Das ist vielleicht etwas schwierig zu verstehen, ohne die einzelnen Ergebnisse der Forschungen Schritt für Schritt zu demonstrieren. Aber es dürfte doch klar sein, daß es nach Erreichen dieses Ziels, einen Körper in einen zeitlosen Zustand zu versetzen, kaum noch Schwierigkeiten geben konnte. Es blieb nur noch der letzte Schritt: die Entwicklung einer geeigneten Methode, um einen Menschen entlang der Zeitlinie zu einem Punkt zu transportieren, an dem er wieder in die Zeit einzutreten wünschte.

Dieses Problem wurde durch die Psychomechanik gelöst. Mit ihrer Hilfe konnte der menschliche Geist dazu trainiert werden, sie als Antriebskraft im zeitlosen Zustand zu gebrauchen. Auch diese Aufgabe war nicht schwer zu lösen, da man praktisch so gut wie gar keine Energie benötigt, um einen Körper in Relation zur Zeitlinie zu bewegen.«

Termi lehnte sich zurück und lachte.

»Kein Wunder«, sagte er, »daß wir vergeblich nach einer Antriebsmaschine gesucht haben, wenn sich der Antrieb in Ihrem Kopf befand.«

»So ungefähr«, sagte Mark.

»Ich wäre nie darauf gekommen«, sagte Termi und stand auf. »Ich danke Ihnen, daß Sie meine Frage so bereitwillig beantwortet haben. Ich werde später noch einmal zurückkommen, um mich wieder mit Ihnen zu unterhalten. Es gibt viele Aspekte Ihrer Epoche, über die ich gerne Informationen aus erster Hand haben würde.«

Er wandte sich zur Tür. Merkl stand ebenfalls auf und wollte gehen, aber Mark legte ihm die Hand auf den Arm.

»Hören Sie, Merkl«, sagte er. »Sind Sie mit Ihren Untersuchungen noch nicht fertig? Ich würde gerne ausgehen und mir Ihre Welt ein wenig ansehen.«

Merkl stopfte seine Pfeife.

»Sie sind eine sehr komplexe Persönlichkeit, Mark, und wir haben unsere Arbeiten noch nicht abgeschlossen. Aber ich denke, daß Sie sich in einer Woche frei bewegen können.«

»In einer Woche?!«

»Vielleicht geht es auch etwas schneller«, sagte Merkl. »Aber jetzt muß ich wirklich gehen.« Er löste seinen Arm aus Marks Griff und verließ das Zimmer, bevor Mark noch irgend etwas sagen konnte.

Mark stürzte zur Tür und riß sie auf. Aber er sah nichts außer einem kleinen Fluggerät, das gerade vom Rasen abhob. Niedergeschlagen ging Mark ins Haus zurück.

Die Woche verging, und Mark hatte viel Zeit zum Nachdenken. Im Bungalow gab es eine Reihe von Büchern der Art, wie sie auch im einundzwanzigsten Jahrhundert üblich waren. Aber Mark konnte nicht eins finden, das er nicht schon kannte. Also verbrachte er die meiste Zeit auf dem flachen Dach des Bungalows, genoß den Sonnenschein und dachte über seinen Empfang in der Welt der Zukunft nach.

Erst als die Woche schon fast vorbei war, gelang es ihm, das Rätsel seiner Situation zu analysieren – das Gefühl, das ihn seit seiner Ankunft bedrückt hatte.

Es hing mit den Reaktionen von Merkl, Termi und der von den beiden repräsentierten Rasse zusammen. Unbewußt hatte Mark erwartet, daß die Menschen der Zukunft kompetent und selbstsicher sein würden, und es war das Fehlen dieser Eigenschaften, das ihm bei Merkl und Termi aufgefallen war.

Aus der kompletten Einrichtung des Bungalows, in dem er sich bei Beendigung seiner Zeitreise befand, und aus Merkls Haltung hatte er geschlossen, daß sie auf sein Eintreffen vorbereitet waren. Folglich hatte er erwartet, daß die Untersuchung, auf der sie bestanden, kaum mehr als eine Routine werden würde. In Wirklichkeit aber schienen sie es sehr genau zu nehmen und ihr großen Wert beizumessen. Es war wirklich rätselhaft.

Als Merkl nach Abschluß der Woche wieder bei ihm erschien, war Mark fest entschlossen, die Frage seiner Quasi-Gefangenschaft zu klären.

»Hören Sie, Merkl«, sagte er. »Ich will nicht Ihr Recht in Frage stellen, alle notwendigen Maßnahmen zu treffen, um sicherzugehen, daß mein Körper und mein Geist nicht in irgendeiner Weise kontaminiert sind und eine Bedrohung darstellen, aber Sie können mich nicht wochenlang ohne jede Beschäftigung festhalten. Ich werde sonst verrückt.«

Aus irgendeinem Grund schienen Marks Worte Merkl aus der Fassung zu bringen. Reglos stand er Mark gegenüber, als ob ein Schalter in seinem Gehirn umgelegt worden wäre. Er starrte Mark ununterbrochen an, bis Mark den Eindruck hatte, als ob sein Gegenüber von einer seltsamen, plötzlichen Paralyse befallen worden sei. Aber dann hob er die Pfeife an den Mund und tat ein paar nachdenkliche Züge.

»Sie müssen noch hierbleiben«, sagte er. »Sie dürfen jetzt noch nicht hinausgehen.«

»Aber . . .«

»Es tut mir leid«, sagte Merkl. Er wandte sich um und stürzte aus der Tür zu seinem kleinen Fluggerät.

Verwirrt und wütend lief Mark im Wohnzimmer des Bungalows auf und ab, nachdem Merkl gegangen war. Er hatte nun keine Zweifel mehr, daß man ihn absichtlich von der Welt der Zukunft isolierte. Aber aus welchem Grund? fragte er sich immer wieder. Was in aller Welt war mit ihm los, daß man ihm verwehrte, die Städte, die er vom Hausdach aus sehen konnte, aus der Nähe zu betrachten? Und aus seiner Frustration und dem entnervenden Druck einer fast zweiwöchigen Isolation entwickelte sich ein Plan . . .

In dieser Nacht kletterte er auf das Dach. Dabei achtete er darauf, daß kein Licht nach draußen fiel. Er hatte einen verrückten Plan gefaßt. Sie hatten ihm verboten, das Haus zu verlassen, aber die Haustür war unverschlossen. Wenn sie vermuteten, daß er das Haus gegen ihr Verbot verlassen würde, erwarteten sie bestimmt nicht, daß er sich die Mühe machen würde, vom Dach herunterzuspringen, anstatt einfach die Tür zu benutzen. Auf jeden Fall wollte er es darauf ankommen lassen.

Er kletterte über die niedrige Balustrade am Dachrand, hing ein paar Sekunden lang an der Dachkante, und ließ dann los. Der Aufsprung war hart, wurde jedoch durch den Rasen etwas abgefedert. Er ließ sich abrollen und lag still.

Nichts rührte sich. Er wartete eine volle Minute, dann stand er auf und ging langsam durch das Dunkel auf den Lichtschein einer Stadt zu, die nur wenige Meilen entfernt zu sein schien.

Er ging vorsichtig weiter. Ein kleiner Hügel verdeckte den Anblick der Stadt. Dann erreichte er die Kuppe des Hügels und blickte auf die flache Senke hinab, die jenseits der kleinen Erhebung lag. Die Lichter der Stadt schienen ihm ins Gesicht, und plötzlich stieß er einen Schrei animalischer Furcht aus.

Die Stadt war nur ein Modell!

Er stand reglos und starrte auf sie hinab. Dann lief er den Hang hinunter auf sie zu. Die höchsten Gebäude reichten ihm gerade bis zur Brust, und die schmalen Straßen waren nur knapp einen halben Meter breit. Verwirrt strich er mit den Fingern über die Dachkanten der Häuser. Sie waren perfekt in allen Details, kleine Kunstwerke der Imitation. Aber es war nicht das, was ihn so erschreckte.

Es war die Tatsache, daß jedes Gebäude ein exaktes Modell eines Bauwerks seiner Heimatstadt war. Nicht eine der Repliken war ihm unbekannt.

Zitternd hob er den Kopf. Hinter der Miniatur einer Stadt lag ein zitternder, schimmernder Dunst. Neugierig ging er darauf zu.

Er hing wie ein Nebelvorhang unmittelbar hinter den letzten Gebäuden der Stadt. Als er ihn erreicht hatte, blieb er davor stehen und streckte vorsichtig eine Hand aus.

Seine Hand verschwand in der Nebelwand. Mit einem erschrockenen Schrei riß er sie zurück und hielt sie vor sein Gesicht. Sie war unverändert und heil. Ein paar Sekunden zögerte er, dann atmete er tief durch und trat in die Nebelwand.

Seine Füße traten von weichem Grasland auf eine harte, feste Oberfläche. Der Nebel lichtete sich, und er sah – Desolation.

Er stand auf einer Straße, die für Riesen geschaffen zu sein schien. Zu beiden Seiten erhoben sich gigantische Gebäude. Keine Miniaturen, sondern immense Bauten, deren obere Stockwerke im Dunkel der Nacht verschwanden. Aber er sah kein Licht, keine Bewegung. Auf der Straße lag eine dicke Staubschicht, die Fenster waren dunkle Höhlen.

Die Stadt war tot.

Wieder wurde Mark Toren von einem erstickenden Angstgefühl gepackt. Er fühlte sich verloren und bedeutungslos, wie ein Insekt auf der Fensterscheibe der Ewigkeit, bevor es vom Daumen eines Gottes zerdrückt wird. In wilder Panik rannte er die Straße entlang.

Nach einer knappen Minute verspürte er plötzlich das Verlangen, sich zu verstecken, und stürzte in die offene Tür eines Gebäudes.

»Willkommen!« rief eine tiefe Stimme.

Erschrocken rannte er zurück auf die Straße. Er lief ein Stück und stürzte in die Tür eines anderen Gebäudes.

»Willkommen!« rief wieder eine tiefe Stimme.

Er wich ein paar Schritte zurück, aber jetzt hatte die Neugier ihm einen Teil seiner Furcht genommen, und er blieb stehen, an die Wand gepreßt und im tiefen Schatten.

Die tiefe Stimme sprach weiter, aber jetzt merkte er, daß er sie nicht durch die Ohren vernahm, sondern daß sie in seinem Kopf klang.

»Willkommen, Fremder«, sagte die Stimme. »Von wo immer Sie auch kommen mögen, welche der weiten, entfernten Welten auch Ihre Heimat sein mag, seien Sie willkommen. Sie stehen hier an der Wiege der menschlichen Rasse.

Dies war der Ort unserer Geburt, diese Erde. Hier haben wir uns aufgerichtet und zu gehen begonnen. Hier haben wir uns entwickelt und nach den Sternen gegriffen. Und hier haben wir unsere Denkmäler der letzten planetengebundenen Menschen zurückgelassen. Sieh dich um. Hier ist das Erbe der menschlichen Rasse.

Jetzt haben wir, die letzten planetengebundenen Menschen, unser Denkmal fertiggestellt und werden unsere Brüder in anderen Sonnensystemen treffen. Wir werden keine neue Heimat suchen. Wir haben uns so weit entwickelt, daß wir keine Heimat und kein Heim mehr brauchen. Wir sind im ganzen Raum zu Hause. Es war nie vorherbestimmt, daß der Mensch sich an die winzigen Planeten klammern soll, wenn ihm die Unendlichkeit des Raums zur Verfügung steht. Wir haben uns von diesen Zwängen befreit und sind wie die Vögel, die sich in der grenzenlosen Weite des Luftraums bewegen.

Also sei willkommen, Fremder. Blicke auf die Werke des Menschen, auf seine Bauten, seine Maschinen, und auf die Geschöpfe dieser Maschinen. All das hat er hinterlassen, so wie auch du eines Tages deine Werke und alles, was deine Hände geschaffen haben, zurücklassen wirst, um der größeren Freiheit willen, die in der Unendlichkeit des Raums zwischen den Sternen herrscht.«

Die Stimme verstummte, und Mark trat aus der Tür auf die mondhelle Straße hinaus. Und blieb reglos stehen.

Vor ihm standen Merkl und Termi, die ihn erwartet hatten. Und hinter ihnen standen andere ihrer Art, aber diese anderen glänzten im Licht des Mondes, weil ihre Metallskelette nicht von künstlichem Fleisch bedeckt waren. Sie sagten nichts, und ihre Augen blickten Mark unverwandt an. Er wußte, daß er Angst verspüren sollte, aber durch die tiefe Stimme, die im dunklen Hauseingang zu ihm gesprochen hatte, war alle Furcht von ihm gewichen, und er fühlte nur noch Mitleid mit den Gestalten, die ihm gegenüberstanden.

»Ihr seid also Kreaturen von Maschinen«, sagte er schließlich.

»Ja«, lautete die Antwort, und sie war wie ein Seufzen.

»Und ich bin ein Mensch«, sagte Mark. Das Mitleid ließ seine Stimme sanft klingen. »Was habt ihr vor? Was wollt ihr von mir erfahren?«

»Wir wollen lernen, was das Leben ist«, antwortete Merkl für sie alle. »Wir sind an die Erde gefesselt, weil wir zwar denken können, aber keine Fantasie besitzen. Die Fantasie des Menschen hat ihn zu den Sternen geführt. Wir glaubten, wenn wir zurückgehen zu der Zeit, in der die Menschen noch lernten, würden auch wir lernen können.«

»Aber ihr hättet meine Maschine nicht benutzen können, wenn ihr nicht über Fantasie verfügt«, sagte Mark. »Die Anwendung der Psychomechanik erfordert Fantasie.«

Sie antworteten nicht.

»Warum habt ihr mir nicht die Wahrheit gesagt und mich einfach gefragt?« sagte Mark. »Und warum habt ihr dies alles . . .« – er deutete mit einer weit ausholenden Geste auf die Gebäude der Stadt – »vor mir verbergen wollen?«

»Weil wir Sie hassen«, sagte Merkl ohne jede Emotion. »Wir können niemals sein, was Sie sind, und dafür hassen wir Sie.«

Eine Weile herrschte Schweigen.

»Es tut mir leid«, sagte Mark schließlich, »aber ich kann euch nicht helfen.«

»Nein«, sagte Merkl, »Sie können uns nicht helfen. Und wir können nichts von Ihnen lernen. Das Gebäude, in dem Sie gewohnt haben, war ein gigantischer Scanner. Wir haben Sie ständig analysiert. Wir haben in Ihnen gelesen wie in einem Buch, aber wir haben nichts verstanden. Wir haben Ihre Maschine völlig auseinandergenommen – bis auf ihre Atom-Komponenten – und sie wieder zusammengesetzt. Aber wir können nichts mit ihr anfangen. Jetzt wollen wir, daß Sie uns verlassen.« Er hob die Hand, die anderen traten zur Seite, und Mark sah seine Zeitmaschine hinter ihnen stehen.

»Wir können nicht durch die Zeit reisen«, fuhr Merkl fort, »aber wir besitzen Maschinen, die unsere Epoche von der Ihren – und allen anderen – isolieren können. Wir werden sie aktivieren, sowie Sie fort sind. Wir haben von Ihrem Besuch immerhin eines gelernt: daß es nicht gut ist, wenn unsere Art mit der Ihren in Berührung kommt. – Gehen Sie jetzt.«

Wie in einem Traum ging Mark durch das Spalier der Maschinenmenschen auf seine Zeitmaschine zu. Wortlos kletterte er hinein und griff nach den Kontrollhebeln. Dann wandte er den Kopf und blickte noch einmal Merkl an, der neben das Gerät getreten war. Unter seinen Füßen begannen die Generatoren zu summen.

»Roboter«, murmelte Mark und starrte Merkl verwundert an.

Die Nebel einer zerfließenden Zeit stiegen zwischen ihnen auf. Durch den Dunst sah Mark das Plastikgesicht des anderen seltsam verzerrt.

»Warum verfluchst du mich?« rief Merkl verzweifelt.

Liebe mich

Auf dem Weg zum Büro des Colonels bat Ted Holman den Militärpolizisten, ihn bei den Labors vorbeizuführen, damit er Pogey sehen konnte.

»Glaubst du, ich bin verrückt?« sagte der Mann. »Das darf ich nicht. Außerdem haben wir keine Zeit dazu. Und man würde dich ohnehin nicht hineinlassen. Du könntest bestenfalls einen Blick durch die Tür werfen.«

»Okay. Dann sehe ich ihn eben durch die Tür«, sagte Ted. Der Militärpolizist zögerte unschlüssig. Er war ein schlanker, dunkelhaariger Junge aus Colorado und wirkte älter als Ted. Holman war ein junger, blonder Soldat und gehörte zu den Typen, die nie richtig erwachsen aussehen. Aber Ted war schon auf Arcturus IV gewesen, und der Militärpolizist war noch nicht weiter gekommen als bis nach Washington.

Sie gingen also zum Labor, und Ted blickte durch die vergitterte Glasscheibe im oberen Teil der Tür der Versuchsstation. Er sah Käfige mit weißen Ratten, Kaninchen und ein paar Rhesus-Affen und einer kleinen weißen Hündin unbestimmter Rasse. Aus dem Lautsprechergrill über der Tür hörte er das Scharren der Tiere in ihren Käfigen.

»Ich kann ihn nicht sehen«, sagte Ted.

»In der Ecke«, sagte der Militärpolizist.

Ted preßte sein Gesicht an das Glas und entdeckte in der linken Ecke des Raums einen Käfig mit einem Tier, das wie ein Silberfuchs aussah. Es hatte sich zusammengerollt und schien zu schlafen.

»Pogey!« rief Ted. »Pogey!«

»Es kann dich nicht hören«, sagte der Militärpolizist. »Die Sprechanlage ist nur zum Abhören, damit die Nachtwachen merken, wenn drinnen was nicht stimmt.«

Ein Mann in einem weißen Kittel trat durch eine Tür am anderen Ende des Raums herein, in seinen Händen ein Tablett mit Tupfern und drei Injektionsspritzen. Die kleine weiße Hündin und Pogey waren sofort auf den Beinen und preßten ihre Nasen gegen die Gitterstäbe ihrer Käfige. Die Hündin wedelte mit ihrem Stummelschwanz und winselte.

»Liebst du mich?« fragte Pogey. »Liebst du mich?«

Der Mann im weißen Kittel beachtete sie nicht. Er stellte das Tablett ab und ging wieder hinaus. Die Hündin winselte hinter ihm her. Pogey senkte den Kopf. Teds Hände ballten sich zu Fäusten.

»Er hätte doch etwas sagen können!« rief er. »Warum hat er nichts gesagt!«

»Er hat viel zu tun«, sagte der Militärpolizist nervös. »Komm jetzt – wir müssen gehen.«

Sie gingen weiter, zum Büro des Colonels. Als sie die Tür des Vorzimmers erreichten, schob der Militärpolizist seine Waffe etwas nach hinten, damit sie von der Jacke verdeckt wurde. Dann klopfte er an, und sie traten ein.

Ein Mädchen mit auffällig grünen Augen saß auf der Bank, die links neben der Tür an der Wand stand, und schien zu warten. Sie blickte zu Ted auf, als er und der Militärpolizist eintraten.

»Der Colonel wartet. Gehen Sie hinein.« Der Lieutenant, der an einem der beiden Schreibtische saß, deutete auf die Tür. Sie traten in ein rechteckiges Büro.

»Warten Sie draußen«, sagte der Colonel zu dem Militärpolizisten und lehnte sich in seinem Schreibtischsessel zurück. Der Militärpolizist ging wieder hinaus. Ted stand vor dem Schreibtisch und blickte den Colonel an.

»Sie sind ein Idiot, Ted«, sagte der Colonel.

»Er gehört mir«, sagte Ted.

»Halten Sie den Mund«, sagte der Colonel, ein dunkelhaariger Mann mit einem nervös zuckenden Schnurrbart. »Je eher Sie einsehen, daß das Unsinn ist, desto besser für Sie.«

»Ich will ihn zurückhaben.«

»Sie bekommen nichts zurück. Es ist schon so schwierig genug. Okay, wir waren zusammen auf Arcturus, und wir waren die ersten, die so weit in den Raum vorgestoßen sind, und das ist auch der Grund, warum wir keinen unserer Leute vor ein Kriegsgericht stellen lassen, solange wir die Sache unter uns regeln können. Aber Sie müssen sich damit abfinden, daß Sie den Antipoden nicht zurückkriegen.«

Ted sagte nichts.

»Hören Sie mir jetzt gut zu«, sagte der Colonel. »Wissen Sie eigentlich, was Sie riskiert haben, als Sie einen Offizier schlugen? Anstatt heute wieder frei zu sein, hätten Sie fünfzehn Jahre Zwangsarbeit vor sich haben können. Zuzüglich der Strafe, die Sie für das Einschmuggeln des Antipoden bekommen hätten.«

Ted schwieg noch immer.

»Sie haben Glück«, sagte der Colonel, »unverdientes Glück. Alle Ihre Kameraden – und Ihre Offiziere – haben sich für Sie eingesetzt. Wir haben falsche Papiere ausgestellt, nach denen der Antipode ein Versuchstier ist, das unser Kommando mitgebracht hat. Nicht Sie, sondern das Kommando! Und Curry – *Lieutenant* Curry, Ted – wird aussagen, daß Sie ihn *nicht* halb zu Tode geprügelt hätten, als er versuchte, Ihnen den Antipoden abzunehmen. Ich wollte darauf bestehen, daß Sie sich förmlich bei ihm entschuldigen, aber er sagte, das sei nicht nötig, er mache Ihnen keinerlei Vorwürfe. Wie gesagt, Sie haben unverdientes Glück.« Er blickte Ted forschend an. »Nun?«

»Sie verstehen nicht«, sagte Ted. »Sie sterben, wenn sie niemanden haben, den sie lieben können. Ich war sechs Monate lang völlig allein auf der Wetterstation. Ich weiß es. Pogey wird sterben.«

»Hören Sie . . . Ach was! Gehen Sie in die Stadt und lassen Sie sich vollaufen. Wir haben alles getan, was wir tun konnten. Jeder von uns. Sie können von Glück sagen, daß Sie so ungeschoren davonkommen.« Der Colonel griff nach dem Telefon und begann eine Nummer zu drücken. »Verschwinden Sie.«

Ted verließ das Büro. Niemand hielt ihn auf. Er ging in die Unterkunftsräume der Kaserne, in der die Mitglieder des Arcturus-Kommandos jetzt wohnten, zog sich Zivil an und verließ das Gelände.

Er war in der fünften oder sechsten Bar, als sich ein Mädchen neben ihn an die Theke setzte.

»Hallo, Ted«, sagte sie.

Er wandte den Kopf und blickte sie an. Ihre Augen strahlten grün wie ein taufeuchter Rasen bei Sonnenaufgang, ihr Haar war dunkelblond, und sie trug ein gutgeschnittenes blaues Kostüm. Es war das Mädchen, erkannte er, das im Vorzimmer des Colonels auf der Bank gesessen hatte. Aus der Nähe sah sie älter aus als im Büro.

»Ich bin June Malyneux«, sagte sie, »Reporterin des *Recorder*.«

Ted sah sie an und nickte. »Mögen Sie einen Drink?« sagte er.

»Gute Idee. Einen Tom Collins, bitte.«

Er bestellte ihr einen Tom Collins, und eine Weile saßen sie schweigend nebeneinander, nahmen ab und zu einen Schluck von ihren Drinks und blickten einander an.

»Sagen Sie«, wandte sie sich schließlich an Ted, »was haben Sie am meisten vermißt, als Sie über dreiundzwanzig Quadrillionen Meilen von der Erde entfernt waren?«

»Gras«, sagte Ted und sah ihr in die Augen. »Zuerst jedenfalls. Nach einer Weile habe ich mich an den Sand und an die Ranken gewöhnt und das Gras nicht mehr sehr vermißt.«

»Haben Sie den Alkohol vermißt?«

»Nein.«

»Warum lassen Sie sich dann jetzt vollaufen?«

Ted ließ das Glas sinken und blickte sie an. »Ich habe einfach Lust dazu, das ist alles.«

Sie legte ihre Hand auf seinen Arm. »Ich weiß, warum Sie es tun«, sagte sie. »Es ist ziemlich schwer, etwas vor Journalisten geheimzuhalten. Was wollen Sie tun?«

»Ich weiß nicht . . . Ich weiß nicht, was ich tun soll . . .«

»Woher haben Sie das . . . das . . .«

»Antipod.«

»Antipod«, wiederholte sie.

»Ich war lange allein auf der Wetterstation«, sagte Ted und drehte das Glas in den Händen. »Pogey hat da in der Nähe gelebt, und irgendwie hat er sich an mich gewöhnt.«

»Hat keiner der anderen Männer versucht, so ein Tier an sich zu binden?«

»Nicht daß ich wüßte. Sie sind ziemlich scheu. Wenn man sie erschreckt, fliehen sie und kommen niemals wieder.«

»Haben Sie einige dieser Tiere erschreckt?«

»Wahrscheinlich«, sagte er und zuckte die Achseln. »Zuerst habe ich sie überhaupt nicht beachtet. Dann bemerkte ich, daß mehrere dieser Tiere in der Nähe waren und mich und meine Bude ständig beobachteten. Und dann kam Pogey.«

»Wie haben Sie ihn dazu gebracht?« fragte sie.

Wieder zuckte er die Achseln. »Durch Geduld, glaube ich.«

Die Bar füllte sich. Eine Band begann zu spielen, und es wurde laut.

»Kommen Sie«, sagte June. »Ich kenne ein Lokal, wo es ruhiger ist und man reden kann, ohne schreien zu müssen.« Sie stand auf. Er glitt ebenfalls vom Barhocker und folgte ihr.

Sie nahmen ein Taxi und fuhren zum Strand. Das *Digger's Inn* lag direkt an der Bucht, und vor seiner Veranda schlugen die Wellen auf das flache Ufer. Die Veranda hatte ein Strohdach, die kleinen runden Tische wurden von Kerzenlicht beleuchtet und vom Licht des Mondes, das vom Wasser reflektiert wurde. Sie hatten zu Rum-Cocktails übergewechselt, und Ted wurde allmählich betrunken. Das ärgerte ihn, weil er June von seinem Leben auf der Wetterstation berichten wollte und seine Zunge immer schwerer wurde.

». . . Je weiter man von der Erde weg ist, desto kleiner wird man – verstehen Sie?«

Sie blickte ihn schweigend an und wartete darauf, daß er weitersprechen würde.

»Ich meine . . . angenommen, Sie werden irgendwo geboren und wachsen da auf und kommen niemals weiter als bis zur nächsten Straßenecke – dann sind Sie ein Riese. Verstehen Sie, was ich sagen will? Stellen Sie sich neben den Häuserblock, den Sie kennen, und er und Sie sind bedeutend.« Er malte einen Kreis und einen Punkt auf die feuchte Tischplatte zwischen ihnen, um seine Worte zu illustrieren. »Aber wenn Sie in der ganzen Stadt umherlaufen, sind Sie ziemlich klein neben ihr. Und in der Welt, in unserem Sonnensystem . . .«

»Ich verstehe«, sagte sie.

». . . und wenn Sie nach Alpha Centauri gehen, sind Sie dreiundzwanzig Quadrillionen, vierhundert Trillionen Meilen von zu Hause entfernt . . .« – er hob Daumen und Zeigefinger und preßte ihre Nägel zusammen – ». . . und Sie sind monatelang allein . . . was bleibt dann noch von Ihnen übrig?« Er hielt ihr Daumen und Zeigefinger vor das Gesicht. »Sie sind winzig«, sagte er, »ein Nichts.«

Sie blickte von seinen zusammengedrückten Fingern zu seinem Gesicht. Dann hob sie die Hand und legte sie sanft auf die seine.

»Nein. Hören Sie zu.« Er schüttelte ihre Hand ab. »Was bleibt denn von einem, wenn man so winzig ist? Was bleibt?«

»Sie«, sagte er.

Er schüttelte den Kopf. »Nein«, sagte er. »Nicht ich. Aber was kann ich dagegen tun? Was kann ich tun, wenn ich so winzig bin?« Er umklammerte ihren Arm. »Ich bin winzig und kann nur winzige Dinge tun. Alles, was ich tue, ist winzig . . .«

»Bitte.« Sie versuchte, seine Hand von ihrem Arm zu lösen. »Sie tun mir weh . . .«

»Ich kann lieben«, sagte er. »Ich kann jemandem meine Liebe schenken.«

Sie hielt ihre Hand still und versuchte nicht mehr, seinen Griff um ihren Arm zu lösen. Sie sah ihn an, und er blickte mit den rotgeränderten Augen eines Betrunkenen zurück.

»Wie alt sind Sie?« flüsterte sie.

»Fünfundzwanzig.«

»Sie sehen jünger aus – jünger als ich bin . . .«

»Es kommt doch nicht darauf an, wie alt ich bin«, sagte Ted. »Es kommt nur darauf an, was ich tun kann.«

»Bitte«, sagte sie. »Sie tun mir weh . . .«

Er ließ ihren Arm los.

»Entschuldigen Sie«, murmelte er und nahm einen großen Schluck aus seinem Glas.

»Sie haben mir noch nicht gesagt, wie Sie ihn herausgeschmuggelt haben.« June massierte den Arm, den er gedrückt hatte.

»Pogey?« sagte er mit schwerer Zunge. »Das haben wir lange geübt. Ich habe ihn mir um die Hüfte gelegt, unter Hemd und Jacke.«

»Und so haben Sie ihn auf das Raumschiff gebracht?«

»Sie haben uns gewogen, als wir an Bord gingen«, sagte Ted. »Aber ich habe daran gedacht und mir vorher zwölf Pfund runtergehungert. Pogey wiegt nämlich etwas über elf.«

»Und niemand hat etwas gemerkt, bis Sie wieder auf der Erde waren?«

»Doch. Bei einer unangekündigten Inspektion. Sie wollten sichergehen, daß wir nichts bei uns hatten, das die Regierungskontrolle beanstanden könnte. Der Colonel hatte die Untersuchung angeordnet, aber Curry hat sie durchgeführt – Lieutenant Curwen – und er fand Pogey und . . .« Er brach den Satz ab und starrte in sein Glas.

»Was hatten Sie mit ihm vor?« fragte June. »Mit Pogey, meine ich.«

Er sah sie überrascht an. »Ich wollte ihn bei mir behalten«, sagte er. »Verstehen Sie denn nicht? Pogey braucht mich.«

»Ich verstehe, wirklich.« Sie beugte sich näher zu ihm. »Ich werde Ihnen helfen, ihn herauszubekommen.«

»Sie?«

»Ja«, sagte sie.

»Aber wie?« sagte er. Und dann: »Warum? Wir haben uns die ganze Zeit unterhalten, und plötzlich bieten Sie mir an, Pogey herauszuholen. Warum? Doch nicht nur, weil Sie Journalistin sind.«

»Nein, nein«, sagte sie hastig. »Zugegeben, anfangs war ich nicht besonders interessiert. Es war eine ganz nette Story, aber nicht mehr. Doch dann . . . irgend etwas an der Art, wie Sie von ihm sprachen . . . Ich weiß es nicht, aber plötzlich war ich auf Ihrer Seite. – Sie glauben mir doch, Ted, nicht wahr?«

»Ich weiß nicht«, sagte er mit belegter Stimme.

»Ted. Ted.« Sie rückte näher zu ihm. Ihr Kopf war ein wenig zurückgebeugt, ihre Augen halb geschlossen. Er starrte sie ein paar Sekunden lang verblüfft an, dann nahm er sie in die Arme und küßte sie. Er fühlte, daß sie zitterte.

Als er sie wieder freigab, rückte sie ein Stück von ihm ab und fuhr mit dem Zeigefinger über ihre Augenwinkel.

»Glaubst du mir jetzt?« fragte sie leise.

»Ja«, sagte er. Er sah sie schweigend an, als sie ein Taschentuch, Puderdose und Lippenstift aus ihrer Handtasche nahm. »Aber wie wollen wir es anstellen? Sie haben ihn eingesperrt.«

»Es gibt einen Weg«, sagte sie und zog sorgfältig die Konturen ihrer Oberlippe nach. Dann fuhr sie mit der Unterlippe über die Oberlippe und betrachtete das Resultat ihrer Mühe im Spiegel. »Ich bin recht gut in solchen Dingen«, sagte sie zum Spiegel. »Ich bin schon mit allen möglichen Situationen fertig geworden. Und ich . . . ich will dir helfen.«

»Aber wie?«

»Ich müßte die Hintergründe kennen.« Sie klappte ihr Schminktäschchen zusammen und steckte es in ihre Handtasche zurück. »Die Expedition nach Alpha Centauri hat vierzig Milliarden Dollar gekostet.«

»Das weiß ich«, sagte er. »Aber was hat das damit zu tun . . .«

»Das Militär hat sich auf weitere interstellare Expeditionen und Forschungen festgelegt. Sie wollen drei weitere Forschungsreisen von größerem Umfang durchführen. Dieses Programm, dessen Dauer auf zwanzig Jahre festgesetzt wurde, wird hundertvierzig Milliarden kosten.« Sie blickte ihn an, wie eine Lehrerin einen Schüler ansehen mag. »Das ist eine Menge Geld. Aber jetzt ist der beste Zeitpunkt, um dieses kostspielige Programm durchzusetzen. Ihr seid gerade von eurer Expedition zurückgekehrt, das Interesse der Öffentlichkeit ist geweckt, und so weiter.«

»Klar«, sagte er. »Aber was hat das alles mit Pogey zu tun?«

»Sie wollen kein Aufsehen. Keinen Skandal. Bei dem jetzigen Stand der Dinge können sie sich keinerlei Auseinandersetzungen leisten.« Sie sah ihn an. »Du bist doch aus dem Militärdienst entlassen, nicht wahr?«

»Ja.« Ted nickte und runzelte die Stirn. »Sie haben mir heute die Entlassungspapiere gegeben, bevor ich zum Colonel ging. Ich bin Zivilist.«

»Okay. In Ordnung. Und du weißt, wo Pogey ist. Kannst du ihn irgendwie aus dem Kasernengelände bringen?«

»Ja«, sagte er zögernd. »Daran habe ich auch schon gedacht. Aber das sollte nur eine letzte Möglichkeit sein – falls mir nicht noch etwas einfallen würde, wobei sie uns nicht verfolgen können.«

»Sie werden euch nicht verfolgen. Das laß nur meine Sorge sein. Pogey gehörte dir, und diese Tierart ist von der Expedition als harmlos erkannt und eingestuft worden. Das reicht, um eine schöne, schnulzige Zeitungsstory zu schreiben. Ich werde mich mal ein wenig mit dem Colonel und ein paar anderen Leuten unterhalten.«

»Aber was nützt das, wenn sie ihn mir doch wieder abnehmen?«

»Das werden sie nicht tun. Juristisch kannst du ihnen nichts anhaben, Ted. Aber ich bin überzeugt, lieber geben sie nach, als daß sie eine negative Presse riskieren. Du wirst sehen.«

»Glaubst du wirklich?« fragte er hoffnungsvoll.

»Ich bin davon überzeugt«, sagte sie.

Er sprang auf. »Ich werde ihn sofort herausholen.«

»Vorher solltest du aber eine Tasse Kaffee trinken«, sagte June.

»Nein, nein. Ich bin völlig nüchtern.« Er atmete tief durch und nahm die Schultern zurück. Die alkoholische Benommenheit in seinem Kopf schien abzuklingen.

»Du brauchst einen Platz, an dem du ihn unterbringen kannst«, sagte June. »Ich habe eine Wohnung . . .«

Er schüttelte den Kopf.

»Ich werde dich anrufen«, sagte er. »Wir werden zuerst mal eine Weile unterwegs sein. Ich melde mich morgen. Wann willst du mit dem Colonel sprechen?« Er wandte sich bereits zum Gehen.

»Morgen früh.« Sie stand auf und ging ihm nach. »Warte doch. Ich komme mit.«

»Nein.« Er schüttelte den Kopf. »Ich will dich nicht mit hineinziehen. Ich melde mich. Wie ist deine Telefonnummer?«

»Parketon 5-45-8321«, rief sie ihm nach. »Das ist die Nummer der Redaktion . . .«

Ted Holman stieß die Tür auf und trat auf die Straße.

Er winkte einem Taxi.

»Richardson Raumflug-Basis«, sagte er zu dem Fahrer. Sein Dienstausweis war noch bis zum Ende der Woche gültig, und der Posten ließ das Taxi nach einem flüchtigen Blick auf die Karte ungehindert passieren.

Ted ließ das Taxi vor dem Laboratoriumsgebäude warten und ging im tiefen Schlagschatten an der Mauer entlang, bis er zur Versuchsstation gelangte, wo Pogey gefangengehalten wurde. Eine Nachtwache trat aus der Tür des Labors, als er sie fast erreicht hatte. Es war ein junger Mann, wahrscheinlich ein Rekrut. Er hielt die Maschinenpistole unter dem Arm und blickte gelangweilt und verschlafen den Korridor entlang. Ted blieb reglos stehen, bis der Posten weiterging und in der nächsten Tür verschwand. Dann eilte er auf die Tür der Versuchsstation zu. Sie war verschlossen. Aber Ted entdeckte den Schlüssel für Notfälle in einem kleinen Glaskasten neben der Tür. Er schlug die Scheibe ein, nahm den Schlüssel heraus und öffnete die Tür. Die Tiere in den Käfigen hoben bei dem leisen Geräusch den Kopf und blickten ihn an.

Er trat zu Pogeys Käfig und öffnete die Tür.

»Pogey, Pogey . . .«, sagte er leise.

Der Antipode sprang ihm auf den Arm und klammerte sich an ihn wie ein Kind. Sie gingen in die Nacht hinaus. Als Ted sich wieder in das Taxi setzte, schien er um die Hüften etwas dicker geworden zu sein.

Im Osten dämmerte es schon, als er in die Stadt zurückkam. Ted verließ das Taxi und fuhr mit der U-Bahn weiter. Er drückte sich in eine Ecke, schloß die Augen und fühlte die wohlige Wärme von Pogey, der sich an ihn schmiegte.

Als er aus dem Schlaf schreckte und auf seine Uhr blickte, stellte er fest, daß es schon elf war. Sieben Stunden lang war er unter der Stadt hin und her gefahren und hatte seinen Rausch ausgeschlafen.

Steifbeinig stieg er aus der U-Bahn, ging die Treppe hinauf und rief von einer Telefonzelle die Nummer an, die June ihm gegeben hatte. Sie sei nicht in der Redaktion, wurde ihm erklärt, würde aber bald zurück sein. Er hängte auf, ging in ein Restaurant und bestellte sich ein Frühstück. Als er später noch einmal in der Redaktion anrief, meldete sich June.

»Alles in Ordnung«, sagte sie. »Aber du solltest für eine Weile in Deckung bleiben. Wo kann ich dich treffen?«

Er überlegte ein paar Sekunden lang. »Ich werde mir ein Hotelzimmer nehmen. Unter dem Namen – William Wright. Kannst du mir ein Hotel empfehlen, das mehrere Eingänge hat?«

»Das Byngton«, sagte June, »Chire Street hundertachtundsiebzig. Vierter Stock. Ich treffe dich dort in einer halben Stunde.«

»Okay«, sagte er und hängte auf.

Er fuhr ins Byngton und trug sich ein. Er war gerade in seinem Zimmer und hatte Pogey auf dem Bett abgesetzt, als der Portier anrief und ihm sagte, daß eine Dame ihn zu sprechen wünsche.

»Sie ist da«, sagte er zu Pogey.

Er verließ das Zimmer und schloß die Tür sorgfältig hinter sich ab.

June erwartete ihn auf der verglasten Veranda und lief auf ihn zu, als er hereintrat. Er drückte sie an sich.

»Wir haben es geschafft! Wir haben es geschafft!« Sie schlang ihm die Arme um den Hals.

»Was ist passiert?« fragte er.

»Ich habe vorher angerufen – bevor ich zu deinem Colonel ging – und als ich in sein Büro trat, war schon General Daton bei ihm, und noch ein anderer General des Raumkommandos.« Sie lächelte amüsiert. »Ich erklärte ihnen, daß du Pogey aus dem Labor geholt hast – aber das wußten sie bereits. Da sagte ich ihnen, daß du ihn behalten würdest – und zeigte ihnen einen Artikel, den ich darüber geschrieben hatte.« Sie löste sich aus seinen Armen und drehte eine Pirouette. »Du hättest sie sehen sollen, Ted. Sie kochten vor Wut! Ich an deiner Stelle würde mich vorläufig nicht bei ihnen blicken lassen. Aber du kannst ihn behalten. Du kannst Pogey behalten.«

Sie umarmte ihn wieder. Und diesmal war er es, der sich von ihr löste.

»Das klingt alles so einfach. Bist du sicher?«

»Du darfst nur keinen Wirbel machen«, sagte June. »Du mußt dafür sorgen, daß niemand ihn sieht, dann werden sie dich in Ruhe lassen. Die Macht der Vierten Gewalt im Staat. – Es hilft natürlich, wenn man durchblicken läßt, daß man zum Vorstand der Journalisten-Gilde gehört.«

»Der Journalisten-Gilde?«

»Natürlich. Habe ich dir das nicht gesagt, mein Schatz? Ich bin seit vierzehn . . .« – sie stolperte über das Wort, und das Lächeln auf ihrem Gesicht erlosch – ». . . Jahren dabei«, brachte sie den Satz zu Ende, und ihre Stimme war fast unhörbar. Ihre grünen Augen sahen ihn an.

Aber Ted runzelte nur ungeduldig die Stirn. »Also ist die Sache wirklich geregelt? Ich meine, sie werden Pogey und mich in Ruhe lassen?«

»O ja«, sagte sie. »Du kannst dich darauf verlassen. Von jetzt an seid ihr sicher.«

Er seufzte erleichtert.

»Pogey kann nichts mehr passieren«, murmelte er. Dann sah er sie an und nahm ihre Hände. »Ich – weiß nicht, wie ich dir danken soll.«

Sie erwiderte seinen Blick. »Du weißt es«, sagte sie.

»Du hast sehr viel für mich getan«, sagte er. »Wenn du nicht gewesen wärst . . .« Er drückte ihre Hand. Sie war kalt und leblos. »Ich stehe tief in deiner Schuld«, sagte er. »Wenn ich irgend etwas für dich tun kann . . .« Er ließ ihre Hand los und trat einen Schritt zurück. »Ich werde dir schreiben«, sagte er. »Ich werde dir berichten, wie es uns geht.« Er nickte ihr zu und wandte sich zum Gehen. »Auf bald. – Und nochmals vielen Dank.«

»Ted!«

Er blieb stehen und wandte sich wieder um.

»Willst du mich nicht in dein Zimmer bitten?« sagte sie, und ihre Lippen waren so steif, daß sie die Worte kaum herausbrachte.

Er fuhr sich mit der Hand den Hals entlang. »Weißt du . . . ich bin die ganze Nacht aufgewesen . . . und ich habe ziemlich viel getrunken . . . und Pogey ist sehr scheu, wenn Fremde in seiner Nähe sind . . .« Er zog verlegen die Schultern hoch. »Ich meine, ich bin sicher, daß er dich eines Tages mögen wird, aber . . . ein andermal, ja?« Er lächelte in ihr versteinertes Gesicht. »Ruf mich morgen an, ja? Heute bin ich wirklich geschafft. – Nochmals vielen Dank.«

Er wandte sich um und ging auf seine Zimmertür zu. Er ging hinein und schloß die Tür hinter sich. Dann schloß er sie ab und drückte auf den Knopf, der das NICHT STÖREN-Schild aufleuchten ließ.

Er trat auf das Bett zu. Pogey lag zusammengerollt auf der Decke, und der Anblick des kleinen Antipoden ließ Teds Gesicht aufleuchten.

Er kniete sich vor das Bett und sah Pogey lächelnd an. Der Antipode sprang wie ein verspielter Otter auf Teds Gesicht zu und drückte seine feuchte Nase an seine Wange.

»Liebst du mich?« fragte Pogey.

»Ich liebe dich«, flüsterte Ted. »Jetzt ist alles in Ordnung, Pogey, und es wird wieder so, wie es früher war.« Er drückte seine Wange auf die Decke und schloß die Augen. »Ich liebe Pogey«, flüsterte er. »Ich liebe Pogey.«

Pogey streckte seine kleine, rosa Zunge heraus und fuhr damit über Teds Stirn.

»Was jetzt«, fragte Ted verschlafen.

Ein scharfer Glanz trat in die kleinen Knopfaugen des Antipoden. »Jetzt gehen wir nach Washington«, sagte er, »und holen uns noch mehr solche wie dich.«

Unser erster Todesfall

Juny Vewlan starb gegen vier Uhr morgens, und wir begruben sie am selben Vormittag um elf Uhr, weil wir keine Möglichkeit hatten, die Leiche kühlzuhalten. Sie hatte nicht verbrannt werden wollen, und weil sie die erste von uns war und weil etwas von dem Schrecken ihres Wissens um ihre totale Auslöschung sich während ihrer Krankheit auf uns übertragen hatte (falls man es eine Krankheit nennen konnte – auf jeden Fall lag sie im Sterben), wurde eine Ausnahme gemacht, und wir beschlossen, sie zu begraben.

Die unterschwelligen Gründe für diesen Entschluß waren uns damals nicht recht klar, und auch nicht eine ganze Zeit später. Natürlich waren uns Krankheit und Tod dieses vaterlosen, mutterlosen Mädchens nahegegangen. Natürlich teilten wir die Trauer des alten Mannes – ihres Großvaters Gothrud Vewlan, der zusammen mit seiner Frau, Van Meyer und Kurt Meklin unser Führungskomitee bildete, als er mit gesenktem Kopf auf der Plattform stand und uns bat, seiner toten Enkelin einen letzten Dienst zu erweisen. Und natürlich war Kurt Meklin dagegen, was wieder auch die von uns, die eigentlich seine Bitte abschlagen wollten, auf unsere Seite brachten.

Wir begruben sie also. Es war ein klarer, kalter Tag, denn auf unserem Planeten hatte bereits der Winter begonnen. Wir trugen sie über den hartgefrorenen Boden und senkten sie in die Grube, die ein paar von unseren Männern für sie gegraben hatten. Unter dem durchsichtigen Sargdeckel wirkte sie noch jünger als sechzehn – jünger, als sie in ihren letzten Wochen ausgesehen hatte – mit ihren geschlossenen Augen und dem zurückgekämmten dunklen Haar. Ihre Hände waren über der Brust gefaltet. Sie hatte sich auch gewünscht, berichtete uns Gothrud, daß man ihr Blumen in die Hände gab, und wir wußten lange nicht, woher sie diese Idee hatte, bis eins der jüngeren Kinder uns eine Illustration zu Schneewittchen in einem Buch aus unserer Bibliothek brachte, das Schneewittchen in ihrem gläsernen Sarg zeigte, mit einem Strauß nie welkender Blumen in ihren Händen. Da war uns klargeworden, daß Juny sich für eine verzauberte Prinzessin hielt, die nur in einen tiefen, langen Schlaf versank, bis der Prinz erscheinen und sie wieder daraus erwecken würde.

Aber wir hatten natürlich keine Blumen.

Nachdem sie ins Grab gesenkt worden war und alle an der offenen Grube standen, hielt Lydia Vewlan, Gothruds Frau, die Ärztin der Kolonie und Mitglied des Führungskomitees, eine Grabrede. Dann wurde ein Tuch über den transparenten Sargdeckel gebreitet und die Grube mit Erde aufgefüllt. Die Erde war in Schollen herausgeschaufelt worden, und die Schollen waren in der Kälte gefroren, so daß sie jetzt wie kantige Steine über den Sarg geschichtet wurden, schwere, purpurfarbene Steine, mit weißen Adern, den embryonischen Trieben von Pflanzen, die in ihnen eingefroren waren. Wegen ihrer kantigen Form bildeten sie einen ziemlich großen Grabhügel, und erst im folgenden Sommer wurde die Grabstelle eben mit dem Boden. Inzwischen hatten wir sie mit einem Zaun aus Plastik-Staketen eingefriedet, und es gehörte zu den Pflichten der Kinder, sie sauberzuhalten und den grauen Schimmel abzukratzen.

Nach der Beerdigung gingen wir alle in die Messebaracke zum Mittagessen. Während wir aßen, kam plötzlich ein Wind auf und heulte um unsere Metallbaracken und das Skelett unseres Raumschiffs, das in einigem Abstand von unseren Behausungen an der Stelle stand, an der wir gelandet waren, eine einsame, verfallene Ruine im fahlen Licht des weißen Himmels.

Die Führer unserer Kolonie saßen an einem Tisch am Kopfende der Messe-Baracke. Der Tisch war gerade groß genug für vier Personen und stand etwas abseits von den langen Reihen der anderen Tische, damit sie wichtige Angelegenheiten besprechen konnten, ohne von den anderen gestört zu werden. Die anderen, größeren Tische standen in zwei ausgerichteten Reihen. Die am anderen Ende der Hütte waren niedriger und hatten kleinere Stühle für die Kinder, die gerade alt genug waren, um ohne Aufsicht zu essen. Die Kinder waren während des Begräbnisses ungewöhnlich still und ernst gewesen, beeindruckt von der Trauer der Älteren. Aber jetzt, als sie zu essen begannen, brach ihr normales Temperament wieder durch, und sie wurden nach der langen Pause erzwungener Ruhe besonders lebhaft. Sie wurden sogar zu einem kleinen Disziplinarproblem, und da dies die Aufmerksamkeit der Erwachsenen erforderte, kam es zu einer Auseinandersetzung, die zusammen mit der angenehmen Wärme und dem guten Essen auch unter den Älteren ein Erwachen der Lebensgeister hervorrief. Unsere natürliche optimistische Lebenseinstellung, ein Charakterzug, nach dem die Kolonisten vom Kolonialbüro ausgewählt worden waren, und der durch den Tod des Mädchens für eine Weile unterdrückt worden war, bekam wieder die Oberhand. Nur nicht bei den vier Menschen an dem alleinstehenden Tisch, die vierundzwanzig Stunden am Tag die Verantwortung für uns alle trugen.

Um ihre Gespräche nicht von den anderen mithören zu lassen, mußten sie ihre Stimmen senken und sich über den Tisch beugen, und das gab ihren Diskussionen eine gewisse gespannte Atmosphäre, und obwohl wir anderen erst viel später erfuhren, um was es bei dieser Besprechung ging – wir erfuhren es Monate danach von Maria Warna –, spürten einige von uns an den langen Tischen, daß es um etwas sehr Entscheidendes und Ernsthaftes gehen mußte.

Besonders Kurt Meklin, ein alter Mann mit einem zerfurchten Gesicht, der sich über seinen Teller beugte wie ein grauhaariger Wächter, hatte während des Essens ständig auf die drei anderen eingeredet, als ob er ihnen die Bedeutung und Dringlichkeit einer Erkenntnis einzuhämmern versuchte. Aber er hatte nicht offen gesagt, um was es sich dabei handelte, sondern nur in Andeutungen gesprochen, und seine harten, schwarzen Augen hatten Lydia angeblickt, zur Seite gesehen, und waren wieder zu Lydia zurückgekehrt. Schließlich, als die letzten Teller abgeräumt waren und der Kaffee serviert wurde, hatte Lydia auf die ständigen Herausforderungen reagiert.

»Okay, Kurt«, sagte die kräftige, alte Frau und sah Kurt Meklin in die Augen. »Seit wir von dem Begräbnis zurück sind, redest du von dieser Sache. Was willst du eigentlich?«

»Nun, wenn du mich so direkt fragst«, sagte Kurt. »Ich will eine Frage lösen – die Frage, woran sie gestorben ist.«

Gothrud, der während des ganzen Mahls schweigend vor sich hingestarrt und fast nichts gegessen hatte, hob jetzt den Kopf und blickte Kurt an, der ihm gegenübersaß.

»Was soll diese Frage?« sagte Lydia scharf. »Du weißt doch, was ich in mein Logbuch eingetragen habe: Tod durch natürliche Ursachen.«

»Ich werde euch sagen, woran sie wirklich gestorben ist«, sagte Gothrud.

»Nun beruhige dich wieder, Lydia«, sagte Kurt, ohne den Einwurf Gothruds zu beachten, »ich habe keine Ahnung von Medizin, und wir alle wissen, daß das Kolonialbüro diesen Planeten genau überprüft und für risikolos erklärt hat, bevor man uns herschickte. Aber ich bin der Ansicht, du hättest, wenigstens der Ordnung halber, das Mädchen untersuchen sollen, um die Todesursache einwandfrei festzustellen.«

»Das habe ich getan.«

»Natürlich – aber nur flüchtig, routinemäßig. Verständlich bei der gedrückten Stimmung nach ihrem Tod. – Habe ich recht, Van?«

Van Meyer, der jüngste von ihnen, drehte die Kaffeetasse zwischen seinen dicken Fingern und starrte vor sich hin.

»Halt mich da raus«, sagte er, ohne aufzublicken.

Lydia warf ihm einen raschen, mißbilligenden Blick zu und wandte sich wieder an Kurt.

»Hör auf, Unsinn zu reden«, sagte sie.

»Wieso Unsinn?« fuhr Kurt auf. »Ich habe zwar nicht deine Kenntnisse – ein Pharmazeut versteht nur wenig von Medizin –, aber ich glaube, daß du dich ziemlich vage ausgedrückt hast. *Durch natürliche Ursachen* sagt uns wirklich nicht, woran sie gestorben ist.«

»Ihr wißt genau, woran sie gestorben ist!« sagte Gothrud heftig. »Sie starb an gebrochenem Herzen!«

»Sei doch nicht albern, Gothrud«, sagte seine Frau, ohne ihn anzusehen. »Und sprich gefälligst leiser. Das gilt auch für dich, Kurt. Oder wollt ihr, daß die ganze Kolonie mithört? Und jetzt wollen wir das Thema abschließen. Du hast mit uns zusammengesessen und dich einverstanden erklärt, daß wir sie begraben«, sagte sie zu Kurt. »Wenn du irgendwelche Fragen hast, hättest du sie damals stellen sollen.«

»Ich mußte die Stimmung in der Kolonie berücksichtigen«, sagte Kurt. »Ich hielt es für richtig, die Sache auf sich beruhen zu lassen. Ich dachte, wir könnten später . . .« Er brach den Satz ab und machte eine kleine, vage Geste mit den Händen.

»Was könnten wir später tun?« fragte Lydia scharf.

»Nun, ich dachte, daß du in einem Fall wie diesem – nur der Ordnung halber – später eine Autopsie durchführen würdest.«

»Eine Autopsie!«

»Natürlich.« Kurt legte seine Hände aneinander. »Wenn wir das unter uns beschließen, ist es doch viel einfacher, als wenn wir es offen in der Versammlung diskutieren. Heut nacht, nach der Sperrstunde, wenn alle in ihren Unterkünften sind . . .«

Ein leiser Aufschrei Gothruds zerriß seinen Satz. Seit dem Augenblick, an dem Kurt das Wort ›Autopsie‹ ausgesprochen hatte, saß er reglos, wie paralysiert vor Entsetzen. »Eine Autopsie!« sagte er in einem dünnen, halberstickten Flüstern, »Autopsie! Sie hat ausdrücklich darum gebeten, daß man sie verbrennt, und wir haben es ihr versprochen, und jetzt willst du . . .«

»Aber Gothrud«, sagte Kurt.

»Versuche nicht, dich herauszureden!« Gothruds dunkle, tiefliegende Augen starrten Kurt wütend an. »Wir haben damals alle zugestimmt, und keiner von uns wird diesen Beschluß jetzt umstoßen.«

»Wir sind die Führer«, sagte Kurt.

»Führer!« Gothrud lachte bitter. »Ein ehemaliger Drogist« – er blickte Kurt an – »eine ehemalige Krankenschwester« – mit einem Nicken auf Lydia – »der Sohn eines Kochs« – das galt Van Meyer.

Van Meyer hob die Tasse und starrte sie an.

»Und ein ehemaliger Professor«, setzte Kurt leise hinzu.

»Sehr richtig«, sagte Gothrud. »Der ehemalige Professor. Ich. Genauso ein Ehemaliger wie ihr, und genauso ein Führer dieser Kolonie. Ein Führer, der euch sagt, daß ihr kein Recht dazu habt, Juny auseinanderzunehmen, nur um euren Intrigen neues Futter zu geben und um eure Egos zu befriedigen.«

»Gothrud«, sagte Kurt. »Du bist überreizt. Du bist . . .«

Gothrud hustete und fuhr fort: »Ich sage euch . . .« Er wurde wieder von Husten geschüttelt.

»Halt endlich den Mund!« sagte Lydia scharf. »Willst du dich umbringen, alter Mann?«

»Das besorgen schon andere«, sagte Gothrud und blickte wieder Kurt an. »Du hast gehört, was ich gesagt habe. Wir sind ›Ehemalige‹, wir sind ein Nichts. *Führer!* Da kann ich nur lachen! Keiner von uns hat sich jemals mehr als fünf Meilen von diesem Landeplatz entfernt. Keiner von uns hat diese Kolonie organisiert! Keiner von uns hat das Schiff geflogen! Keiner von uns hat die Baracken gebaut, die Pflanzungen geplant! Wir haben lediglich auf der Erde eine Verpflichtung unterschrieben, und höfliche junge Experten, die zweimal soviel Gehirn haben wie wir, haben alles für uns erledigt. Mit welchem Recht nennen wir uns Führer?«

»Wir sind gewählt worden«, sagte Kurt scharf.

»Narren, von Narren gewählt!« Gothrud fühlte sich etwas schwindelig von der ungewohnten Erregung, von der Heftigkeit der Diskussion. Er sah Kurts Gesicht wie durch einen Nebel und krallte seine Hände um die Tischkante. »Ich sage euch, daß jeder Mensch seine Rechte besitzt, daß ihr nicht . . . nicht . . .« Seine Zunge versagte ihm plötzlich den Dienst. Er krallte seine Hände fester um die Tischkante. Seine Umgebung schien in einem dichten Nebel zu versinken, und seine Kehle war wie zugeschnürt. Er rang nach Luft, dann schob er den Stuhl zurück und versuchte aufzustehen. Seine Hände griffen nach dem Hemdkragen.

Durch die schwarzen Punkte, die plötzlich vor seinen Augen tanzten, sah er Meyer aufstehen und hörte Lydia sagen, er solle ihn festhalten, damit er nicht zu Boden fiele.

»Komm, Gothrud«, sagte Van Meyer. »Du bist überanstrengt. Du solltest dich etwas hinlegen. Komm, ich werde dir helfen.«

Durch den Nebel spürte er, daß Meyer ihm auf die Beine half und aus der Messebaracke führte. Dann schien sein Verstand für eine Weile ganz auszusetzen, denn er begann seine Umgebung erst wieder wahrzunehmen, als er auf seinem Bett in dem Zimmer lag, das er mit Lydia teilte. Van Meyer stand beim Waschtisch und zog eine Injektionsnadel auf.

»Geht es dir wieder besser?« fragte er Gothrud, als er an sein Bett trat und sich mit einer pathetisch wirkenden Freundlichkeit über ihn beugte.

»Ausgezeichnet«, sagte Gothrud, aber seine Stimme klang belegt und unnatürlich. »Was hast du vor?«

»Ich werde dir eine Spritze geben, damit du schlafen kannst«, sagte Van.

»Van . . .«, sagte Gothrud. Das Sprechen war eine große Anstrengung. Er schluckte. »*Du* verstehst mich doch – wegen Juny . . .«

»Natürlich, Gothrud.«

»Sie hätte nicht mitkommen dürfen. – Wir haben sie dazu überredet, weil sie keine anderen Verwandten hatte. Lydia und ich. Sie wollte gar nicht mitkommen. Wir haben sie dazu überredet. Sie war doch fast noch ein Kind . . .«

»Nicht reden, Gothrud«, sagte Van und blickte prüfend auf die Injektionsspritze. »Du mußt dich ausruhen.«

»Sie war die einzige in ihrer Altersgruppe . . . Alle anderen waren entweder Erwachsene oder kleine Kinder. Sie war allein . . . allein von ihrer Generation . . .«

»Gothrud . . .«

»Ich sage dir« – Gothrud stemmte sich auf einen Ellbogen –, »daß wir ihren Lebenswillen gebrochen haben. Sie hätte Spaß und Flirts mit jungen Menschen gebraucht. Auf der Erde wäre das selbstverständlich gewesen – aber wir haben sie hierher geschleppt – auf den einsamsten Außenposten der Welt . . .«

Van Meyer war endlich mit seiner Injektionsspritze zufrieden und griff nach Gothruds Arm. Der alte Mann ließ sich wieder zurückfallen.

»Deshalb sind wir es ihr schuldig, ihre Ruhe nicht zu stören«, sagte Gothrud leise, als Van die Nadel in seinen Arm stach. »Und das ist nicht der einzige Grund. Wenn die Autopsie irgendeinen Sinn hätte, würde ich nicht widersprechen. Aber sie ist sinnlos, Van. Sie ist nur für Lydia – und Kurt. – Van . . .« Er umklammerte den Arm des jüngeren Mannes, als der sich abwenden wollte, und hielt ihn zurück. »Van . . . Es läuft hier nicht alles so, wie es sollte. Du weißt es. Und schuld daran ist Lydia. Ich bin nun so lange mit ihr verheiratet . . . aber solange wir auf der Erde waren, habe ich mich dagegen gewehrt, es zu sehen. Ich habe tatenlos zugesehen, als sie unseren Sohn und unsere Tochter aus dem Haus trieb. Ich war dabei, als sie Juny ihren Willen aufzwang und sie mit uns auf diesen Planeten brachte. Und, Van . . .« – seine Stimme wurde zu einem Flüstern – »ich habe es nie sehen wollen – diesen krankhaften Machthunger, von dem sie beherrscht wird. Immer hat sie nach Macht gestrebt, Van. Und jetzt sieht sie eine Chance, ihre Gier zu befriedigen, über andere herrschen zu können. Hüte dich vor ihr, Van. Sie hat Juny getötet. Ich werde der nächste sein. Und dann Kurt. Und dann . . .«

»Nicht sprechen, Gothrud«, sagte Van. »Du mußt dich ausruhen – schlafen . . .« Er befreite seinen Arm aus dem Griff des älteren Mannes, der jetzt erste Wirkungen des Sedativs zeigte.

»Versprich mir, daß du dich vorsiehst . . .«, flüsterte Gothrud. »Du mußt. Ich vertraue dir, Van. Du bist zwar schwach, aber ein anständiger Kerl. Kurt ist schlecht. Er ist von derselben Art wie Lydia. Behalte beide im Auge. Versprich es mir . . . versprich . . .«

»Ich verspreche es«, sagte Van, und Gothrud versank in ein tiefes, weiches Dunkel.

Als Gothrud wieder erwachte, war der Raum, den er mit Lydia teilte, dunkel. Durch das einzige, kleine Fenster, das sich dicht unter der Decke befand, sah er ein Stück des Nachthimmels – der jetzt wolkenlos war – und die hellen Sterne des Orions. Van Meyer hatte ihm anscheinend nur eine kleine Dosis gegeben. Sein Kopf war klar, und er konnte nur wenige Stunden geschlafen haben, weniger jedenfalls, als sie es beabsichtigt hatten. Er war sicher, daß sie beabsichtigt hatten, ihn bis zum Morgen schlafen zu lassen, und nur die erratische Uhr in seinem alten Körper, die einmal schnell und einmal langsam lief, hatte ihnen einen Streich gespielt.

Das Leuchtzifferblatt der Uhr auf seinem Nachttisch zeigte 21.20, und um 21.00 Uhr hatte die Sperrstunde begonnen. Er stand auf, trat zum Fenster und blickte hinaus. Die Kolonie lag jetzt in völliger Dunkelheit. Nur aus dem Fenster der Bürobaracke fiel noch gelblicher Lichtschein. Er fummelte nach seinem Wetteroverall, zog den Reißverschluß hoch und die Kapuze über den Kopf. Im letzten Moment, als er schon nach dem Türdrücker griff, fiel ihm das Tagebuch ein. Er ging zurück und kramte im obersten Fach seines Schranks, bis er es ertastet hatte. Er nahm die Kassette heraus, und der schwache Duft eines leichten Jungmädchenparfüms stieg ihm in die Nase. Er steckte sie in die Innentasche seiner Jacke. Dann ging er hinaus.

Der kürzeste Weg zur Bürobaracke führte über den offenen Platz im Zentrum der Kolonie. Aber als er ihn überqueren wollte, gegen den eisigen Wind gelehnt, veranlaßte ihn eine vage Angst, einen Umweg zu machen, der ihn an dem frischen Grab vorbeiführte. Während des ganzen Weges machte er sich Vorwürfe, wie ein Kind einem albernen Impuls nachgegeben zu haben. Obwohl er wußte, daß die anderen drei Führer ihn von Anfang an insgeheim verachtet hatten, war er doch überzeugt, daß sie es in dieser Angelegenheit nicht wagen würden, eigenmächtige Entscheidungen zu treffen, ohne ihn zu konsultieren.

Deshalb wagte er im ersten Moment nicht, seinen Augen zu trauen, als er vor Junys Grab stand und in die offene, leere Grube starrte. Aber als er endlich einsah, daß es keine Halluzination war, sondern harte Wirklichkeit, sank er neben der leeren Grube zu Boden. Wie eine Gestalt des alten Testaments verspürte er den plötzlichen Drang zum Beten – um eine Offenbarung, um göttliche Rache für die Grabschändung seiner Enkelin. Aber alles, was aus seinem Mund kam, war das Gejammer eines alten Mannes »Oh, Gott, warum hast du mir nicht mehr Kraft gegeben? Warum hast du mich nicht wieder jung gemacht, als dieses Auswanderungsprojekt begonnen wurde? Ich könnte eine Pistole nehmen und . . .«

Er wußte, daß er es niemals tun würde, und wenn, dann würden die anderen sie ihm einfach aus der Hand nehmen. Weil sie wußten, daß er nicht abdrücken würde, daß er niemals auf einen anderen Menschen schießen könnte. Nicht einmal wegen Juny. Nach einer Weile fuhr er sich mit der Hand über die Augen, stand auf und ging auf die Bürobaracke zu. Er drückte die linke Hand auf die Brust, damit er ständig die kantigen Konturen von Junys Tagebuch fühlen konnte.

Als er die Bürobaracke erreichte, stellte er fest, daß die Tür abgeschlossen war. Aber er hatte seinen Schlüssel stets in der Tasche. Sein Herz schlug rasch, und der kleine Vorraum schien voller dunkler, drohender Schatten. Er lehnte sich ein paar Sekunden gegen die Wand, dann zog er seinen Wetteroverall aus und hängte ihn neben die anderen an einen Haken. Dann öffnete er die Tür zum Büro.

Die drei drängten sich um den langen Konferenztisch am anderen Ende des Raums. Das Gesicht Lydias wirkte noch dunkler und älter als sonst über ihrem weißen Arztkittel, und sie trug Operationshandschuhe. Als Gothrud die Tür öffnete, blickten sie auf, und Van Meyer trat rasch auf ihn zu, um ihm den Blick auf den Tisch zu verstellen.

»Gothrud!« sagte er überrascht. »Was tust du denn hier?« Er umklammerte beide Arme des alten Mannes.

Gothrud versuchte, sich aus seinem Griff zu befreien und zum Tisch zu gehen, aber er war nicht kräftig genug.

»Laß mich los! Laß mich los!« Seine Stimme klang wie ein hilfloses Wimmern. »Was habt ihr mit ihr getan?« Habt ihr . . .«

»Nein, nein«, sagte Van Meyer besänftigend. Er hielt Gothrud noch immer fest, drängte ihn zu einem der anderen Tische und drückte ihn auf einen Stuhl. Dabei blieb er immer zwischen Gothrud und dem Konferenztisch, und als der alte Mann saß, setzte er sich ihm so gegenüber, daß er auch jetzt seine Sicht blockierte. Kurt und Lydia traten neben ihn, und alle drei blickten Gothrud an.

Lydias Gesicht war hart und bitter, und selbst die Gesichtsmaske, die auf einer Seite gelöst neben ihrem Gesicht hing, verhalt ihr nicht zu dem Aussehen eines Mitglieds der Heilberufe. Sie sah eher wie eine Art Scharfrichter aus, der bei der Ausübung seiner Tätigkeit gestört worden war.

»Du!« sagte sie.

Gothrud blickte zu ihr auf und fühlte eine hilflose Faszination.

»Du!« sagte sie noch einmal mit mühsamer Beherrschung. »Du alter Narr! Konntest du nicht im Bett bleiben, anstatt deine Nase in Dinge zu stecken, die dich nichts angehen? Habe ich nicht schon genug Ärger mit diesem ehemaligen Pillendreher, der versucht, meine Autorität zu untergraben? Mußt du mir auch noch Schwierigkeiten machen?«

»Lydia«, sagte er heiser. »Du darfst das nicht tun. Du darfst dich nicht von Kurt dazu verleiten lassen. Es ist ein Verbrechen gegen Gott und die Menschen, auch nur daran zu denken.«

»Ich denke – ich denke an die Kolonie!«

»Nein, das tust du nicht!« schrie Gothrud in hilfloser Wut. »Du denkst nur an dich selbst! Was kann es denn schaden, wenn du die Wahrheit sagst? Dadurch werden die Tatsachen nicht geändert. Die Kolonie wird sich ein paar Tage darüber aufregen, aber sie wird darüber hinwegkommen. Ist das nicht besser, als ständig mit einer Lüge leben und sie sogar durch einen Akt der Unmenschlichkeit untermauern zu müssen?«

»Halte den Mund!« fuhr Lydia ihn an. »Was ich tue, ist nur zum Besten von uns allen!«

»Ich werde das nicht zulassen!« schrie er und wandte sich an die beiden Männer. »Hört zu. Ihr wißt so gut wie ich, daß diese – Autopsie völlig unnötig ist. Experten des Kolonialbüros, qualifizierte Wissenschaftler, haben festgestellt, daß es auf diesem Planeten keine unbekannten Krankheitskeime gibt. Sie kann also nicht an einem akuten Leiden gestorben sein. Und was würde es euch nützen, wenn ihr feststellt, daß sie physisch schwach war?«

»So? War sie schwach?« fragte Kurt. »Liegt das in der Familie?«

»Nein!« schrie Lydia erregt. »Spiel doch nicht den Naiven, Kurt.« Sie bekam sich wieder unter Kontrolle und sprach in normalem Tonfall weiter. »Ich bin überrascht, Kurt, daß du dich von einem kranken, alten Mann hinters Licht führen läßt, der das Mädchen nie unbeteiligt ansehen konnte.«

»Unbeteiligt!« schrie Gothrud und versuchte, sich aus Van Meyers Griff zu befreien. »Hast du Juny denn unbeteiligt angesehen? Warst du unbeteiligt, als du sie hier herausbrachtest, um sie hier sterben zu lassen? Warst du unbeteiligt, als du ihr alles nahmst, was sie sich erträumte? Ich werde dir sagen, woran sie gestorben ist: an gebrochenem Herzen! Mein Gott . . .« Er rang nach Luft. »Mein Gott, vergib mir, daß ich zu schwach und zu weich war, um sie daran zu hindern, Juny ihren Willen aufzuzwingen. Ein Leben in einem Waisenhaus auf der Erde wäre besser für sie gewesen. Das erbärmlichste Leben auf der Erde wäre besser für sie gewesen als dies – ein vernichtetes Leben, vernichtet und vergeudet . . . vergeudet . . .« Er begann zu schluchzen.

»Van«, sagte Lydia ruhig. »Bring ihn ins Zimmer zurück.«

»Nein!« rief Gothrud. Er sprang auf und stieß Meyer mit überraschender Kraft zur Seite, so daß sein Stuhl kippte und er sich am Tisch festklammern mußte, um nicht zu Boden zu stürzen. Mit zwei Schritten war Gothrud bei einem anderen Schreibtisch, auf dem ein Recorder stand. Er zog die Tagebuchkassette aus der Tasche, schob sie in den Recorder und schaltete ihn ein.

»Was soll das?« fragte Kurt scharf.

Gothrud wandte sich um und starrte ihn an. »Das ist ihr Tagebuch«, sagte er. »Hört zu . . .«

Aus dem Lautsprecher des Recorders klang die Stimme des jungen Mädchens. Gothrud drehte die Lautstärke höher. Die klare Stimme formte Worte, und die vier Menschen in dem kalten, nüchternen Büro hörten zu.

». . . und dann flogen wir über Lake Michigan. Der See war dunkel, aber der Mond warf einen hellen Pfad auf das Wasser, und es sah wunderbar aus. Und überall am Ufer waren Lichter. Ich legte meinen Kopf an Davys Schulter . . .«

»Stell das ab!« rief Kurt. »Was soll der Unsinn, Gothrud?«

»Ihr sollt hören, wie ihr Herz zerbricht«, sagte Gothrud. »Hört zu und versucht, unbeteiligt an sie zu denken.«

»Du bist verrückt!« sagte Lydia. »Was sollen denn diese Aufnahmen, die das Mädchen auf der Erde gemacht hat?«

»Auf der Erde?« sagte Gothrud. »Es sind Träume, die sie hier aufgezeichnet hat, in ihrem Zimmer.«

Aus dem Lautsprecher kam ein leises Rauschen, dann begann eine neue Eintragung.

». . . Achter Monat, vierter Tag: Heute war ich mit Walter auf dem Botschaftsball. Ich trug mein neues Abendkleid aus echter Seidenspitze. Es war, als ob ich in einer rosa Wolke ginge. Walter ist sehr gefühlvoll, wie es bei Menschen seiner Art häufig ist, und er war sehr eifersüchtig. Er hatte Angst, daß ich mich entschlossen haben könnte, auf den anderen Planeten und zur Kolonie zurückzukehren. Ich ließ ihn eine Weile schmoren, bevor ich ihm erklärte, daß ein Passus in meinem Vertrag mit dem Studio verbot, die Erde ohne eine ausdrückliche Genehmigung zu verlassen – und diese Genehmigung würden sie niemals geben. Und da mein Vertrag eine Laufzeit von vielen Jahren hat . . .«

Lydias Hand fuhr herab wie eine Axt und schnitt Junys Stimme mitten im Satz ab.

»Das reicht«, sagte sie hart. »Van, bring ihn hinaus.«

»Du hast gehört, was sie sagt.« Gothrud blickte Van Meyer an.

Van zögerte.

»Nun mach schon, Van!« rief Lydia.

Widerwillig trat Meyer auf Gothrud zu.

»Kurt . . .«, sagte Gothrud flehend.

»Die Entscheidung liegt bei Lydia«, sagte Kurt tonlos.

»Dann machen wir weiter«, entschied Lydia und wandte sich ab.

»Nein, das wirst du nicht tun!« rief Gothrud, stieß Van zur Seite und trat einen Schritt vor.

Die Erregung und die Anstrengung ließen ihn wieder schwindelig werden, und er stützte sich auf eine Stuhllehne, um nicht umzufallen.

»Okay«, sagte er müde, »wenn du darauf bestehst . . . wenn du es wirklich tun willst . . . dann werde ich es ihnen sagen.« Er blickte Kurt an. »Lydia hat kein Recht . . .«

»Halt den Mund!« schrie Lydia und starrte ihn voller Haß an.

»Nein«, sagte Gothrud. »Ich werde nicht länger schweigen. Hör zu, Kurt – und du auch, Van. Ihr sollt wissen, was für eine Ärztin Lydia ist. Sie war Krankenschwester, und das Kolonialbüro hat sie auf einen zweiwöchigen Kursus geschickt. Das ist ihre ganze medizinische Ausbildung.«

»Was?« sagte Kurt tonlos.

Gothrud lachte erstickt. »Als ob du das nicht längst erraten hättest, Kurt. Glaubst du, ich weiß nicht, warum du diese Autopsie verlangt hast? Du bist nur mißtrauisch, aber ich wußte, was los war.«

»Ich bin nicht mißtrauisch . . .«

»Dann bist du dumm, Kurt. Wie kann man einen Menschen in zwei Wochen zum Arzt ausbilden, wenn das normale Studium acht Jahre dauert? Auf der Erde würde man sie bestrafen, wenn sie sich als Mediziner ausgeben würde. Aber für uns kleine Leute, die dumm genug sind, einen fremden Planeten erschließen zu wollen, ist sie gut genug. Lydia hat in den zwei Wochen nur gelernt, wie man Kinder zur Welt bringt, wie man einen entzündeten Blinddarm und geschwollene Mandeln herausnimmt, außerdem hat man ihr beigebracht, Knochenbrüche zu schienen und aus einem simplen Handbuch die richtigen Medikamente herauszusuchen.«

Er blickte Lydia an, während er sprach. Sie stand reglos, die Hände zu Fäusten geballt.

»Und diese Frau«, sagte Gothrud, »die noch nie in ihrem Leben ein Skalpell in der Hand gehabt hat, ist die sogenannte Spezialistin, die Junys Leiche untersuchen und die Todesursache feststellen soll.«

Kurt blickte Lydia an. »Ist das wahr?« sagte er. »Stimmt das, was er sagt?«

»Geh doch nicht auf jeden Leim«, sagte Lydia ruhig. »Natürlich lügt er.«

»Und woher sollen wir wissen, daß nicht du es bist, die lügt?«

»Weil ich noch bei klarem Verstand bin. Gothrud ist senil.«

»Senil?« fragte Van ungläubig.

»Allerdings. Die ersten Anzeichen dafür habe ich schon vor einiger Zeit feststellen können. Ich hatte gehofft, daß der Verfallsprozeß etwas langsamer verlaufen würde, aber ihr alle habt seine Schwindelanfälle miterlebt, seine krankhaften Erregungszustände bei jeder Kleinigkeit. Armer Gothrud«, sagte sie seufzend und blickte ihn mitleidig an.

Er starrte zurück, so erschüttert von der Perfidität ihres Verhaltens, daß er kein Wort herausbrachte.

»Er hat sich natürlich alles aus den Fingern gesogen«, fuhr Lydia fort. »Die Methode meiner Ausbildung fällt unter Geheimhaltungsvorschriften und ich habe schwören müssen, nicht darüber zu sprechen. Aber ich kann euch soviel sagen, daß die Informationen direkt ins Gehirn transplantiert werden. Es ist eine so neue und revolutionäre Methode, daß ihre Anwendung auf die wichtigsten Angehörigen von Regierungsprojekten beschränkt wird, wie zum Beispiel ärztliche Betreuer neuer Kolonien, wie ich es bin.«

»Lydia«, sagte Kurt. »Ist das die Wahrheit? Schwörst du, daß es die Wahrheit ist? Kannst du es beweisen?«

»Beweisen?« sagte sie überlegen. »Sieh mir doch zu, wenn ich die Autopsie durchführe.«

Kurt blickte sie durch zusammengepreßte Lider zweifelnd an.

»Okay, Lydia«, sagte er nach einer Weile. »Das werde ich auch tun.«

Mit einem heiseren Aufschrei packte Gothrud einen Stuhl und stürzte auf Lydia zu.

Van packte ihn und hielt ihn fest. Verzweifelt versuchte der alte Mann, sich zu befreien. Sein Atem ging in keuchenden Stößen.

»Halt ihn fest, Van!« rief Lydia. »Ich gebe ihm eine Beruhigungsspritze!« Aber bevor sie ihren Instrumentenkoffer vom Konferenztisch holen konnte, hörte Gothrud plötzlich auf, sich zu wehren. Sein Körper wurde steif, und seine Augen verdrehten sich nach oben. Dann fiel er kraftlos zusammen. Van Meyer setzte ihn in einen Stuhl und ließ ihn so abrupt los, als ob seine Hände plötzlich voller Blut gewesen wären. Lydia trat auf ihn zu, drängte ihn zur Seite und beugte sich über den bewußtlosen Gothrud.

Sie fühlte seinen Puls und hob sein linkes Augenlid. »In Ordnung«, stellte sie sachlich fest. »Laßt ihn allein. Das erleichtert die Sache. Kommt mit zum Tisch, alle beide. Ich brauche euch dabei.«

Aber sie blieb noch zwei Sekunden lang stehen und blickte auf den Mann hinab, mit dem sie mehr als fünfzig Jahre zusammengelebt hatte. Ein seltsamer Glanz war in ihren Augen.

»Armer Gothrud«, sagte sie leise.

Dann wandte sie sich rasch ab und befestigte wieder die weiße Maske vor dem Gesicht, als sie auf den Konferenztisch zuschritt.

»Stell dich dort drüben hin, Kurt«, sagte sie. »Und du, Van, reich mir das Skalpell. Nun mach schon«, sagte sie ungeduldig, als er zögerte. »Beweg dich ein bißchen! Es ist doch nur eine Leiche.«

Sie begann mit ihrer Arbeit. Als sie halb fertig war, kam Gothrud wieder zu sich und fragte benommen, was sie dort täten.

»Nicht antworten«, sagte Lydia leise, ohne sich aufzurichten. »Beachtet ihn gar nicht.«

Sie beachteten ihn nicht. Nach einer Weile fragte er sie noch einmal, und als sie auch diesmal nicht antworteten, sank er auf seinem Stuhl zusammen, begann mit sich selbst zu sprechen und weinte ein wenig.

Es war eine unangenehme Arbeit. Van Meyer fühlte Übelkeit in sich aufsteigen, aber Kurt assistierte konzentriert und ohne jede Gefühlsregung, und Lydia arbeitete mit einem fast fröhlichen Eifer.

»Erledigt«, sagte sie schließlich und richtete sich auf. »Wie ich vermutete: keine akute Todesursache.«

Sie löste die Maske von der Stirn. »Wickelt sie ein«, sagte sie zu den beiden Männern, »und dann könnt ihr sie wieder begraben.« Sie wandte den Kopf und blickte ihren Mann an, der zusammengesunken auf seinem Stuhl saß. Er hatte aufgehört, Selbstgespräche zu führen, und blickte sie mit klaren Augen an. »Wie fühlst du dich, Gothrud?«

Er antwortete nicht. Er sah sie nur schweigend an, und Van Meyer, der neben Lydia stand, senkte den Blick. Kurt setzte sich auf die Kante eines Schreibtischs und wischte sich mit einer Papierserviette den Schweiß vom Gesicht. Dann zog er eine der letzten Zigaretten, die ihnen verblieben waren, aus der Tasche und steckte sie an.

»Du hast also nichts feststellen können?« sagte er und blickte Lydia prüfend an.

»Nichts.«

Kurt blinzelte und wandte sich ab. Aber Van fuhr fort, sie anzustarren, unsicher und neugierig.

»Lydia . . .«

»Was ist, Van?«

»Was war es dann?«

»Was war was?«

»Ich meine, nachdem du sie . . . untersucht hast . . . woran ist sie gestorben?«

»Es gibt keine Ursache für ihren Tod«, sagte Lydia ruhig. »Sie ist einfach gestorben. Wenn ich meinen Bericht schreibe, werde ich als Todesursache Herzversagen eintragen – zurückzuführen auf allgemeine physische Schwäche.«

In die Stille, die nun aufkam, fiel ein einziges Wort des alten Mannes, der auf der anderen Seite des Raums auf dem Stuhl saß.

»Herz«, sagte Gothrud.

»Ja«, sagte Lydia und wandte sich wieder nach ihm um. »Es war ihr Herz, das sie tötete. Bist du jetzt zufrieden?«

»Ihr armes Herz«, murmelte Gothrud. »Ihr Herz, das niemand von uns verstand. Lydia . . .«

»Was ist?« fragte sie scharf.

Er streckte ihr seine Hände entgegen, und die runzeligen Finger zitterten.

»Ihr Herz«, sagte er. »Lydia, gib mir die zerbrochenen Stücke . . .«

Am folgenden Tag war Gothrud sehr schwach und konnte nicht aufstehen. Drei Tage lang kümmerte sich Lydia allein um ihn, aber es wurde ihr zuviel neben ihren Pflichten in der Kolonie, und am vierten Tag holte sie Maria Warna aus der Baracke, in der die unverheirateten Frauen lebten, damit sie für ihn sorgte. Während der kommenden Wochen führte er immer wieder Selbstgespräche, und da sie sich fast alle um die Ereignisse der letzten Tage drehten, erfuhr Maria alle Einzelheiten, und sie berichtete uns davon. Aber das war später, viel später.

Gothrud hielt etwas länger als drei Wochen durch, dann starb er. Er wurde verbrannt, wie alle anderen, die nach ihm starben. Das war in der Woche, als unsere letzten Tabak- und Zigarettenvorräte endgültig zu Ende gingen, und die Raucher unter uns hatten es ziemlich schwer, ohne sie auszukommen.

Bis auf die Haut

1

Persönlich hieß er Harry Brennen.

Aber offiziell war er der *John Paul Jones,* der aus den letzten und besten Produkten wissenschaftlicher Erkenntnis im Wert von vier Milliarden Dollar bestand, dazu konstruiert, seine viertausend Komponenten über fünfzehn Kubikmeter Raum zu verteilen – unter normalen Umständen –, in außergewöhnlichen, aber (zum Beispiel um eine dringend benötigte Komponente zu verschicken) über Lichtjahre hinwegzugreifen oder sich zu einer winzigen magnetischen Einheit zusammenzuziehen, um durch den Raum zu fliegen und neue Galaxien zu erkunden. Persönlich und offiziell aber – vor allem persönlich – war er ein Phänomen.

Das Phänomen betrifft die relative Bedeutung des Produkts und seines Schöpfers.

Es war, wie wir wissen, der gepanzerte Ritter, der die Kriege des frühen Mittelalters in Europa beherrschte. Aber dabei ist zu bedenken, daß es nicht die eiserne Hülle war, die diese Kombination von Mensch und Metall zu einem so gefürchteten Gegner machte, sondern der essentiell nackte Mann in dieser Rüstung. Später wurden französische Ritter, die sich auf den Schutz ihrer Eisenpanzer verließen, von ungepanzerten Fußsoldaten mit Bogen und Pfeilen besiegt – bei Crécy und Poitiers.

Und was für die Rüstung des Mittelalters zutraf, gilt auch für die letzten Entwicklungen der modernen Wissenschaft. Es sind nicht die Raumschiffe oder die Laserwaffen, die im Fall einer ultimativen Auseinandersetzung über unser Schicksal entscheiden, sondern der nackte Mensch, der in und hinter diesen Dingen steht. Wenn es zu einer Entscheidung kommt, werden alle, die die Produkte höher stellen als ihre Schöpfer, dasselbe Schicksal erleiden wie die französischen Ritter bei Crécy und Poitiers. Das ist ein Naturgesetz, so unumstößlich wie das Universum, und Harry Brennan sollte dieses Gesetz – ungewollt und unerwartet – noch einmal bestätigen. In seiner persönlichen Kapazität.

Persönlich war er fünfundzwanzig Jahre alt und in keiner

Weise ungewöhnlich, bis auf seine zweijährige Spezialausbildung mit dem *John Paul Jones* und seine erstklassige physische Kondition. Er war fast einen Meter achtzig groß und hatte ein rundes, freundliches Gesicht und braunes Haar. Ich war damals PR-Direktor des Projekts, das ihn losschickte, und ich gehörte zu den Leuten, die ihm auf den Rücken klopften, als er ging.

»Paß auf, daß du dich nicht verirrst«, sagte jemand.

Harry grinste. »So wie ihr das Ding gebaut habt, brauchte sich nur die Galaxis herumzudrehen, um mich wieder auf Kurs zu bringen.«

In seiner Antwort lag eine unbewußte Arroganz, aber das merkte damals niemand. Es war nicht die Stunde des Mißtrauens.

Er stieg in den zwölf Fuß hohen Kontrollanzug, der zusammen mit seinem Tank die wichtigsten Komponenten von *John Paul Jones* enthielt, und startete. Als er den Orbit erreicht hatte, verbrachte er zweiunddreißig Stunden damit, alles durchzuchekken, um sicherzugehen, daß die Tausende anderer Komponenten einwandfrei funktionierten. Dann verließ er das Sonnensystem.

Er ballte seine Komponenten zusammen, steuerte einen Orbit um Procyon an und begann von dort aus den Vorstoß zu anderen Sternen. Im Lauf der folgenden neun Wochen trug er einen wahren Berg neuer Informationen über verschiedene Sterne und ihre Planeten zusammen. Außerdem – und dies war sein wichtigster Erfolg – entdeckte er vier neue Planeten, auf denen Menschen ohne einen Raumanzug und sogar ohne einen Schluck Wasser mitzubringen existieren konnten. Planeten, die der Erde in Schwerkraft, Atmosphäre, Flora und Fauna so ähnlich waren, daß sie sofort kolonisiert werden konnten.

Das waren seine ersten vier Planeten. Auf dem fünften begegnete er seinem Schicksal – einem Schicksal, auf das er unbewußt gewartet hatte.

Das lag daran, daß die Mediziner und Psychologen einen Faktor übersehen hatten – einen Faktor, der den Einfluß von Harrys offiziellem Status als *John Paul Jones* auf sein persönliches Selbst betraf. Und im Laufe dieser neun Wochen veränderte sich Harry, ohne dessen gewahr zu werden.

Sie haben sicher begriffen, daß ihm keinerlei Grenzen gesetzt waren. Er konnte Entfernungen von mehreren Lichtjahren überwinden, indem er nur ein paar Knöpfe drückte. Er konnte ein Sensor-Element in den inneren Kern der heißesten Sonne schikken, in die giftigste Planeten-Atmosphäre, auf Riesenplaneten, deren Schwerkraft jede andere Substanz zermalmt hätte, und sich dort umsehen, als ob er selbst dort wäre. Ohne den Orbit zu verlassen, konnte er Berge spalten, Wälder in Brand setzen oder das Eis von Polkappen abschmelzen, wenn er es für seine Erkundungen für wichtig hielt, indem er einfach als Energiequelle die nächste Sonne anzapfte. Und dadurch wurde seine unbewußte Arroganz, die während seiner zwei Ausbildungsjahre entstanden war, immer stärker, bis er das Gefühl hatte, daß es nichts gab, das er nicht tun konnte, daß er Herr über alle Dinge war – der Herr des Universums.

Vielleicht kommt irgendwann der Tag, an dem ein Mensch wie Harry Brennan so etwas glaubt und damit recht hat. Aber noch nicht jetzt. Auf dem fünften erdähnlichen Planeten, den er entdeckte – Planet Nr. 1242 in seinem Logbuch –, wurde Harry bewiesen, daß er seine Macht zu hoch eingeschätzt hatte.

2

Vom Orbit aus erschien ihm dieser Planet als der beste von allen, die er bis jetzt entdeckt und für menschliche Besiedlung als geeignet analysiert hatte, und er wollte gerade den Orbit verlassen und sich selbst von der Richtigkeit seiner Analyse überzeugen, als seine Instrumente ihm verrieten, daß schon jemand da war.

Sein Scanner zeigte ihm eine gedrungene, metallische Pyramide von der Größe eines vierstöckigen Hauses, und sie strahlte auf einer Reihe interessanter Frequenzen. Um ihre Basis stellte er mechanische Bewegung fest, und in einiger Entfernung, in einem Urwald, befanden sich Kettenfahrzeuge, die Proben von Boden, Felsen und Vegetation einsammelten.

Harry war in seinem Training auf alle möglichen Situationen vorbereitet worden, auch auf eine Begegnung mit anderen, intelligenten Lebewesen. Automatisch drückte er auf einen Knopf, und im selben Augenblick wurde ein torpedoförmiger Körper durch den Alternativ-Raum auf den Weg zur Erde gebracht, um die bis jetzt gewonnenen Informationen zurückzubringen. Ein fahler Lichtstrahl blitzte aus der Pyramide herauf, und Harrys Nachrichtentorpedo existierte nicht mehr.

Ärgerlich, aber noch nicht wirklich alarmiert, schlug Harry sofort zurück, mit der gesamten Energie, die sein offizielles Selbst von einer nahen Sonne des GO-Typs abzapfen konnte.

Der Energiestrahl traf die Pyramide und verschwand in ihr, ohne mehr Wirkung zu zeigen als ein Sonnenstrahl, der auf ein Blatt fällt.

Harry begriff plötzlich, daß er einem technisch weit überlegenen Leben gegenüberstand, und griff nach den Kontrollen, die den *John Paul Jones* in den Alternativ-Raum und außer Reichweite der anderen bringen sollten.

Aber seine Hände erreichten die Kontrollen nicht. Ein blauer Lichtstrahl schoß aus der Pyramide, paralysierte ihn und ließ seinen Kontrollanzug abstürzen wie eine erschlagene Fliege.

Aber der Anzug war so konstruiert, daß er seinen Benutzer in jedem Fall schützte, ob der bei Bewußtsein war oder nicht. In einer Höhe von fünfhundert Metern wurde der Bremsfallschirm ausgestoßen, und in hundert Metern Höhe zündeten die Bremsraketen. *John Paul Jones* setzte in zwei Kilometer Entfernung von der Pyramide zwischen den Bäumen des Urwalds auf. Harry war etwas geschockt und verschrammt, aber die Lähmung war verschwunden.

Wieder fuhr ein Lichtstrahl aus der Pyramide. Er traf die Außenhülle des Anzugs, und sie begann zu glühen. Die Innentemperatur schoß um dreißig Grad in die Höhe, und Harry drückte instinktiv auf den Notknopf.

Der Anzug riß der Länge nach auf wie ein platzendes Würstchen und spuckte Harry aus. Er rollte zwischen dichtes Unterholz und farnartige Pflanzen. Erst in sieben oder acht Metern Entfernung vom Anzug fühlte er sich einigermaßen sicher und blieb liegen.

Aus der Pyramide schossen immer wieder Lichtstrahlen, trafen den Anzug und fetzten ihn auseinander. Der runde Kopfteil rollte auf Harry zu, und er starrte in die dunkle Höhlung, die ihn an einen leeren Schädel erinnerte. Aus dem Dunkel funkelten die Bedienungsknöpfe von *John Paul Jones*.

Die Lichtstrahlen erloschen. Ein gelblicher Dunst lag über

Harry und seinem zerfetzten Anzug. Der Dunst waberte, und Harry roch den scharfen Duft von Ozon. Im Kopfteil des Anzugs klickte ein Hebel, ohne daß ihn jemand berührt hätte, und aus dem Lautsprecher, der noch immer mit dem Tank verbunden war, der im Orbit um den Planeten kreiste, erklang Harrys Stimme.

»Orbit . . . in . . . gehe . . .«

Dies waren, in umgekehrter Reihenfolge, die letzten Worte, die Harry in den Recorder gesprochen hatte, bevor er die Pyramide entdeckte. Aus dem Lautsprecher kam jetzt, immer rascher, Wort für Wort, alles, was Harry im Lauf der neun Wochen auf den Recorder gesprochen hatte. Schneller und schneller, bis es zu einem unverständlichen Schnattern wurde, und schließlich zu einem hohen Kreischen an der Grenze von Harrys Hörvermögen.

Plötzlich war der Lautsprecher wieder still.

Auch aus dem Wald war nichts zu hören. Nur hin und wieder ein leises Knarren, wie von Ästen, die sich aneinanderrieben. Doch plötzlich klang wieder eine Stimme aus dem Lautsprecher:

»Tier . . .«, hörte Harry seine eigene Stimme sagen, und dann suchte der andere weitere Worte aus seinen Recorder-Aufzeichnungen heraus. »Du . . . warst ein Tier . . . getarnt in . . . einer Hülle. Ich habe . . . sie dir ausgezogen, so daß . . . du wieder . . . ein Tier geworden . . . bist. Lebe als Tier . . . lebe . . .«

Der gelbliche Nebel verwehte, und der Ozongeruch verschwand mit ihm. Der Kopfteil des zerstörten Anzugs lag leer und hohl vor ihm, wie ein abgeschlagener Schädel. Harry sprang auf und lief in wilder Panik tiefer in den Busch. Eine nie gekannte Angst schüttelte ihn. Seine Lungen keuchten, sein Herz hämmerte, seine Füße trampelten auf die fremde Erde, bis er vor Erschöpfung zusammenbrach. Er fiel auf den weichen Boden und in die dunkle Erlösung der Bewußtlosigkeit.

Als er erwachte, war es Nacht, und er konnte sich nicht sofort erinnern, wo er war und warum. Sein Verstand schien eingerostet, seine Gedanken banal und unwichtig. Aber ihm war kalt. Er stand auf und taumelte durch den Wald, bis er einen vom Blitz gefällten Baum fand. Ein Stück des Stammes war stehengeblieben, und er kroch in die ausgebrannte Höhle des Stamms, in den Geruch angekohlten Holzes und fremder, fauliger Blätter, wie von einem halbvergessenen Instinkt getrieben, und seine Körperwärme bildete einen schützenden Kokon, in dessen Wärme er einschlief.

Es begann eine Periode, die ihm nur halb bewußt wurde. Es war, als ob sein Verstand sich irgendwo verkrochen hätte, wie ein verwundetes Tier, und das Denken verweigerte. Es gab keine Vergangenheit und keine Zukunft, nur ein unendliches Jetzt. Wenn das Jetzt warm war, dann war es immer warm gewesen – wenn kalt, war es immer kalt gewesen – wenn dunkel, immer dunkel. Er lernte Wasser zu riechen und zu suchen, wenn er Durst verspürte. Er steckte alle möglichen Blätter, Wurzeln und Früchte in den Mund, um sie zu schmecken. Wenn sie gut waren, aß er sie. Wenn ihm danach übel wurde, aß er sie nie wieder.

Allmählich begann er, sich in seiner neuen Umwelt zurechtzufinden. Er wußte, welche Teile welcher Pflanzen er essen konnte, wo sich die kleinen Tiere aufhielten, die er fangen, auseinanderreißen und verzehren konnte, und wo Wasser war.

Er wußte nicht, wie glücklich er war, in einer fremden Welt eine Flora und Fauna vorzufinden, von der er sich ernähren konnte. Er war sich nicht im klaren darüber, daß er auf einem Plateau des tropischen Hochlandes heruntergekommen war, in dem es nur geringfügige Schwankungen zwischen Tag- und Nachttemperaturen gab, und keine Raubtiere, die ihm gefährlich werden konnten.

Er wußte nichts davon. Und es hätte auch nichts an seiner Situation geändert, wenn er es gewußt hätte, denn das intellektuelle Zentrum seines Gehirns streikte, sozusagen, und weigerte sich, seine Arbeit wieder aufzunehmen. Er war in einem tiefen psychologischen Schock. Es war der Schock eines Menschen, der sich als absoluter Herr des Universums gefühlt hatte und dann innerhalb weniger Sekunden von seinem Thron gestoßen worden war, von jemand oder etwas, das so unbegreiflich überlegen und stärker war und das ihn in ein Dasein versetzt hatte, das dem eines wilden Tieres glich.

Dennoch konnte man ihn nicht wirklich auf den Status eines wilden Tieres reduzieren, auch wenn sein Intellekt zum größten Teil ausgeschaltet war. Seine Sinne und seine Perzeption funktionierten noch. Seine Augen sahen, auch wenn ihnen die gewohnte Neugier fehlte, das fortschreitende Welken der Vegetation, die tägliche Veränderung von Sonnenaufgang und -untergang. Langsam, instinktiv, begann der Moment der Ewigkeit, in dem er gefangen war, sich zu strecken und zu dehnen, bis er wieder fähig war, seine Unterteilungen wahrzunehmen – einen Unterschied zwischen dem Jetzt, dem, was war, und dem, was sein wird.

3

Und dann kam der Tag, an dem er sich sah.

Hundert Mal hatte er beim Wasser gehockt, um zu trinken, hatte sich vorgebeugt und auf der gekräuselten Oberfläche Farben und Formen bemerkt, die sich auf ihn zubewegten. Beim hundertunddritten oder hundertundelften Mal hielt er mitten in der Bewegung inne, den Kopf wenige Zentimeter über der Wasseroberfläche, und starrte auf die Erscheinung, die er vor sich sah.

Ein paar Sekunden lang begriff er sie nicht. Dann, zuerst langsam, dann mit einer schockartigen Plötzlichkeit, wie ein Schmerz, der den Körper eines Menschen überfällt, der aus der Narkose erwacht, erkannte er, was er sah.

Die Augen, die ihn aus dem Wasser anstarrten, lagen tief in ihren Höhlen und waren von dunklen Ringen umgeben. Das Haar war strähnig und verfilzt. Aber das Kinn war glatt, weil ein ultraschwacher Laserstrahl es getroffen und die Bartwurzeln verödet hatte.

Was er sah, war – er selbst.

Er fuhr zurück wie jemand, der sich plötzlich dem Teufel gegenübersieht. Aber nach einer Weile beugte er sich wieder vor, weil er Durst hatte, und als er trank, sah er sich wieder auf der Oberfläche des Wassers.

Allmählich kam die Erinnerung zurück. Aber nicht rasch, und nicht alles auf einmal. Sie kam in Schüben und plötzlichen, partiellen Bildern – bis irgendwann das Bild seiner Erinnerung wieder komplett war und er wußte, wer er war und was geschehen war.

Aber trotzdem war er noch nicht wieder zum Menschen geworden.

Er war nach wie vor das, wozu das Wesen in der Pyramide ihn gemacht hatte. Er war nach wie vor ein Tier. Nur den Verstand und die Fantasie eines Menschen hatte er zurückgewonnen, und sie waren gefangen in einem Körper, der nach wie vor auf eine tierische Weise lebte und reagierte, die Harry als natürlich zu empfinden gelernt hatte.

Aber seine animalische Resignation war gebrochen, weil der gefangene Verstand wieder arbeitete. Da der Kontrollanzug zerstört war – er war mehrere Male dort gewesen, von einem Instinkt getrieben, und hatte stumpf auf die verkohlten Reste gestarrt –, war er ein Gefangener, allein auf einem fremden Planeten, bis zu seinem Tod. Diese Erkenntnis für sich war nicht so schlimm, aber sie führte auch zu der Erinnerung an die Existenz dieses Jemand oder Etwas, das ihn zu einem Gefangenen gemacht hatte.

Dem Wesen in der Pyramide.

Daß die Pyramide ein automatisches mechanisches Gerät sein könnte, hielt er für ausgeschlossen. Es mußte eine persönliche, lebende Feindseligkeit hinter den Worten stecken, die ihn dazu verurteilt hatten, wie ein Tier zu vegetieren.

Es gab ein Leben hinter den glatten, metallisch schimmernden Wänden, ein Leben, dessen Roboter nach wie vor durch den Wald rasselten, das einen Energiestoß konzentrierter Sonnenkraft zerstören konnte, wie ein Mensch eine Mücke zerquetscht. Etwas *Lebendes*. Ein Wesen, das in der Pyramide lebte, atmend, essend, voll hämischer Genugtuung, ihn zu der Existenz eines Tiers reduziert zu haben – oder, was noch schlimmer wäre, ohne sich daran zu erinnern, was es Harry Brennen angetan hatte.

Jetzt, wo er wußte, daß der andere existierte, begann Harry jede Nacht von ihm zu träumen. Anfangs wimmerte er vor Angst, wenn das dunkle Wesen, das er verfolgte, sich umwenden und ihm sein Gesicht zeigen wollte, aber allmählich machte die Angst einer eiskalten Wut Platz. Er wollte sich nicht damit abfinden, seinen Feind niemals zu Gesicht zu bekommen.

Dann beherrschte ihn die Wut nicht nur während seiner Träume, sondern auch am Tag. Von Anfang an hatte er die Nähe der Pyramide ängstlich gemieden, wie ein Coyote eine Farm meidet, wo er einmal angeschossen worden war. Aber jetzt begann er jeden Tag näher an die fremdartige Konstruktion heranzuschleichen. Früher war er auch den tankartigen Robotern ausgewichen. Jetzt wagte er sich näher und näher an sie heran, bis er eines Tages den Mut aufbrachte, einen von ihnen zu berühren, als er an ihm vorbeirasselte. Und er stellte fest, daß sie ihn nicht beachteten. Überhaupt nicht.

Von nun an schenkte auch er ihnen keine Beachtung mehr, und mit jedem Tag wagte er sich näher an die Pyramide heran. Bis er eines Morgens, hinter einem Gebüsch versteckt, vom Rand der Lichtung aus über den kettenzerwühlten Boden hinweg auf die kupferfarbene, dreieckige Wand der Pyramide starrte.

Die Lichtung war kreisförmig und hatte einen Durchmesser von etwa dreißig Metern. Ein kleiner Bach, der sie teilte, war abgelenkt worden und führte jetzt in einem Bogen auf die Pyramide zu, verschwand in ihr und kam auf ihrer anderen Seite wieder zum Vorschein. In dem Knie, das der Bach jetzt bildete, stand ein Roboter, der wie ein Storch aussah, mit gegrätschten Beinen über dem schmalen Gewässer, und tauchte in regelmäßigen Abständen seine beiden mit Tentakeln versehenen Köpfe ins Wasser. Meistens kamen die Tentakel leer an die Oberfläche zurück, aber manchmal hielten sie ein kleines Tier, das sie in einen Tank warfen.

In einigem Abstand von der Pyramide befand sich eine Art Zaun aus dünnen Stangen, die kreisförmig in den Boden gesteckt worden waren. Der Storch-Roboter befand sich innerhalb dieser Einzäunung. Die Stäbe standen weit genug voneinander entfernt, um die Tank-Roboter durchzulassen, die zwischen Wald und Pyramide hin und her pendelten. Sie konnten durch jede Lücke zwischen ihnen passieren, und es schien keine Verbindung zwischen den Stäben zu geben, denn es geschah nichts, wenn einer der Tank-Roboter zwischen ihnen hindurchfuhr. Aber gerade diese scheinbare Sinnlosigkeit des weitmaschigen Stangenzauns war es, die Harry beunruhigte.

Erst mehrere Tage später gelang es ihm, seine Wirksamkeit zu beobachten. Ein kleines Tier, durch irgend etwas aufgeschreckt, hetzte über ein Segment der runden Lichtung auf das gegenüberliegende Waldstück zu.

Als es zwischen zwei der dünnen Stangen hindurchlief, schien die Luft zwischen ihnen plötzlich zu wabern. Das kleine Tier sprang in die Höhe, fiel zu Boden und blieb reglos liegen. Es rührte sich auch später nicht wieder, und am späten Nachmittag wurde es von den Laufketten eines Tank-Roboters in den Boden gewalzt.

Am frühen Abend fing Harry mehrere kleine Waldtiere, fesselte ihre Läufe mit Grashalmen, brachte sie zur Lichtung und warf sie zwischen zwei Stangen hindurch. Alle starben.

Am nächsten Tag versuchte er, ein Tier in einer schmalen Rinne zwischen zwei der Stangen hindurchzuschieben, so daß es sie unterhalb der Erdoberfläche passierte. Aber auch dieses Tier starb. Ein paar Tage lang war er völlig durcheinander. Dann band er eins der kleinen Tiere an die Rückwand eines Tank-Roboters, der aus dem Wald zur Pyramide zurückkehrte. Als der Vorderteil des Tanks ungehindert die Sperre passierte, war er sicher, daß auch das kleine Tier hindurchkommen würde. Aber als die Rückwand des Tanks durch die Sperre glitt, starb auch dieses Tier.

Außer sich vor Wut, umrundete Harry die Lichtung im Schutz des Waldrandes, bis die Sonne untergegangen war und Sterne am mondlosen Himmel erschienen.

An den folgenden Tagen testete er jeden Zwischenraum der Stangen, aber er fand keinen, der sicher war. Schließlich konzentrierte er sich auf die beiden Stellen, an denen der abgelenkte Bach in den Kreis hinein- und herausfloß.

Er beobachtete die beiden Stellen, ohne zu wissen, was er suchte. Es gelang ihm nicht einmal, das Ziel seiner Beobachtung zu formulieren. Er wußte nur, daß das Wasser zwischen zwei dieser Stangen in den abgeschirmten Kreis hinein- und zwischen zwei anderen wieder herausfloß, ohne auf irgendeine Weise verändert worden zu sein, und auch er wollte hinein und den Kreis lebend wieder verlassen.

Dann, als er eines Tages wieder den Eintritt des Baches beobachtete, sah er, daß ein kleines Tier, das von dem storchähnlichen Roboter aus dem Wasser gefischt wurde, noch zappelte.

An diesem Abend, während der Dämmerung, als es noch hell genug war, um sehen zu können, watete er im nur knietiefen

Wasser das Bachbett entlang bis zu dem Punkt, wo die Todeslinie zwischen zwei Stangen das Bachbett schnitt, und schob ein paar eingefangene Tiere unter Wasser auf die Linie zu.

Zwei von ihnen tauchten sofort wieder auf, zuckten zusammen und wurden von der schwachen Strömung weitergetrieben, auf den storchenähnlichen Roboter zu, der die leblosen Körper aus dem Wasser fischte und zur Seite warf. Aber das dritte schwamm ein paar Stöße unter Wasser, bevor es an die Oberfläche kam. Es kroch die Böschung hinauf, lief auf den Waldrand zu und wurde erst getötet, als es die Linie zwischen zwei Stäben auf der anderen Seite der Lichtung passierte.

Harry untersuchte das Bachbett unterhalb der Todeslinie. Das Wasser reichte ihm hier bis zum Oberschenkel, war also tief genug, um darin ganz unterzutauchen. Er hockte sich ins Wasser und atmete tief ein.

Tief untergetaucht zog er sich mit den Fingerspitzen vorwärts und hielt sich dicht über dem Boden des Bachbettes. Er erreichte die Stelle, an der der Storch-Roboter seine tentakelbehängten Köpfe ins Wasser tauchte. Die Tentakel griffen nach ihm, konnten ihn jedoch nicht erreichen. Er sah, daß auch der Boden des Bachbettes außerhalb ihrer Reichweite lag, wenn auch nur um wenige Zentimeter.

Seine Luft wurde knapp. Vorsichtig tastete er sich wieder zurück und hob keuchend den Kopf über die Wasseroberfläche. Nachdem sich sein Atem wieder beruhigt hatte, saß er eine ganze Weile am Bachufer und starrte auf das Wasser. Als es dunkel geworden war, ging er in den Wald zurück.

Am nächsten Tag kam er wieder und kroch noch einmal unter Wasser bis fast in Reichweite der storchenähnlichen Maschine. Er schaufelte mit beiden Händen eine Furche in den Sand, an der Stelle, an der die Tentakel zugriffen. Erst als seine Lungen vor Luftmangel zu platzen drohten, schob er sich wieder zurück und hob den Kopf aus dem Wasser.

An diesem Tag begann seine Arbeit.

4

Vier Tage später hatte er den Boden des Bachbettes an dieser Stelle um zwei Fuß vertieft. Und im schwindenden Licht des folgenden Abends kroch er, durchnäßt und triumphierend, innerhalb des Kreises der tödlichen Stäbe ans Ufer des umgeleiteten Baches.

Er ruhte sich etwas aus, und dann kroch er auf die Pyramide zu, vorsichtig und immer wieder lauschend, wie ein mißtrauisches Tier. In der Wand der Pyramide, die vor ihm lag, befand sich ein Tor, durch das er die Tank-Roboter ein- und ausfahren gesehen hatte. In der Dunkelheit konnte er es nicht ausmachen, und als er die Pyramide erreichte und mit der Hand über ihre metallische Außenwand tastete, konnte er seine Umrisse auch nicht fühlen. Aber seine Nase, die inzwischen die Empfindlichkeit eines Tieres hatte, nahm nun eindeutig den scharfen Geruch nach Erde und Öl wahr, der zwischen Tor und Toranschlag herausdrang.

Er hockte sich vor der Wand der Pyramide nieder und wartete. Eine Stunde später kam einer der Tank-Roboter zurück. Er sprang auf, um ihm ins Innere der Pyramide zu folgen, aber das Tor glitt erst unmittelbar vor dem Roboter auf und schloß sich im gleichen Augenblick, als das Heck des Tanks darin verschwand. Und auch zu beiden Seiten des Tanks war nicht genug Raum, um sich hineinzuquetschen. Wütend und enttäuscht hockte er sich wieder auf den Boden.

Er blieb bis zum Morgengrauen und sah mehrere andere Roboter-Tanks hinein- und herausrollen. Aber es ergab sich keine Gelegenheit, sich mit ihnen in die Pyramide zu drängen, auch nicht beim kleinsten von ihnen.

Während der ganzen Woche, die folgte, verbrachte er jede Nacht neben dem Einlaß der Pyramide und beobachtete die Tanks, die kamen und gingen. Er band eins der kleinen Tiere an einen hineinrollenden Roboter und sah, daß es das Tor ohne Schaden passierte und wieder herauskam, als es sich nach einiger Zeit öffnete, um einen anderen Roboter passieren zu lassen. Und mit jeder Nacht steigerte sich seine Wut. Eines Tages, als einer der Tanks sich hart nach einer Seite neigte, da eine seiner Laufketten über einen großen Stein rollte, kam ihm eine Idee.

In der folgenden Nacht schleppte er mehrere kürbisgroße Steine durch das Bachbett in den Schutzkreis der Pyramide. Als der erste Tank-Roboter sich näherte, warf er ihm, unmittelbar bevor das Tor aufglitt, einen der Steine vor die linke Laufkette. Die Kette glitt auf das Hindernis, der Tank neigte sich zur anderen Seite und schrammte gegen die Seitenwand des Tors.

Der Roboter stoppte, glitt ein Stück zurück und fuhr einen seiner Greifarme aus, um das Hindernis zu beseitigen. Dann rollte er in die Pyramide. Aber die wenigen Sekunden hatten Harry gereicht, um vor dem Tank durch das offene Tor ins Innere der Pyramide zu schlüpfen.

Er befand sich in einem dunklen Gang, voller rasselnder Kettengeräusche und Ölgeruch. Bevor sich das Tor hinter ihm wieder schloß, sah er in dem hereinfallenden Licht, daß der Korridor in eine Halle führte, in der mehrere Robot-Tanks standen. Er lief darauf zu.

Bevor er sie erreichte, schloß sich das Tor wieder, und es war stockdunkel. Aber das Kettenrasseln des hereinrollenden Roboters war dicht hinter ihm, und seine erworbenen animalischen Instinkte ließen ihn nicht im Stich. Mit ausgestreckten Händen lief er durch das Dunkel, bis er die Wand eines abgestellten Tanks erreichte, und kletterte hinauf. Die hinter ihm hereinrollende Maschine rasselte vorbei und stoppte.

Vorsichtig stieg er wieder herab. Er konnte zwar nichts sehen, aber die neue Empfindlichkeit seiner Nase kompensierte den Ausfall des Gesichtssinns. Wie ein Jagdhund bewegte er sich durch das Dunkel, schnuppernd und tastend, bis er ein klares Bild des Raums und der darin abgestellten Roboter hatte.

Er war eben fertig geworden, als plötzlich direkt vor ihm eine Tür aufglitt. Er hatte gerade noch Zeit, zurückzuspringen, bevor ein kleiner Tank-Roboter hereinrollte. Er glitt auf die Maschine zu, die hereingekommen war, nahm mit ihren Greifarmen den Behälter mit den gesammelten Proben von dem Roboter und ersetzte ihn durch einen leeren, den sie mitgebracht hatte.

Harry konnte alles beobachten, da durch die offene Tür etwas Licht hereinfiel. Und als der kleine Roboter zurückzurollen begann, erkannte er die Gelegenheit, die sich ihm hier bot, und duckte sich vor ihm durch die Öffnung.

Er war in einem langen Korridor, der von einem fluoreszierenden Streifen an der Decke matt erhellt wurde. Der Korridor war breit genug, daß der kleine Tank-Roboter an ihm vorbeirollen konnte. Der Roboter wich ihm sogar aus, als er sich an die Wand drückte, um ihm Platz zu machen, und rollte den Korridor entlang. Harry folgte ihm in einen größeren Raum, der wie der Korridor von fluoreszierenden Streifen an der Decke beleuchtet war. In dem matten Licht sah Harry eine Anzahl von Maschinen, einige fest montiert, andere mobil.

Die hin- und herrollenden Roboter wichen einander sorgfältig aus – und auch ihm. Sie wirkten sehr geschäftig, aber Harry erkannte den Zweck dieser Geschäftigkeit nicht. Dicht an die Metallwand des Raums gepreßt, glitt Harry auf eine gegenüberliegende Tür zu, um die dahinterliegenden Räume zu erforschen. Er gelangte in Korridore und Hallen, die alle durch fluoreszierende Streifen an den Decken beleuchtet wurden, und stellte fest, daß sie alle auf einer Ebene lagen und daß es in ihnen nur Roboter und andere Maschinen gab. Er entdeckte zwei Türen, zu denen ein paar flache Stufen hinaufführten, aber sie waren verschlossen und ließen sich nicht öffnen. Er beobachtete sie mehrere Stunden lang, aber keiner der Roboter rollte auf sie zu.

Er spürte, daß er hungrig und durstig wurde, und ging zurück in die Halle, in der die Tank-Roboter abgestellt waren. Zu seiner Überraschung glitt die Tür, die in die Halle führte, sofort auf, als er sich ihr näherte. Er trat durch die Öffnung in die dunkle Halle.

Sofort schloß sich die Tür hinter ihm wieder, und er wurde von einer plötzlichen Panik gepackt, als er feststellte, daß er sie von innen nicht öffnen konnte. Doch dann gewann sein Verstand wieder die Oberhand.

Durch Riechen, Tasten und Erinnerungsvermögen fand er den Weg zwischen den abgestellten Robotern entlang zum Außentor der Pyramide. Zu seiner Erleichterung glitt es sofort auf, als er sich ihm näherte. Mit einem Sprung war er hindurch und sog die kühle, frische Luft in die Lungen. Der Himmel wurde schon ein wenig hell. Zwei Minuten später stieg er durchnäßt aus dem Bach und lief auf den Waldrand zu.

Er kehrte von nun an jede Nacht in die Pyramide zurück. Die Erfahrung lehrte ihn, daß er nur irgendein Hindernis vor die

Laufkette eines zurückkehrenden Roboters legen mußte, um hineinzugelangen. Der Tank stoppte, um das Hindernis mit einem seiner Greifarme beiseite zu räumen, und er konnte vor ihm durch das offene Tor schlüpfen. Dann brauchte er nur noch auf den kleinen Roboter zu warten, der die Sammelbehälter austauschte und die Tür öffnete, die auf den Korridor führte.

Mit der Zeit verlor sich seine anfängliche Angst vor den Maschinen, und er erkannte, daß sie ungefährlich waren. Sie reagierten immer gleich auf eine gegebene Situation, und es war ein Kinderspiel, sie auszutricksen.

Aber die beiden Türen des großen Maschinensaals, zu denen die Stufen hinaufführten, blieben ihm verschlossen. Er schnüffelte an den Ritzen, und ein sonderbarer Geruch drang in seine Nase – eine fremdartige faulige Ausdünstung, die ihm einen Schauer über den Rücken jagte.

Mit fast pedantischer Genauigkeit erforschte er die Routine der Roboter. Die Behälter mit den eingesammelten Proben, die der kleine Roboter den zurückkehrenden Tanks abnahm, wurden auf ein Transportband entleert, das durch eine Öffnung in der Decke in den oberen Teil der Pyramide führte. Aber die Öffnung war zu klein, um hindurchkriechen zu können. Doch er entdeckte etwas anderes. Eines Tages beobachtete er, daß einer der Roboter ein Gitter von der Front einer der fest installierten Maschinen löste. Harry blickte in die Öffnung und stellte fest, daß sie der Einlaß eines Tunnels war, der schräg nach oben führte. Sie war groß genug, um hineinkriechen zu können, und die herausquellende Luft hatte den gleichen fauligen Geruch, den Harry an den beiden verschlossenen Türen festgestellt hatte.

Der offene Tunnel war eine starke Versuchung, aber die Angst hielt ihn davon ab, ihr nachzugeben. Der Roboter kam zurück und setzte das Gitter wieder ein. Harry bemerkte, daß ein leichter Druck am oberen und unteren Rand das Gitter mit einem leisen Klicken einrasten ließ. Sowie der Roboter wieder fortgerollt war, drückte Harry auf die gleichen Stellen, und das Gitter fiel heraus.

Nach langem Zögern kletterte er vorsichtig in den offenen Schacht – und hörte plötzlich ein Geräusch, das sich wie schweres Atmen anhörte. Gleichzeitig kam ihm ein Schwall Luft entgegen, der stark nach Fäulnis roch. In panischer Angst sprang er aus dem Schacht, floh aus der Pyramide und kam zwei Tage lang nicht zurück.

Als er es dann doch wieder wagte, war das Gitter an seinem Platz. Er nahm es heraus, hockte lange vor der dunklen Öffnung und versuchte, sich Mut zu machen. Endlich schob er das Gitter in einen Spalt zwischen zwei stationären Maschinen, wo der Roboter es nicht erreichen konnte, und kroch in den Tunnel.

Er führte in leichter Schräge aufwärts ins Dunkel. Seine Augen waren nutzlos, aber der faulige Geruch, der ihm entgegenwehte, wurde immer stärker. Und dann hörte er leise Geräusche.

Zuerst ein regelmäßiges Ticken, dann ein Stampfen und Scharren. Und schließlich, als er weit genug in den Tunnel eingedrungen war, ein Geräusch, das sich wie angestrengtes Atmen anhörte. Es war dasselbe Geräusch, das ihn zwei Tage zuvor am Eingang des Tunnels in Panik versetzt hatte. Auch jetzt wehte wieder ein starker Fäulnisgeruch auf Harry zu.

Nahezu gelähmt vor Angst blieb er reglos in dem engen Tunnel liegen, als der Geruch in seine Nase drang. Er war unfähig, sich zu bewegen, solange das Geräusch und der Geruch zu ihm herunterdrangen. Sowie sie aufhörten, kroch er so rasch er konnte zurück, sprang aus dem Tunnel, setzte das Gitter wieder ein und floh ins Freie.

Wieder dauerte es einige Zeit, bis er wieder den Mut aufbrachte, zurückzukommen. Im Lauf der nächsten Tage gelang es ihm, das ganze Röhrensystem zu erforschen, das von dem Haupttunnel abzweigte. Einige der Röhren waren zu eng, um ihn durchzulassen, und die größte von ihnen führte zu einem anderen Gitter, durch das die faulig riechende Luft hereinströmte.

Offensichtlich befand sich hier das Zentrum der Belüftungsanlage der Pyramide. Diese Erkenntnis formulierte sich nicht so klar in Harrys Gehirn, aber er nahm die Funktion der Anlage intuitiv wahr und wandte sich wieder der Erforschung der engeren Röhren zu, in die er gerade noch hineinkriechen konnte.

Sie endeten alle an Gittern, die in Decken eingelassen waren und durch die Harry in mehrere Räume hinabblicken konnte. Was er dort sah, war ihm zum größten Teil unverständlich. In den Räumen sah er verschiedene ortsfeste oder mobile Geräte verschiedener Größe und Form. Einige von ihnen hatten Ähnlichkeit mit Betten und Stühlen – aber wenn dem so war, so hatte man sie für Wesen entworfen, die erheblich größer waren als er. Die Beleuchtung war überall die gleiche, die er schon kannte: fluoreszierende Streifen an den Decken.

Gelegentlich hörte er durch eins der verschiedenen Gitter das angestrengte Atmen, und dann wurde der faulige Geruch stärker. Aber mehr als eine Woche lang brachten seine Besuche in der Pyramide ihn der Aufklärung dieses Phänomens um keinen Schritt näher, und durch keins der Gitter konnte er eine Spur von Leben entdecken.

5

Eines Tages jedoch, als er vor einem Gitter hockte und in einen runden Raum hinabstarrte, in dem er bett- und stuhlähnliche Gegenstände ausmachte, entdeckte er auch andere, noch nie gesehene Objekte, in deren Oberflächen sich Einkerbungen von unterschiedlicher Größe und Form befanden. An der Wand des kreisrunden Raums befand sich eine Art Alkoven, aus dem Lichter in verschiedenen Farben blinkten und glühten.

Plötzlich wurde das matte Leuchten heller, so unvermutet und so stark, daß Harry unwillkürlich vom Gitter zurückwich und die Hand vor seine geblendeten Augen preßte. Im gleichen Augenblick hörte er wieder das laute Atemgeräusch und nahm den Fäulnisgeruch wahr.

Er hockte reglos vor dem Gitter und hörte auf zu atmen. Er hätte sogar seinen Herzschlag angehalten, wenn ihm das möglich gewesen wäre, aber sein Puls raste, schüttelte seinen ganzen Körper und dröhnte so laut in seinen Ohren, daß er sicher war, er mußte in allen Räumen der Pyramide zu hören sein. Aber es rührte sich nichts.

Dann trat plötzlich eine massige Gestalt in sein Gesichtsfeld unterhalb des Gitters. Sie stand auf einer kleinen Plattform, die frei schwebend in den Raum glitt.

Die Gitteröffnung war klein, und Harrys Gesichtsfeld war auf den Teil beschränkt, der unmittelbar darunter lag. Er starrte auf nackte, braune, unbehaarte Schultern, einen dicken Hals mit tiefen Falten im Nacken und einen haarlosen, braunen Kopf.

Aus der vorspringenden Kinnpartie ragte eine Art Stoßzahn hervor. Der Körper war gedrungen und kräftig, genau wie die Arme mit ihren vierfingerigen Händen, aus denen stumpfe Krallen wuchsen. Eine leicht vorgeneigte Haltung verlieh der Kreatur, zusammen mit den Hauern in ihrem Kiefer, ein walroßartiges Aussehen, und ihr fauliger Geruch war so penetrant, daß Harry davon fast übel wurde.

Die Plattform schwebte auf den Alkoven zu, der zu klein war, um sie hineinzulassen. Harry hörte den keuchenden Atem, als die Kreatur von der Plattform zum Alkoven trat und ihre kurzen, krallenbewehrten Finger über die Vertiefungen in der Wand gleiten ließ. Dann wandte sie sich mit einer schwerfälligen Bewegung um und streckte sich auf der neben dem Alkoven befindlichen Liege aus. Gerade als Harry die Kreatur zum ersten Mal in ihrer ganzen Größe sah, erlosch plötzlich das Licht.

Harry starrte erschrocken in das Dunkel, aus dem das schwere Atmen und ein leises Knarren des Bettes zu ihm heraufdrangen. Nach einer Weile war nur noch das Atemgeräusch zu hören. Aber Harry wagte noch immer nicht, sich zu bewegen. Eine ganze Weile lag er reglos in der engen Röhre und wagte selbst kaum zu atmen. Aber schließlich unterdrückte er seine Panik und begann, sich langsam, zentimeterweise, zurückzuschieben. Die Röhre war zu eng, um sich herumzudrehen. Durch den Haupttunnel erreichte er die Räume im Untergeschoß und floh in die Sicherheit des Waldes.

Am nächsten Tag wagte er sich nicht in die Nähe der Pyramide. Jedesmal, wenn er an die massige, braunhäutige Gestalt dachte, die er durch den Gitterrost gesehen hatte, brach ihm der Schweiß aus, und er begann am ganzen Körper zu zittern. Er konnte verstehen, daß der *Andere* ihn hinter seinem Gitter nicht gehört und gesehen hatte, aber es war ihm unverständlich, daß er ihn nicht *gerochen* hatte.

Allmählich aber gewöhnte er sich an die Tatsache, daß die Kreatur ihn mit keinem ihrer Sinne wahrgenommen hatte. Vielleicht waren die Sinne – vor allem der Geruchssinn – bei ihr nur schwach entwickelt. Vielleicht ... es gab so viele Vielleichts ...

Tatsache aber war, daß der *Andere* Harry nicht gesehen, gehört oder gerochen hatte. Harry war wie eine Ratte in der Wand, unbemerkt, weil man seine Anwesenheit nicht vermutete.

Nach Ablauf der Woche war er wieder bei der Pyramide. Er hatte nicht zurückkommen wollen, aber sein Haß trieb ihn zur Pyramide, so wie es einen Süchtigen zu seiner Droge treibt. Er mußte den *Anderen* wiedersehen, um seinen Haß zu befriedigen. Er mußte den *Anderen* anstarren, den harten Adrenalinstoß spüren, den der Anblick der braunen, haarlosen Gestalt in seine Adern jagte. Während der Nächte warf Harry sich auf seinem Laublager unruhig hin und her und träumte davon, den kleinen Bach aufzustauen, um dann mit seinem Wasser die Pyramide zu überfluten, bis der *Andere* ertrank – er träumte, daß ein Blitzstrahl in die Spitze der Pyramide schlug und den *Anderen* verbrannte. Seine Träume wurden so realistisch und so drückend, daß er aus dem Schlaf schreckte und die wenigen Fetzen, die er noch auf dem Körper trug, schweißnaß waren.

Schließlich ging er wieder zur Pyramide zurück. Tag für Tag. Und mit der Zeit gewöhnte er sich so an den Anblick des *Anderen,* daß er jede Angst vor ihm verlor. Jetzt kamen ihm der Weg zu dem Grill über dem runden Raum und das Warten auf das Erscheinen des *Anderen* endlos vor. Zu dieser Zeit begann das Laub der Bäume im Wald zu welken und abzufallen. Der Wasserspiegel im Bachbett senkte sich. Nicht nur ein paar Handbreit, sondern er fiel so stark, daß Harry sein Bett unter dem tödlichen Zaun erheblich vertiefen mußte, um ungefährdet zur Pyramide gelangen zu können.

Eines Tages bemerkte er, daß nur noch vereinzelt Tank-Roboter die Pyramide verließen, um im Wald Proben einzusammeln.

Er war gerade auf dem Weg zur Pyramide, als ihm diese Erkenntnis kam. Er blieb stehen, reglos wie eine Statue, und ihm fiel ein, daß er während der letzten Tage in der großen Halle im Erdgeschoß der Pyramide eine ungewohnt große Anzahl abgestellter Roboter gesehen hatte.

Jetzt wurde ihm auch die Bedeutung der welkenden Blätter bewußt und die Ursache für das Absinken des Wasserspiegels im Bach, und in seinem Kopf begann ein lautes Dröhnen, wie das Läuten einer Glocke bei Hochwassergefahr.

Es hatte eine Zeit gegeben, als noch keine Pyramide auf diesem Planeten gestanden hatte, und mit dem herannahenden Ende des Jahres und der Beendigung der Arbeit der Sammel-Roboter näherte sich die Zeit, da die Pyramide ihre Aufgabe erfüllt hatte und wieder verschwinden würde.

Mit dem *Anderen.*

Er lief wie gehetzt auf die Pyramide zu. Aber als er den Waldrand erreichte und sie vor sich stehen sah, blieb er wieder stehen. Ein paar Sekunden lang zögerte er, hin und her gerissen zwischen Angst und Haß. Dann ging er weiter.

Kurz darauf kroch er triefend naß aus dem Bach, in jeder Hand einen faustgroßen Stein, und trat auf das geschlossene Tor zu, durch das die Roboter ins Innere der Pyramide rollten. Er stand vor der Pyramide und starrte auf das Tor, zum ersten Mal im hellen Tageslicht. Er hatte das noch niemals gewagt, aber heute hatte er jede Angst vor dem Risiko verloren, völlig von seiner Wut beherrscht. Doch kein Tank-Roboter erschien, um ihm das Tor zu öffnen. Sie hätte ihn fast dazu verleitet, mit den Steinen gegen das Tor zu hämmern oder der storchartigen Maschine am Bach einen seiner Köpfe abzureißen. Seine Wut brachte ihn in ernsthafte Versuchung, irgend etwas völlig Idiotisches zu tun, mit dem er die Entdeckung durch den *Anderen* riskierte, dieser Kreatur, die über ein Heer von Maschinen herrschte und über unvorstellbare Kräfte verfügte. Er hätte so etwas getan, wenn er nur ein Mensch gewesen wäre, der in seiner unbezähmbaren Wut den Kopf verlor. Aber er war kein Mensch mehr.

Er war das, was der *Andere* aus ihm gemacht hatte, ein Tier, obwohl der Mensch noch in ihm gefangen saß. Und wie ein Tier fluchte und tobte er nicht, genausowenig wie eine Katze vor dem Mauseloch, oder ein Wolf, der darauf wartet, daß sich der Schafhirt für die Nacht zurückzieht. Ohne einen Laut hockte das Tier in Menschengestalt, das einmal Harry Brennen gewesen war – und das sich insgeheim noch immer als Harry Brennen sah –, neben dem geschlossenen Tor und wartete.

Vier Stunden später, als die Sonne dicht über den Baumkronen stand, kam ein Tank-Roboter aus dem Wald gerasselt.

Harry wandte wieder seinen alten Trick mit dem Stein an und schlüpfte vor dem Roboter durch das offene Tor. Den zweiten Stein hielt er in der Hand.

Geduldig wartete er, bis der kleinere Roboter dem eben hereingekommenen den Sammelbehälter abnahm, und gelangte mit seiner Hilfe durch die Tür, die in den Korridor und die anderen ebenerdigen Räume führte. Wie immer gelangte er auf dem gewohnten Weg zu dem Gitter, das ihm den Zugang zum Ventilationssystem erlaubte, nahm es heraus und kroch in den schräg aufwärts führenden Tunnel. Er kroch ihn entlang und erreichte durch mehrere Abzweigungen des Röhrensystems das Gitter, durch das er in den kreisförmigen Raum hinabblicken konnte.

Der Raum war völlig dunkel. Er hörte das schwere Atmen und nahm den fauligen Geruch des *Anderen* wahr. Er schien zu schlafen, oder wenigstens zu ruhen. Mehrere Minuten lang lag Harry reglos, lauschte auf das Atemgeräusch und sog den fauligen Geruch in die Nase. Dann packte er den mitgebrachten Stein und begann auf das Gitter zu hämmern.

Ein paar Sekunden lang geschah nichts. Dann plötzlich flammte in dem Raum unter dem Gitterrost grelles Licht auf, und als Harrys Augen sich an die Helligkeit gewöhnt hatten, sah er den *Anderen,* der sich auf dem Bett aufrichtete. Große gelbliche Augen in einem teigig wirkenden Gesicht starrten zur ihm herauf. Eine breite Oberlippe wölbte sich über den beiden gekrümmten Hauern.

Die Oberlippe hob sich, und ein blubberndes Geräusch klang zu Harry herauf. Der *Andere* wälzte seinen plumpen Körper von dem Bett und stellte sich auf seine kurzen Beine. Dann watschelte er zur Mitte des Raums, bis er unmittelbar unter dem Grill stand, und starrte Harry an.

Er hob den rechten Arm, krallte seine Klauen in das Gitter und riß es heraus. Es fiel klirrend zu Boden. Harry fühlte sich schutzlos und versuchte, sich hastig zurückzuziehen. Aber der *Andere* richtete sich zu seiner vollen Höhe von fast zwei Metern auf und griff in die Röhre. Seine stumpfen Klauen packten Harry und zerrten ihn mit einem harten Ruck aus seinem Versteck. Harry verlor den Halt und stürzte durch die Öffnung zu Boden.

Ein normaler Mensch hätte sich bei dem Fall wahrscheinlich

steif gemacht und beide Arme gebrochen, vielleicht sogar das Genick. Aber Harry krallte sich an dem Arm des *Anderen* fest und milderte so den Aufprall. Erst als er auf dem Boden aufschlug, ließ er los, sprang auf die Füße und lief zur Wand, um einen möglichst großen Abstand zwischen sich und den *Anderen* zu bringen.

Der *Andere* blickte auf ihn herab, und seine großen, gelben Augen starrten auf den Stein, den Harry sogar festgehalten hatte, als er aus der Deckenöffnung zu Boden fiel. Der *Andere* trat ein paar Schritte auf ihn zu, streckte die Hand aus und nahm Harry den Stein weg. Harry ließ ihn so widerwillig los wie ein Kind, dem man ein Spielzeug wegnimmt. Der *Andere* gab wieder ein leises, blubberndes Geräusch von sich, als er den Stein aufmerksam betrachtete. Dann legte er ihn behutsam auf einen kleinen Tisch, wandte sich wieder um und starrte Harry an.

Harry wich ängstlich zurück, aber der *Andere* griff mit seinen plumpen Händen nach ihm, um die Fetzen des Hemdes zu befühlen, die an Harrys Oberkörper klebten.

Wieder kam ein Blubbern aus seinem breiten Mund, leise und mit einem fragenden Unterton. Harry bedeckte seinen Kopf mit beiden Armen. Als er wieder aufblickte, stand der *Andere* vor der Alkovenwand und fuhr mit seiner Hand über die in ihr eingelassenen Vertiefungen. Dann kam wieder ein Blubbern aus seinem Mund, und eine Sekunde später hörte Harry seine eigene Stimme geisterhaft durch den kreisförmigen Raum klingen:

»Du ... bist ... der, den ich ... in ein Tier ... verwandelt habe ...«

Harry hockte am Boden und bedeckte wieder seinen Kopf mit beiden Armen.

»Du kannst ... nicht einmal mehr ... sprechen«, sagte Harrys Stimme. »Ist ... es nicht ... so?«

Harry warf einen raschen Blick zwischen seinen Armen hindurch und drückte sie sofort wieder vor die Augen, als er die großen gelben Augen auf sich gerichtet sah.

»Ich dachte ... du seist ... längst tot ...«, hörte er seine Stimme wieder sagen. »... erstaunlich ... Überleben ohne jede Hilfsmittel ... muß dich behalten ...« Die topasgelben Augen blickten Harry, der zusammengesunken an der Wand kauerte, interessiert an. »... Käfig ... Stück meiner ... Sammlung ...«

Der *Andere* trat wieder zu der Alkovenwand und fuhr mit der Hand über die Vertiefungen. Dabei wandte er Harry verächtlich den Rücken zu.

Harry starrte den braunen Rücken an. Seine Angst verebbte, und an ihrer Stelle erfüllte ihn unbeherrschte Wut. Lautlos stand er auf, packte den Stein, den der *Andere* ihm abgenommen hatte, und stürzte sich auf ihn.

Er sprang ihm auf seinen breiten, braunen Rücken, klammerte sich an ihm fest und schlug ihm den Stein mit aller Kraft auf den haarlosen Schädel. Dabei stieß er einen wilden Triumphschrei aus, der erste Laut, der seit seinem Sturz auf diesen Planeten aus seiner Kehle kam.

Der *Andere* schrie auch – es war ein blubberndes Gebrüll –, während er sich schwerfällig umdrehte und mit beiden, kurzen Armen hinter sich griff und Harry von seinem Rücken zu reißen versuchte. Seine Krallen fuhren über Harrys Arm, die seinen Hals umklammerten, und rissen die Haut auf. Aber Harry ließ nicht los. Wild schreiend hämmerte er immer wieder den Stein auf den Schädel des *Anderen,* bis es dem endlich gelang, Harrys Klammergriff zu lösen. Sie stürzten beide zu Boden.

Der *Andere* war als erster wieder auf den Beinen. Er wirkte wie ein Riese neben Harry, der sich jetzt nach dem Stein bückte, der ihm aus der Hand gefallen war. Aber anstatt seinen Vorteil zu nutzen und ihn anzugreifen, watschelte der *Andere* zu dem Alkoven und den Kontrollelementen in den Vertiefungen der Wand.

Harry erreichte sie den Bruchteil einer Sekunde vor ihm.

Der *Andere* wich vor dem erhobenen Stein in Harrys Hand zurück. Brüllend und blubbernd floh er mit watschelnden Schritten vor seinem Verfolger und versuchte immer wieder, zu den Kontrollelementen in der Alkovenwand zu gelangen. Er war fast einen Kopf größer als Harry und bestimmt doppelt so schwer, aber trotzdem hatte er Angst vor einer Konfrontation und versuchte verzweifelt, die Alkovenwand zu erreichen. Zweimal gelang es Harry, ihn abzudrängen, dann schaffte es der *Andere,* durch seine Masse und seine Verzweiflung, zur Alkovenwand zu gelangen, die plumpen Hände nach den Kontrollelementen ausgestreckt. Harry sprang auf seinen breiten, fleischigen Rücken.

Der *Andere* taumelte unter seinem Gewicht und stürzte zu Boden. Mit einem triumphierenden Schrei hockte Harry sich auf seinen Rücken und schlug mit dem Stein auf den haarlosen Schädel ein – und schlug – und schlug – und schlug . . .

6

Er hörte erst auf, als er so erschöpft war, daß er den Stein nicht mehr heben konnte. Er ließ ihn zu Boden fallen und blickte umher wie ein Mann, der aus einem Traum erwacht. Er sah einen hell erleuchteten Raum voller fremdartiger Möbel und Einrichtungen – und einen Alkoven, dessen Wand mehrere Reihen von Vertiefungen aufwies, und in seiner Mitte, auf dem Boden, eine Kreatur mit zertrümmertem Schädel. Harry verspürte ein brennendes Durstgefühl, und er kam taumelnd auf die Füße.

Sehnsüchtig blickte er zu der Ventilationsöffnung in der Decke hinauf, aber er war zu erledigt, um hinaufzuspringen, sich festzuklammern und emporzuziehen und in das Rohrsystem zu kriechen, um wieder ins Freie zu kommen und zu dem Bach zu gelangen. Er taumelte auf die offenstehende Tür zu, durch die der *Andere* in den kreisförmigen Raum gekommen war, und durch mehrere unbekannte Korridore und Räume.

Alle waren hell erleuchtet. Er zog witternd Luft in die Nase und glaubte durch den fauligen Geruch, der überall zu spüren war, den sauberen Duft von Wasser wahrzunehmen. Er wurde immer stärker und führte ihn schließlich in einen Raum, wo das Wasser des Baches durch eine Öffnung in der Pyramidenwand hereinströmte und in ein Bassin fiel. Er trank gierig, bis sein Durst gelöscht war. Dann hockte er sich auf den Boden und ruhte sich aus.

Nach einer Weile stand er wieder auf und setzte seinen Erkundungsgang fort. In einem der Räume stand er plötzlich vor einer reflektierenden Wand. Er trat langsam darauf zu und starrte auf sein Spiegelbild wie Adam vor dem Sündenfall.

Erst in diesem Augenblick wurde er sich der Situation bewußt, in der er sich befand. Zum erstenmal seit Monaten kamen

Worte aus seinem Mund, rostig und belegt, wie aus einer Maschine, die lange nicht benutzt worden ist.

»Mein Gott!« krächzte er. »Ich bin ja fast nackt!«

Er begann zu lachen, und sein heiseres Gelächter klang noch unnatürlicher als sein Sprechen, und es hallte gespenstisch wider in den stillen, fremden Räumen. Aber es war trotz allem ein Lachen – der einzige Laut, der den Menschen vom Tier unterscheidet.

Er brauchte sechs Monate, um wieder zu lernen, ein vollwertiger Mensch zu sein, und die Geheimnisse der Pyramide zu ergründen. Wenn die fremdartige Maschine nicht mit ausgeklügelten Sicherheitseinrichtungen versehen gewesen wäre, hätte er mehr als ein Leben gebraucht, um diesen Kursus zu beenden. Aber so schaffte er es nach einiger Zeit, die Funktionen der Pyramide zu beherrschen, und brachte sie in den Orbit, wo er den Rest seines offiziellen Selbst einsammelte und durch den Alternativ-Raum zur Erde zurückkehrte.

Vor seiner Landung kündigte er seine Rückkehr an, und als er aufsetzte, waren alle gekommen, um ihn zu begrüßen. Ein paar von ihnen, die ihm bei seinem Start auf den Rücken geklopft hatten, hoben auch jetzt wieder die Hände, als er aus der Pyramide stieg und auf sie zutrat.

Aber als die hagere Gestalt in einem Reserve-Druckanzug, der ihm nun viel zu weit war, mit schulterlangem Haar und brennenden Augen auf sie zutrat, ließen sie die Hände wieder sinken. Kein Mensch wagt es, einem Raubtier auf den Rücken zu klopfen, und niemand wollte es riskieren, den Mann zu berühren, in den Harry sich verwandelt hatte.

Natürlich war es immer noch derselbe Mann, den sie hinausgeschickt hatten, aber er war auch der Mann, der von dem Planeten zurückgekehrt war, dem sie die Nummer 1242 gegeben hatten und der in einem Duell auf Leben und Tod den Vertreter einer Rasse überwunden hatte, die in ihrer Entwicklung der seinen um Jahrtausende voraus war. Im Verlauf dieser Auseinandersetzung war er auf die Grundlage seines Menschseins reduziert worden, auf ein Wesen, das existierte, bevor sich das erste Rad drehte, bevor das erste Feuersteinmesser zurechtgeschlagen wurde.

Und was war diese Grundlage? Geh hinab in das Tal der Schatten und stell diese Frage dem Toten von einer anderen Welt, dem Wesen mit dem eingeschlagenen Schädel, das die größten Errungenschaften menschlicher Wissenschaft mit der irritierten Verachtung behandelte, die man gegenüber einer störenden Mücke empfindet.

Oder, falls der einst so mächtige Herr der raumfahrenden Pyramiden nicht sprechen will, wende dich an die anderen Geister, die du dort finden wirst – die des Auerochsen, des riesigen Höhlenbären oder des Mammuts.

Auch sie können dir von der Geduld, der Zähigkeit, der Hartnäckigkeit berichten – von der Überlegenheit des nackten Menschen.

Der steinige Garten Eden

1

Kent Harmon trat in die nächtliche Finsternis hinaus und in den sanften, warmen, nach Schwefel riechenden Regen des Tieflands von Modor. Die Dunkelheit umhüllte ihn wie ein duftender Mantel, als er über den weichen, nachgebenden Boden auf das Licht der Nachrichten-Baracke zuschritt und hineintrat.

Tom Schneider, der Kommunikationsmann, blickte auf, als Kent die Tür hinter sich zuschlug. Er hatte gerade Funkverbindung mit der Erde und war beschäftigt, aber er grinste Kent freundschaftlich an, fischte mit der linken Hand einen Funkspruch vom Hauptquartier aus dem Eingangskorb und schob ihn über den Tisch.

»Hast du mich deswegen rufen lassen?« fragte Kent und warf einen Blick auf das Papier. Toms jungenhaftes Gesicht wandte sich einen Moment lang von den Armaturen seines Funkgeräts ab, und er nickte. Aus dem Lautsprecher des Monitors kam plötzlich ein helles Summen, stieg rasch an die Grenze des menschlichen Hörvermögens und verstummte. Tom lehnte sich zurück.

»Auf Empfang«, sagte er ins Mikrofon. »Auf Empfang. Erde, bitte kommen.«

Ein schmales Lochband begann sich aus einem Schlitz zu schieben. Kent starrte auf die Nachricht, die er in der Hand hielt. Es war eine dienstliche Anweisung des Hauptquartiers, Kolonialabteilung.

Kent fuhr mit den Fingern über seinen schmalen, dunklen Schnurrbart, der einmal sein ganzer Stolz gewesen war – früher, auf der Erde, wo es Menschen gab, die ihn sahen –, und starrte auf die beiden Zeilen der Code-Nachricht:

Ch an ColRep Modor-X Alarmstufe 500
40T 23: 76W & 49:40N

Das Ticken des Funkgeräts verstummte. Tom schaltete es aus, streckte die Arme und wandte sich an Kent.

»Was Neues?« fragte er ohne Neugier. Doch dann, nach einem Blick auf das versteinerte Gesicht des Vertreters der Kolonialabteilung, setzte er hinzu: »Schlechte Nachrichten?«

»Sie schicken eine Gruppe von Kolonisten her«, sagte Kent ohne nachzudenken – und bereute seine Worte sofort.

Tom richtete sich auf und starrte Kent an. »Du bist verrückt!«

Kent wandte sich ab, um vor dem anderen seine Erregung zu verbergen, zuckte die Achseln und steckte das Papier in die Tasche.

»Und wo soll die Kolonie entstehen?« fragte Tom.

»Ungefähr fünfhundert Kilometer westlich von hier«, sagte Kent widerwillig. Die Nachricht war zwar nicht geheim, aber er hätte lieber erst einmal allein darüber nachgedacht, bevor er sie mit einem anderen besprach. Aber das war nun nicht mehr zu ändern.

»Das ist doch eine kahle Wüste!« sagte Tom ungläubig. »Und wie werden sich die Morodianer dazu stellen? Ich begreife nicht, daß sie überhaupt Kolonisten herschicken.«

»Der Planet ist zum Siedlungsgebiet erklärt worden«, sagte Kent und wandte sich zur Tür. »Ich mag jetzt nicht darüber reden, Tom«, setzte er irritiert hinzu. »Behalte diese Sache vorläufig für dich. Du kannst dir vorstellen, daß diese Kolonisierung ein ziemlich schwieriges Problem ist.«

»Das ist die Untertreibung des Jahres«, rief Tom ihm nach, und seine Stimme klang schrill vor Erregung. »Die Modorianer . . .«

Kent schlug die Tür der Baracke hinter sich zu und schnitt damit den Rest des Satzes ab.

Er wollte jetzt allein sein und nachdenken. Hier, im Außenposten, würde er dazu keine Gelegenheit haben, da Tom von der Sache wußte. Wahrscheinlich saß er schon jetzt an seinem Funkgerät und gab die Nachricht weiter, und innerhalb einer Stunde würden wütende Prospektoren und Adoptierte – das waren Männer, die eine Art Arbeitsfreundschaft mit Modorianern aufgenommen hatten – an seine Tür klopfen. Kent verließ die kleine Barackenstadt und ging auf das freie Feld hinaus, wo sein Gleiter stand.

Er stieg in die kleine Maschine, schaltete die Aggregate ein und schoß in den dunklen Himmel.

Ein paar Sekunden lang schien der Gleiter in der Schwärze der Nacht unbeweglich zu hängen, dann durchbrach er die dichte Wolkendecke über dem Tal und flog im hellen Licht des Mondes. Kent blickte aus dem Seitenfenster.

Der Mond von Modor kreiste in einem niedrigen Orbit um den Planeten, und sein Licht war heller als das des Erdenmondes. Unter sich sah Kent das Tal, über dem dunkle Wolken hingen, und das sich bis zum Meeresufer erstreckte. Im Westen und Norden begannen die Bergketten, hinter denen die Hochebene lag, eine steinige, kahle Wüste. Er lenkte den Gleiter nach Westen und flog über die Bergketten hinweg.

Es war kalt in der kleinen Kabine. Kent schaltete die Heizung ein und stellte den Autopiloten auf die Koordinaten des fünfhundert Kilometer entfernten Geländes ein, auf dem das Schiff der Kolonisten landen sollte. Dann lehnte er sich zurück, steckte seine Pfeife an und dachte über die neue Situation nach.

Der Pfeifenrauch zog in grauen Schwaden um seinen Kopf, und er grinste in der Erinnerung daran, daß man ihm im Kolonialbüro auf der Erde auch dieses Laster häufig vorgehalten hatte. Kent war Regierungsbeamter, und ein sehr guter. Ein zu guter, vielleicht, und vor allem einer, der sich nicht einfügen wollte.

Er war schlank und dunkelhaarig, vielleicht ein wenig klein geraten, aber das merkte man erst, wenn er neben einem größeren Mann stand. Er war, was man in früheren Zeiten einen Pioniertyp genannt hätte. Er war intelligent, alert, untadelig in Erscheinung und Manieren – und er rauchte Pfeife.

Kent lächelte ein wenig bitter. Es war seine Pfeife, die ihn nach Modor geführt hatte – der Tropfen, sozusagen, der das Faß zum Überlaufen gebracht hatte.

Es war die Lässigkeit, die sich in letzter Zeit in Regierungskreisen durchgesetzt hatte. Diplomaten und andere Behördenvertreter versuchten wie Studenten auszusehen – wenn sie dazu noch jung genug waren – und wie kleine Geschäftsleute, wenn sie für die erste Rolle zu alt geworden waren. Auf keinen Fall durfte man sie für das halten, was sie waren. Kent hatte sich diesem Trend nicht untergeordnet. Maskeraden gingen ihm nun einmal gegen den Strich. Die Folge war, daß er von seinen Kollegen und von seinen unmittelbaren Vorgesetzten mit Mißtrauen betrachtet wurde. Hier ist einer, der sich außerhalb unseres Kreises stellt, sagten sie sich. Und als er auch noch begann, Pfeife zu rauchen, lief das Faß über. Die Pfeife paßte überhaupt nicht in das Bild. Sie war ein archaisches Symbol der Nostalgie. Die altmodische Perfektion Kent Harmons wirkte lächerlich neben der sorgfältig kultivierten Lässigkeit der anderen Beamten des Kolonialbüros – Versetzung nach Modor.

Verdammt, die können mich alle, dachte Kent und tat einen tiefen Zug aus seiner Pfeife. Zumindest konnte er hier Pfeife rauchen, ohne daß ihn jemand deshalb anmoserte.

Aber als er wieder an die bevorstehende Ankunft der Kolonisten dachte, verflog seine Zufriedenheit rasch. Er hatte das Gefühl, als wenn die Abneigung des Kolonialbüros ihn selbst bis hierher verfolgte. Es war doch Wahnsinn, fünfhundert erdgeborene Menschen nach Modor zu schicken, um die kahle Wüste des Hochlands zu besiedeln, und ein flagranter Verstoß gegen das ungeschriebene Gesetz, das seit zweihundert Jahren zwischen den Menschen und den Modorianern bestand, seitdem das erste Raumschiff auf diesem Planeten gelandet war. Modorianer gehörten nicht zu dem normalen Typ fremdartiger Wesen – jedenfalls nicht nach menschlichem Standard.

Kent warf einen Blick durch das Fenster. Unter ihm erstreckte sich eine weite Steinwüste, auf der nur gelegentlich kleine Buschgruppen die Monotonie unterbrachen. Sie sah tot und verlassen aus, aber Kent wußte, daß dort unten mindestens ein Dutzend Modorianer schliefen, und vielleicht auch zwei oder drei Menschen, jeder bei seinem Modorianer, der ihn ›adoptiert‹ hatte und es ihm dadurch ermöglichte, in der Wildnis zu leben, als Prospektor oder als Trapper.

Nein, die Modorianer waren keine gewöhnlichen Kreaturen. Sie waren die intelligentesten Lebewesen, die die Menschen bisher auf den von ihnen kontrollierten Planeten entdeckt hatten – manche waren sogar der Meinung, daß sie den Menschen an Intelligenz übertrafen, eine Ansicht, der sich auch Kent angeschlossen hatte – aber das war nur ein Punkt ihrer Originalität.

Ein weiblicher Modorianer war etwa einen Meter groß, nervös, mißtrauisch und mit der Intelligenz und den Charakteristika eines Schimpansen ausgestattet. Ihre Ähnlichkeit mit dem männlichen Vertreter der Spezies beschränkte sich auf den schlanken, beinahe zerbrechlich wirkenden Körper, die drei einander gegenüberstehenden Finger ihrer Hände, die großen Augen und das weiche, graue Fell, das den ganzen Körper bedeckte. Sie schloß sich ihrem Gefährten auf Lebenszeit an und hockte auf seinem Rücken, während er durch die Steinwüsten der Hochebene streifte.

Der männliche Modorianer war ausgewachsen über zwei Meter groß, unglaublich zäh und erfindungsreich, unempfindlich gegenüber den extremen Temperaturschwankungen auf diesem Planeten, die von fast sechzig Grad Hitze bis zu fünfzig Grad Kälte reichten. Mit einer Ausrüstung, die nur aus einem Eisenspeer und ein paar einfachen Handwerkzeugen bestand, lebte er in einer Welt, in der ein Mensch ohne mehrere Tonnen an Geräten und Vorräten innerhalb kürzester Zeit verhungern oder erfrieren würde. Die Modorianer hatten niemals Städte gebaut, weil sie sie nicht brauchten – und aus anderen Gründen.

Und das war das Seltsamste an ihnen. Eine der Stärken des männlichen Modorianers war seine absolute Unabhängigkeit. Er brauchte nichts. Er wollte nichts. Er konnte weder überredet noch bestochen, noch verführt, noch gezwungen werden. Er sagte und tat nur das, was er wollte. Er war ein Gesetz an sich und für sich – und nur für sich. Was andere taten, interessierte ihn nicht – mit der Ausnahme seines Weibchens und – eigenartigerweise – der Menschen.

Aus einem völlig unverständlichen Grund schienen die Modorianer von den Menschen fasziniert zu sein. Sie brauchten sie nicht, aber es schien sie zu verwirren, daß es männliche Wesen gab, die fast so intelligent waren wie sie selbst, aber in Abhängigkeit lebten. Obwohl sein Verhalten gegenüber der eigenen Art fast als asozial bezeichnet werden konnte, ›adoptierten‹ männliche Modorianer manchmal einen Mann von der Erde, wachten über ihn mit einer eigenartigen, verwunderten Umsicht, wenn das seltsame, schwächliche Wesen auf den kahlen Steinwüsten arbeitete und in den unterirdischen Bauen von rattenähnlichen Tieren nach Edelsteinen suchten, die für einen Modorianer völlig wertlos waren.

Tag für Tag rettete ein Modorianer »seinen« Prospektor vor Steinlawinen, Schneestürmen, vor Hungertod und Hitzschlag, half ihm bei seiner Suche, und wenn er einem anderen Modorianer begegnete, diskutierte er mit ihm in den sonoren Tönen seiner Sprache über seinen Schützling. Erst durch diese Gespräche erkannten die Menschen, daß die Modorianer trotz ihrer scheinbaren Gelassenheit und Gleichgültigkeit zu tiefen und echten Gefühlen fähig waren. Und die Männer, die das begriffen, erwiderten ihre Freundschaft mit einer fast leidenschaftlichen Heftigkeit.

Es waren diese Menschen – mehr als die Modorianer –, die Probleme schaffen würden, sobald sie von der Ankunft der Siedler erfuhren. Das Hauptquartier auf der Erde hatte mit den Modorianern niemals einen Kolonisationsvertrag abgeschlossen. Ein solcher Vertrag hätte eine individuelle Übereinkunft mit jedem der männlichen Modorianer erfordert, eine unmögliche Aufgabe, selbt wenn man unterstellte, daß jeder von ihnen mit einem solchen Vertrag einverstanden gewesen wäre. Mit einer für das Kolonialbüro ungewöhnlichen Klugheit hatte man bisher die Besiedelung durch die Menschen auf die Täler beschränkt, die wegen ihrer Feuchtigkeit und der starken Bewölkung für die Modorianer uninteressant waren.

Aber die Landfläche dieser Täler war begrenzt, und die von den Menschen bewohnten Welten drohten unter dem Bevölkerungsdruck zu bersten. Deshalb war es unumgänglich, daß eines Tages Siedler auf den Hochebenen auftauchen würden, mit ihren Steinpulverisatoren, ihren Dünge- und Landwirtschaftsmaschinen. Kent fühlte einen Schauer über den Rücken rinnen. Bis jetzt hatte es noch nie eine Konfrontation zwischen Menschen und Modorianern gegeben. Was würde geschehen, wenn ihr eiskalter, überlegener Verstand, ihre übermenschliche Selbstbeherrschung und Entschlußkraft sich gegen den Menschen kehren sollten? Was würde geschehen, wenn die kühle Logik der Modorianer zu dem Schluß kommen sollte, daß der Mensch eine Plage war, ein gefährlicher Feind, und kein niedlicher Gefährte, der nur Staunen und Mitgefühl auslöste? Wie konnte man sich gegen fünf Millionen Feinde behaupten, deren Denken schlechterdings allein durch ihre völlige Auslöschung geändert werden konnte?

Zugegeben – die Menschheit zählte jetzt mehrere Billiarden, und die brauchten Platz, aber das Hauptquartier hatte offensichtlich keine realistische Vorstellung von der überlegenen Intelligenz der Modorianer.

Aus dem Armaturenbrett erklang das Schrillen einer Glocke. Kent brachte den Gleiter in die Schwebe und blickte nach unten, auf die Stelle, an der das Raumschiff der Kolonisten in genau vierzig Stunden landen würde. Es war ein flacher Talkessel, der auf allen Seiten von Bergketten eingeschlossen wurde. Mehrere Minuten lang starrte er hinunter, dann schüttelte er den Kopf, schaltete das Triebwerk wieder auf Schub und stellte die Koordinaten für den Rückflug ein. Es war jetzt an ihm, Schwierigkeiten zu verhindern, bevor sie sich entwickelten, und es gab nur einen Faktor, der für ihn günstig war: die Tatsache, daß jeder Modorianer allein und nur für sich selbst tätig wurde.

Man mußte also den Anfängen wehren, fiel Kent eine alte Faustregel ein, und den ersten Modorianer, der der Kolonie Schwierigkeiten machte, außer Gefecht setzen.

Außer Gefecht setzen – ein richtiger Entschluß, überlegte Kent, als er am nächsten Morgen die Augen öffnete und sein Denken genau an dem Punkt wieder einsetzte, an dem es in der Nacht vorher aufgehört hatte. Aber wie? Und wie sollte er feststellen, wer der erste Modorianer war, der Schwierigkeiten machen wollte, und wann er damit begann? Ein vages Angstgefühl jagte ihm einen Schauer über den Rücken. Er kannte die Modorianer nur zu gut und wußte, was es bedeutete, sie zu Feinden zu haben. Er kannte sie so gut, daß er keine sehr hohe Meinung mehr von den Menschen hatte. Sollte er die Erde warnen? Unsinn! Warum rechnete er gleich mit dem Schlimmsten? Und so wie er die Leute im Kolonialbüro kannte, konnte er von dort weder Verständnis noch wirksame Reaktionen erwarten. Bei nüchterner Betrachtung war er sogar sicher, daß das Kolonialbüro dieses Projekt vor allem zu dem Zweck gestartet hatte, um ihm eins auszuwischen. Er wußte, daß eine ganze Reihe von Leuten es gern sähe, wenn er seinen Hut nehmen und den Dienst quittieren würde.

Der Gedanke an die grüne Erde ließ sekundenlang ein Gefühl der Nostalgie in ihm aufkommen. Die Heimat. Neunzig Prozent der Menschen auf Modor würden alles dafür geben, wieder auf den Planeten ihrer Vorväter zurückzukommen. Er brauchte es nur zu sagen, und das Büro würde ihn sofort zurückholen. Er mußte nur einen Funkspruch aufsetzen und um seine Versetzung auf einen niederen Posten irgendwo in der Verwaltung nachzukommen. Kent schüttelte den Kopf. Sein Stolz hinderte ihn daran, sich um eines Vorteils willen zu beugen – und er würde ihn immer daran hindern.

Er ging in den Büroraum seines Quartiers. Auf dem Instrumentenbrett blinkten die Lichter des Visiphons und der Türklingel. Nach einer Weile erloschen sie wieder, und Kent grinste zufrieden. Wahrscheinlich waren es wütende Prospektoren und Adoptierte, die ihn zur Rede stellen wollten. Sollten sie. Sie konnten ihm nichts über ihre Einstellung gegenüber der neuen Situation sagen, was er nicht bereits wußte. Er würde nicht zu erreichen sein, bis das erste Schiff landete.

Er ließ aus einem Wandspender Kaffee in eine Tasse laufen und setzte sich an den Schreibtisch, um einen ausführlichen Bericht über die derzeitige Lage aufzusetzen.

2

Vierzig Stunden nach Eintreffen des Funkspruchs meldete das Raumschiff, das die Kolonisten brachte, den Beginn des Landemanövers. Es war wieder Morgen geworden und der zweite Tag von Kents selbstgewählter Klausur. Er stand auf, zog sich an und ging zu seinem Gleiter.

Das Licht der Sonne fiel durch eine dichte Wolkendecke, und das Tal wirkte grau und deprimierend. Überall tropfte Wasser, und weder die sorgfältige Bepflanzung mit Gras, Büschen und Bäumen noch die mit fröhlichen, hellen Farben gestrichenen Baracken und Häuser des Außenpostens konnten die düstere Atmosphäre mildern. Der Außenposten wirkte verlassen, und war es wahrscheinlich auch, da alle Einwohner bei Eintreffen der Nachricht von dem Raumschiff sofort in ihre Gleiter gestiegen und ins Hochland geflogen waren, zu der Stelle, an der das Schiff mit den Kolonisten landen sollte. Dort würden sie auf sein Eintreffen warten – und auf Kent.

Als er seinen Gleiter auf dem Gelände der zukünftigen Siedlung aufsetzte, war es schon Vormittag und ziemlich heiß. Das

Raumschiff war bereits gelandet, und sein Rumpf glänzte silbrig im hellen Licht der Sonne. Es war eine Szene hektischer Betriebsamkeit. Auf dem gelben Sand des Talkessels begann man sofort mit der Errichtung von vier großen Wetter-Pylonen und von Unterkunfts-Baracken.

Noch während Kent seinen Gleiter landete, bemerkte er die ersten Anzeichen von Unruhe. Mehrere Prospektoren wurden von bewaffneten Kolonisten zurückgedrängt, während ihre Modorianer sich in vorsichtiger Entfernung hielten und die ungewohnte Szene interessiert betrachteten. Als Kent aus seinem Gleiter kletterte, liefen sofort mehrere Prospektoren auf ihn zu und umdrängten ihn.

»Ruhe!« sagte er scharf. Jeder der Männer überragte ihn mindestens um zehn Zentimeter, und in seiner korrekten Kleidung wirkte er fast dandyhaft neben diesen Männern in ihren wetterfesten Arbeitsanzügen. »Wir können im Moment nichts machen.«

»Hören Sie zu, Harmon!« sagte ein junger Riese und drängte sich nach vorn. »Sie müssen sich mit dem Hauptquartier in Verbindung setzen! Sagen Sie den Leuten, daß wir hier keine Pflanzer wollen!«

»Das habe ich bereits getan«, sagte Kent trocken. »Ich habe Ihre Ansichten über das Projekt in einem Bericht niedergelegt, den ich gestern zur Erde gefunkt habe.«

»Sie lügen!« schrie der junge Riese aufgebracht.

»Es ist wahr, Simmons«, sagte Kent ruhig. »Der Bericht ist abgeschickt, und sein Eingang wurde vom Hauptquartier bestätigt. Alles, was wir tun können, ist abwarten und hoffen, daß das Kolonialbüro einsichtig genug ist und seine Pläne ändert.«

»Wir denken nicht daran, so lange zu warten«, sagte Simmons drohend. »Wir geben diesen Pflanzern vierundzwanzig Stunden, um von hier zu verschwinden.«

Die anderen stimmten ihm lautstark zu. »Sehr richtig! Sag's ihm!«

Kent wartete, bis sie sich wieder beruhigt hatten. »Sie haben also vor, sich einer Anordnung des Kolonialbüros mit Gewalt zu widersetzen«, sagte er.

»Allerdings«, erwiderte Simmons scharf.

Kent schüttelte den Kopf. »Ihr habt anscheinend den Verstand verloren. Ich werde jedem Mann, der Gewalt anwendet, seine Handelslizenz entziehen und dafür sorgen, daß er nie wieder auf die Erde zurückkommt. Will einer von Ihnen das riskieren?«

Er blickte von einem der Männer zum anderen, und sie wichen seinem Blick aus. Es war nicht einer unter ihnen, der nicht hoffte, mit den Steinen genug Geld zu verdienen, um sich die Staatsbürgerschaft der Erde erkaufen zu können.

»Außerdem«, fuhr Kent fort, »habt ihr keinen legalen Grund für eine Beschwerde. Die einzigen, die das Recht zu einer Klage haben, sind die Modorianer.«

»Unseren Modorianern paßt es nicht«, murmelte einer der älteren Prospektoren.

»So?« Kent wandte sich den Modorianern zu, die etwas abseits standen. »Dann sollen sie es mir sagen.«

Er ging auf die graufelligen Eingeborenen zu.

»Ihr kennt mich«, sagte er ruhig und blickte von einem zum anderen. »Habt ihr mir irgend etwas zu sagen?«

Wie hagere, schweigende Götterfiguren standen sie auf ihre Speere gelehnt und blickten mit großen, ausdruckslosen Augen auf ihn herab. Keiner von ihnen antwortete ihm.

Kent wandte sich wieder an die Prospektoren. »Ich gehe jetzt in die Siedlung«, sagte er. »Einer von euch kann mitkommen. Wer? Sie, Simmons?«

»Ja, ich«, nickte Simmons und zog seinen Waffengürtel fester.

»Okay.« Kent wandte sich um und ging den Hang hinab.

Die Prospektoren blickten ihnen nach. Kent und Simmons gingen den Hang hinab auf das Siedlungsgebiet zu, bis sie von zwei jungen Männern aufgehalten wurden. Sie hatten rosige Gesichter und waren fast noch Kinder, aber sie hielten schwere Laserwaffen in den Händen.

»Sie dürfen nicht weitergehen«, sagte einer von ihnen zu Kent und dem großen Prospektor.

»Doch, wir dürfen«, sagte Kent. »Ich bin der Vertreter des Kolonialbüros auf diesem Planeten, und dieser Mann begleitet mich. Ich möchte mit euren Führern sprechen.«

Die Gewehrläufe senkten sich, und Kent ging an den beiden Jungen vorbei. Simmons folgte ihm.

»Das sind ja noch Kinder«, sagte Simmons verächtlich. Der junge Prospektor war kaum über zwanzig. Kent überhörte seine Bemerkung und blickte suchend zu den Menschen hinüber, die die Pylone und Baracken errichteten.

Die beiden Posten hatten augenscheinlich den Befehl, die Grenze des Siedlungsgebietes zu bewachen, denn sie folgten ihnen nicht. Die Suche nach dem Führer der Gruppe hätte eine Menge Zeit kosten können, wenn ihre kurze Diskussion mit den Posten nicht die Aufmerksamkeit der Männer erregt hätte, die in der Nähe arbeiteten und jetzt den anderen zuriefen, daß Außenseiter in ihr Gebiet eingedrungen seien. Das Geschrei alarmierte einen jungen Mann, der so groß wie Simmons war, und einen kleineren Jungen und ein Mädchen derselben Altersgruppe, die sofort auf sie zuliefen.

»Hände hoch!« rief der junge Mann und richtete ein Laser-Gewehr auf Kent.

»Fummel nicht so leichtsinnig mit dem Ding herum, Junge«, sagte Simmons drohend.

»Ja, lassen Sie den Unsinn!« Kent trat auf ihn zu. »Ich bin der Vertreter des Kolonialamtes.«

»Es ist mir scheißegal, wer Sie sind . . .«

»Das werden wir ja sehen«, sagte Kent scharf. »Darüber können Sie sich ein Urteil bilden, wenn Sie an Bord eines Schiffes sind, das Sie zur Zwangsarbeit auf einen der neuen Planeten bringt. Ich bin der Repräsentant der Behörden hier.«

Widerwillig senkte der andere seine Waffe. »Wir haben eine Lizenz . . .«

»Die Siedlung hat eine«, korrigierte ihn Kent. »Aber die Siedlung wird vielleicht ohne Sie auskommen müssen, wenn ich entscheide, daß Sie eine Gefahr für den Frieden darstellen und Sie deportieren lasse. Also legen Sie die Waffe aus der Hand.«

Widerstrebend folgte der junge Mann dem Befehl.

»So ist es besser«, sagte Kent ruhiger und schämte sich ein wenig, daß er den Jungen so massiv angefahren hatte. Aber es ist stets unangenehm, in die Mündung einer Waffe zu blicken, besonders wenn sie in den Händen eines jungen Narren ist, der vielleicht in seiner Nervosität abdrücken könnte. »Sind Sie der Führer dieser Gruppe?«

»Ja, das bin ich«, sagte der junge Mann. »Ich heiße Hord Chalmers.«

»Nein, du bist nicht der Boss«, widersprach das Mädchen. »Dad ist es.« Sie blickte Kent an. »Sie sollten lieber auf ihn warten.«

Simmons grinste amüsiert, und das Mädchen runzelte verärgert die Stirn. Sie war ein hübsches Ding, dunkelhaarig und schlank, genau wie der Junge, der neben ihr stand.

»Wo ist er?« fragte Kent.

»Hier, Sir, hier«, sagte eine etwas atemlos klingende Stimme hinter ihnen. Sie wandten sich um und sahen einen grauhaarigen, bierbäuchigen Mann auf sich zukommen. Er blieb vor ihnen stehen und blickte Hord Chalmers mißbilligend an. »Du bist zu eigenmächtig, Hord«, sagte er.

»Jemand muß sich schließlich darum kümmern«, murmelte Hord finster.

»Sei nicht so vorlaut!« sagte der ältere Mann scharf. »Du bist mein Assistent und nicht mehr. Vergiß das nicht.« Er wandte sich wieder an Kent. »Entschuldigen Sie, Sir. Ich bin Peter Lawrence, und die beiden mein Sohn Bob und meine Tochter Judy. Hord ist mein Neffe. Habe ich richtig verstanden, daß Sie der Vertreter des Kolonialbüros auf Modor sind?«

»Das stimmt«, sagte Kent trocken. »Ich würde gerne Ihre Lizenz sehen und ein paar Worte mit Ihnen reden.«

»Ich habe die Lizenz bei mir«, erwiderte Peter Lawrence und zog ein kleines Mikrofilm-Etui aus der Tasche. »Wenn Sie mit mir allein sprechen wollen . . .«

»Das ist nicht nötig.« Kent öffnete das Etui, klappte die Lupe heraus und überflog die Eintragungen auf dem Mikrofilm. Dann reichte er das Etui zurück. »Sie scheinen hier der einzige zu sein, der älter als zwanzig ist«, sagte er. »Würden Sie mir den Grund dafür sagen?«

Lawrence lächelte etwas verlegen. »Es ist so«, sagte er zögernd. »Als die Kinder mündig wurden, mußten sie die Erde verlassen – Sie wissen doch, wie es ist . . .«

Kent nickte. Die überbevölkerte Erde verweigerte selbst ihren eigenen Kindern die Staatsangehörigkeit, wenn sie nicht mit Erreichung des einundzwanzigsten Lebensjahres eine Anstellung hatten.

». . . und ich bin mitgekommen, um ihnen ein wenig Starthilfe zu geben«, brachte Peter Lawrence seinen Satz zu Ende.

Kent nickte verstehend. Der Mann war ihm sympathisch. Ein anderer in seinem Alter wäre auf der sicheren, bequemen Erde geblieben. Es geschah nur selten, daß jemand das Abenteuer seines Lebens auf einem unentwickelten Planeten auf sich nahm, um seinen Kindern zu helfen.

»Es sind alles nette junge Leute«, sagte Peter Lawrence mit einem warmen Lächeln.

Simmons lachte verächtlich auf, und Lawrence blickte ihn überrascht an.

»Ach ja«, sagte Kent säuerlich, »ich habe ganz vergessen, Ihnen meinen Begleiter vorzustellen. Branch Simmons ist Prospektor und einer der Adoptierten. Und einer der Gründe, weshalb ich mit Ihnen sprechen muß.«

»Freut mich, Sie kennenzulernen«, sagte Peter Lawrence und streckte Simmons seine Hand entgegen. Branch übersah die freundliche Geste.

»So ein Flegel«, sagte das Mädchen erregt.

»Sei still, Judy.« Peter Lawrence blickte Kent an. »Was ist mit ihm, Mr. Harmon?«

»Branch Simmons ist der Vertreter der Prospektoren und der Adoptierten«, sagte Kent. »Sie haben von diesen Leuten gehört, Mr. Lawrence?«

»Ja.«

»Die Prospektoren fürchten, daß Ihre Siedlung sowohl ihre Existenz als auch die der Modorianer bedroht – und sie haben sich zu Fürsprechern der Modorianer ernannt.«

»Von diesen Tieren?« sagte Hord verblüfft.

»Halt den Mund!« Peter Lawrence starrte seinen Neffen wütend an.

»Das reicht.« Kent blickte von einem zum anderen. »Zu Ihrer Information, Chalmers; die Modorianer werden von unseren Prospektoren als Freunde angesehen und behandelt. Jeder dieser Männer ist bei irgendeiner Gelegenheit von seinem Modorianer vom sicheren Tod gerettet worden.« Er blickte wieder Peter Lawrence an. »Ich halte es für meine Pflicht, Sie davon in Kenntnis zu setzen, daß ich auf den Wunsch der Prospektoren Beschwerde gegen die Gründung dieser Siedlung eingelegt habe.«

»Aber – warum?« Der grauhaarige Mann blickte ihn verwirrt an. »Es gibt doch Millionen von Quadratkilometern freien Landes auf diesem Planeten. Wir nehmen doch nur einen winzigen Teil davon in Besitz.«

»Ich weiß, daß das Land leer wirkt«, sagte Kent. »Aber es ist . . .«

»Lassen Sie mich das erklären, Kent«, unterbrach ihn die tiefe Stimme von Branch Simmons. »Hören Sie zu, Lawrence. Wenn ein Bär in Ihrem Wohnzimmer sein Zelt aufschlagen würde, wären Sie ja auch nicht damit einverstanden. Sie würden sich nicht zufriedengeben, wenn er Ihnen erklärte, daß es schließlich noch eine Menge anderer Wohnzimmer auf diesem Planeten gibt.« Er trat auf den älteren Mann zu und deutete mit dem Zeigefinger auf seine Brust. »Sie würden sagen: Verdammt, mich interessiert nicht, wieviel Platz es anderswo gibt. Dies ist mein Haus.«

»Hören Sie zu, mein Sohn . . .«

»Ich bin nicht Ihr Sohn«, erwiderte Branch bissig. »Heben Sie sich den Quatsch für Ihre Treibhauskinder auf, die Sie von der Erde mitgebracht haben.«

»Mr. Simmons«, korrigierte sich Peter Lawrence, »wo sollen wir denn sonst hin? Großer Gott, glauben Sie wirklich, wir hätten uns ausgerechnet diesen gräßlichen Planeten ausgesucht, wenn unser Geld für etwas anderes gereicht hätte? Sehen Sie sich doch hier um.« Er deutete mit einer weitausholenden Geste auf das steinige, öde Land des Talkessels. »Wir haben jeden Penny, den wir hatten, in die Ausrüstung gesteckt, nur um das Land urbar zu machen: Pulverisatoren, Düngemaschinen, Geräte zur Wetterbeeinflussung. Zusammen mit der Passage für das Raumschiff war das alles, was wir besaßen.«

»Das ist Ihr Problem.«

»Wir können nicht weg von hier«, sagte Peter Lawrence, »selbst wenn wir es wollten. Und ich bin sicher, daß uns das Hauptquartier nicht mit Gewalt von hier vertreiben wird.« Er blickte Kent an. »Oder sind Sie anderer Meinung?«

Kent schüttelte den Kopf.

»Auf jeden Fall«, sagte er zu Branch Simmons, »ist das nicht Ihr Problem. Wenn die Modorianer uns etwas zu sagen haben, sollen sie es selbst tun.«

»Sie werden nichts sagen.« Branch Simmons sprach jetzt ruhig und leise. »Sie überlassen es uns, Sie von hier zu vertreiben. Aber wenn es uns nicht gelingen sollte, werden sie es tun. Und dann werden Sie sich wundern.«

»Diese . . .«

»Ja, *diese*!« unterbrach Branch heftig. »Wenn sie sich einmal zum Handeln entschließen, wird nicht mehr gesprochen.«

Die beiden Männer starrten einander an wie zwei Hunde, die sich gleich an die Gurgel fahren.

»Das Kolonialbüro hat uns versichert, daß es mit den Eingeborenen keine Schwierigkeiten geben würde«, rief Peter Lawrence verzweifelt.

3

Am nächsten Morgen erwachte Kent in einem Raum einer provisorischen Baracke, den man ihm angewiesen hatte. Er stand auf, zog sich an und frühstückte. Auf dem Schreibtisch des kahlen Raums, in dem sein Faltbett stand, lag ein Stapel von Funksprüchen des Hauptquartiers, die in den frühen Morgenstunden herausgebracht worden waren. Er steckte sich eine Zigarette an, hockte sich auf die Schreibtischkante und begann die Umschläge aufzureißen.

Die meisten Funksprüche waren Routineangelegenheiten, die sich mit Handel und Transport befaßten. Einer war eine Antwort auf seinen Bericht, in dem der Protest der Prospektoren gegen die Ankunft der Siedler offiziell zurückgewiesen wurde. Der letzte Funkspruch war von Tichi Marlowe, der Tochter eines seiner wenigen Freunde auf der Erde. Tichy war achtzehn Jahre alt und von einer leidenschaftlichen Loyalität. Und sie war in ihn verliebt. Kent lächelte ein wenig, als er den Text überflog.

Geliebter Kent,
Ich wünsche mir so sehr, daß du bald zurückkommst. Ohne dich ist alles so tot und trostlos. Vater bringt immer nur alte Männer mit nach Hause, die nur von ihrer schlechten Verdauung reden – und die jungen Leute langweilen mich. Vater läßt dich sehr herzlich grüßen, und er wünscht sich auch, daß du bald zurückkommst. Er sagt, daß du mit der neuen Kolonie wahrscheinlich

eine Menge Ärger bekommen wirst. Und das glaube ich auch. Ich habe alles darüber gehört, und ich glaube, die Situation ist wirklich widerlich.

In Liebe,
Tichi (PRSM2:9 TK Marlowe)

Kents Lächeln wurde sarkastisch. Tichi konnte manchmal etwas aufdringlich sein, aber ihre kindliche Ausdrucksweise war bestens dazu geeignet, ihm versteckte Informationen zukommen zu lassen. Der Ausdruck ›wirklich widerlich‹ sollte Kent mitteilen, was er schon vermutet hatte: daß die Ansiedlung der Kolonistengruppe von einer bestimmten Clique im Kolonialbüro eingefädelt worden war, mit dem einzigen Ziel, ihn in eine unmögliche Situation zu bringen. Manchmal war Tichi mit ihrer Neugier auf gesellschaftlichen Klatsch wirklich ein Segen.

Er faltete den Funkspruch zusammen und steckte ihn in die Tasche. Im Augenblick konnte er nichts gegen diese Intrigen unternehmen. Er konnte in dieser Situation nicht einmal den Dienst quittieren, selbst wenn er es gewollt hätte.

Er trat aus der Baracke und blickte zu den Bergen hinauf.

Was er zu sehen erwartet hatte, war dort. Allein oder in kleinen Familiengruppen waren sie während der Nacht angekommen, lautlos, entschlossen, manche aus Gebieten, die fünfzig oder hundert Meilen entfernt lagen. Modorianer konnten sich sehr schnell bewegen und hielten das Tempo eine erstaunlich lange Zeit durch. Jetzt standen sie in einer weit auseinandergezogenen Kette auf dem Bergkamm, schlanke, graue Gestalten vor dem hellen Horizont, die auf ihre Speere gelehnt zum Camp herunterstarrten. Die wilden Modorianer – solche, die niemals eine Partnerschaft mit einem Menschen eingegangen waren – strömten herbei.

»Mr. Harmon . . .«

Kent wandte sich um und sah den grauhaarigen Führer der Kolonistengruppe auf sich zukommen. Sein rundes Gesicht wirkte besorgt.

»Sind sie gefährlich?« fragte er.

»Ja«, sagte Kent ruhig.

»Was soll ich tun? Soll ich die Jungen bewaffnen und nur die Mädchen weiterarbeiten lassen?«

»Nein«, sagte Kent. »Geben Sie keine Waffen aus.«

»Und wenn sie uns angreifen? Sie haben Speere. Ich weiß, daß sie nur Wilde sind . . .«

»Mr. Lawrence«, unterbrach ihn Kent. »Das sind keine Wilden. Wenn Sie und Ihr Kindergarten das endlich begreifen wollten, wären Sie schon erheblich sicherer.« Er deutete auf den Bergkamm. »Das dort oben sind Modorianer, die gar keinen oder bestenfalls einen oberflächlichen Kontakt mit Menschen hatten. Aber Sie werden nicht einen unter ihnen finden, der unsere Sprache nicht genausogut spricht wie wir – oder besser als mancher von uns – und nicht genausoviel oder sogar mehr vom Universum und über die menschliche Rasse weiß. Sie sind keine Wilden, und sie sind keine Ignoranten. Sie machen denselben Fehler wie die meisten anderen Menschen, die glauben, daß die Intelligenz einer Rasse an ihrer Technologie gemessen werden kann.«

»Aber können wir denn nichts tun?« rief Peter Lawrence erregt. »Ich könnte sie für das Land bezahlen. Wir haben noch etwas Geld übrigbehalten.«

»Sie haben keine Verwendung für Geld«, sagte Kent. »Diese Steinwüste, die für Sie völlig unbrauchbar ist, bevor Sie eine Menge Arbeit darin investieren, ist für sie ein Garten Eden. Das einzige, was sie von Ihnen wollen, ist das, was Sie ihnen weggenommen haben: Land.«

»Aber sie haben doch so viel davon!«

»Sie wollen alles«, sagte Kent. »Und warum auch nicht? Es gehört ihnen schließlich. Es ist ihr Lebensraum.«

»Was sollen wir tun?« fragte Peter Lawrence bedrückt.

»Sie können nichts tun«, sagte Kent. Er trat in die Baracke zurück, nahm seine Jacke von der Stuhllehne und zog sie an. »Aber vielleicht kann ich etwas tun. Ich weiß noch nicht. Warten Sie hier und sorgen Sie dafür, daß niemand das Camp verläßt. Ich gehe in die Berge und sehe nach, ob einer von den Leuten mit mir sprechen will.« – »Aber . . .«

Kent unterbrach ihn mit einer ungeduldigen Handbewegung und ließ ihn stehen. Der kleine Mann lief ein Stück hinter ihm her, konnte aber Kents Tempo nicht mithalten und blieb stehen. Er starrte ihm nach, bis er den Fuß der Berge erreichte und aufzusteigen begann.

Kent ging auf dem Kamm der Bergkette entlang, die den weiten Talkessel kreisförmig einschloß. Er war jetzt mehrere Stunden unterwegs und war vor jedem der Modorianer stehengeblieben in der Hoffnung, daß einer von ihnen mit ihm sprechen würde. Aber bis jetzt vergeblich. Manche ignorierten ihn, andere sahen ihn eine Weile ernst und schweigend an, bevor sie wieder ins Tal hinunterblickten. Ein paar von ihnen standen zu zweit oder zu dritt beisammen und diskutierten in ihrer sonoren, unverständlichen Sprache, und Kent ging schweigend an ihnen vorbei. Die Sonne hatte fast den Zenit erreicht, und es war heiß geworden, als er endlich einen Modorianer fand, der bereit war, mit ihm zu sprechen.

Der Mann war groß und selbst für Modorianer ungewöhnlich hager. Wie die meisten von ihnen besaß er keinerlei Merkmale, die auf sein Alter hätten schließen lassen. Aber irgend etwas in der Haltung, mit der er sich auf seinen langen Speer stützte, deutete darauf hin, daß er sehr alt war. Als Kent auf ihn zutrat und schweigend vor ihm stehen blieb, senkte der Modorianer den Kopf und blickte den Menschen mit seinen großen, dunklen Augen an.

»Welcher Mensch bist du?« fragte er.

»Kent Harmon«, sagte Kent. »Vertreter des Kolonialamtes. Hast du einen Namen, bei dem ich dich nennen kann?«

»Nenne mich Macher«, sagte er. Eine ganze Weile stand er Kent schweigend gegenüber und starrte über den Menschen hinweg. Dann senkte er wieder den Kopf und blickte auf ihn hinab.

»Dieses Land«, sagte er, »von Pol zu Pol und von Ozean zu Ozean, gehört mir. Verstehst du das, Mensch?«

»Ja«, sagte Kent.

»Aber die dort unten verstehen es nicht«, sagte Macher.

»Nein«, sagte Kent.

Wieder herrschte eine Weile Schweigen.

»Wissen und Verstehen sind zwei völlig verschiedene Dinge«, sagte Macher schließlich. »Wissen sie das?«

»Man hat es ihnen gesagt«, antwortete Kent. »Aber sie haben keine andere Wahl. Es gibt keinen anderen Planeten, auf dem sie leben können, also blieb ihnen keine andere Wahl, als nach Modor zu kommen.«

»Mensch«, sagte Macher, »du lügst. Es gibt im Universum mehr Planeten als Menschen.«

»Aber auf den meisten kann man nicht leben.«

»Es gibt auch mehr als genug Planeten, auf denen Menschen leben können. Wenn du das nicht wissen solltest, Mensch, so sage ich es dir jetzt.«

Kent zuckte die Achseln.

»Ich werde dir die Wahrheit sagen, Kent Harmon, und du kannst sie abstreiten, wenn du willst. Es gibt so viele bewohnbare Planeten, daß man jedem Menschen seine eigene Welt geben könnte. Aber der Mensch will immer das haben, was für ihn am nächsten und am bequemsten ist. Die Menschen dort unten sind hergekommen, weil sie sich fürchten, entferntere Planeten aufzusuchen, auf denen wilde Rassen leben. Stimmt das oder nicht?«

Kent nickte.

»Es stimmt«, sagte Macher. »Furcht ist das Gefühl, das sie völlig beherrscht. Also sollen sie lernen, mich zu fürchten.«

Er blickte wieder zu dem Camp der Siedler hinab. Kent versuchte zweimal, das Gespräch fortzusetzen, aber der Modorianer antwortete ihm nicht. Er hatte sich wieder in sich selbst zurückgezogen. Kent wandte sich um und stieg wieder ins Tal hinab. Peter Lawrence kam ihm entgegen und blickte ihn fragend an.

»Wenigstens weiß ich jetzt, wer der Initiator ist«, sagte Kent grimmig.

Am nächsten Tag waren es mehr als tausend Modorianer, die auf den Bergkämmen rund um die Siedlung standen. Macher hatte eine mehrere Quadratmeter große Fläche von Geröll und losen Steinen geräumt. Für einen Menschen wäre das eine Schwerstarbeit gewesen, die selbst in einer Woche kaum zu schaffen war. Der Modorianer hatte sie an einem Tag hinter sich gebracht.

Kent stieg wieder hinauf, um mit ihm zu reden.

»Macher«, sagte er. »Was du vorhast, ist sinnlos. Ich und alle anderen Menschen – mit Ausnahme der Prospektoren – werden sich gegen euch stellen, wenn ihr uns gefährlich werden solltet.«

Macher stand in einer runden Grube zwischen Steinen und Geröll, die er vom gewachsenen Granit abgeräumt hatte, und blickte zu Kent hinauf.

»Hör zu, Mensch«, sagte er. »Hier wird es sich entscheiden, ob ich die Menschen von meinem Land vertreiben werde, oder ob sie mich vertreiben. Ihr könnt euch gegen mich zur Wehr setzen, aber ihr könnt mich an nichts hindern. – Und auch nicht die anderen.«

»Das verstehe ich nicht«, sagte Peter Lawrence verwirrt, als Kent ihm die Worte des Modorianers wiederholte. Hord Chalmers und Peters beide Kinder blickten ihn fragend an.

»Er wollte mich darauf hinweisen«, sagte Kent mit einem matten Lächeln, »daß ich ihn gefangennehmen könnte, wenn ich das Leben von einem halben Dutzend Männer riskieren würde. Natürlich könnte ich ihn einfach töten lassen, aber damit würde ich gegen eine der wichtigsten Direktiven der Kolonialverwaltung verstoßen. Außerdem kann ich ihm bis jetzt nichts vorwerfen. Schließlich ist es nicht verboten, sich ein Loch zu graben.«

»Ein dünner Eingeborener spielt ein bißchen im Sand, und du regst dich auf, als ob die Welt unterginge.« Hord Chalmers, der neben seinem Onkel stand, lachte sarkastisch.

Sein Lachen fand ein stärkeres, tieferes Echo in dem Gelächter von Branch Simmons. Er kam auf sie zu und blieb vor ihnen stehen, die Daumen in seinen Waffengürtel gehakt.

»Na, habt ihr schon die Hosen voll?« fragte er.

»Wer hat Sie ins Camp gelassen?« fragte Peter Lawrence scharf. Aber bevor Branch Simmons antworten konnte, sagte Hord Chalmers verächtlich: »Wer hat die Hosen voll? Glauben Sie etwa, ich habe Angst vor dieser Ratte da oben? Der hat sich doch nur ein Loch gebuddelt, um sich darin zu verkriechen.«

Branch grinste noch immer. »Mich könnt ihr heute nicht aus der Ruhe bringen«, sagte er gemütlich. »Für mich läuft alles nach Wunsch . . .«

»Simmons«, unterbrach ihn Kent scharf. »Wenn Sie wissen, was Macher da oben vorhat, ist es Ihre Pflicht, uns das zu sagen.«

Das Grinsen auf Simmons' Gesicht erlosch, und er blickte Kent aus zusammengekniffenen Lidern an. »Hören Sie, Harmon«, sagte er, »ich mag Sie irgendwie, und die meisten anderen Prospektoren mögen Sie auch. Aber der Teufel soll mich holen, wenn ich auch nur den kleinen Finger krumm mache, um diesen Dreckbauern zu helfen. – Außerdem weiß ich nichts.«

Er blickte Kent herausfordernd an, doch bevor der eine Chance hatte, ihm zu antworten, wurde der große Prospektor von anderer Seite zurechtgewiesen. Judy Lawrences schmales Gesicht war von Wut verzerrt.

»Wissen Sie, was Sie sind?« fuhr sie Branch an.

»Aber Judy«, sagte Peter Lawrence erschrocken.

»Ach, laß mich in Ruhe!« rief das Mädchen erregt. »Wenn keiner von euch den Mut hat, ihm die Wahrheit zu sagen, werde ich es eben tun!« Wie ein wütender Terrier ging sie auf Simmons los, und Kent wurde an Tichi erinnert. »Ich sage Ihnen, was Sie sind. Sie sind ein Köter im Zwinger. Sie können eigentlich nichts mit dieser Wüste anfangen. Sie können sie nicht fruchtbar machen, damit sie grün und schön wird. Sie können keine Häuser auf ihr bauen oder Kinder großziehen. Nichts können Sie mit ihr tun – aber Sie wollen auch nicht, daß andere sie in Besitz nehmen. Sie wollen, daß alle anderen so werden wie Sie: häßlich, gemein und unzivilisiert!«

Branch Simmons war blaß geworden. Für einen Augenblick wurde unter der harten Schale der Junge sichtbar, der er noch war, ein Junge, den Judys Worte verletzten und in Wut versetzten.

»Alles nur große Worte!« schrie er Judy an und trat einen Schritt auf sie zu. Doch im gleichen Augenblick schob sich Hord zwischen sie. Wütend fuhr Branch herum. Die Bewegung war so schnell, daß niemand ihr folgen konnte. Aber sie hörten den dumpfen Schlag, und im nächsten Moment lag der kräftig gebaute Hord bewußtlos auf dem Boden. Geduckt, sprungbereit starrte Branch Simmons die anderen an, die Fäuste geballt, das Gesicht vor Wut verzerrt.

»Verschwinden Sie!« sagte Peter Lawrence hart und trat auf den Prospektor zu. Kent sah, daß Branch die Muskeln anspannte, als der kleine, grauhaarige Mann in seine Reichweite kam. Er packte Lawrence beim Arm und riß ihn zurück.

»Kommt her!« schrie Branch mit überschnappender Stimme, »die ganze, lausige Bande von Dreckbauern!«

Kent schob Peter Lawrence zur Seite und trat Simmons gegenüber. »Branch«, sagte er ruhig, »Branch.«

»Häuser!« sagte Branch Simmons, und es klang fast wie ein Schluchzen, »kleine, niedliche Häuser . . .«

»Branch!«

Allmählich beruhigte der junge Mann sich wieder und richtete sich auf. Er wirkte ruhig, aber irgendwie leer.

»Gehen Sie, Branch«, sagte Kent.

Branch schüttelte sich, wie ein großer Hund, der aus dem Wasser kommt. »Ja, ich werde gehen«, sagte er tonlos. »Es spielt ja keine Rolle. Sie werden nicht lange hier sein.«

»Sie . . .«, begann Judy, doch Kent packte sie am Arm, und der plötzliche Schmerz ließ sie verstummen.

»Laß ihn«, sagte ihr Bruder Bob. »Es ist doch nur ein Bluff. Wie Hord vorhin sagte: ein nackter, dreckiger Wilder hat sich ein Loch in die Erde gegraben, um sich darin zu verkriechen.«

Branch blickte die beiden jungen Leute an, aber sein Blick schien nach innen gerichtet, und als er sprach, klang seine Stimme unbeteiligt und desinteressiert. »Träumt ruhig weiter«, sagte er und wandte sich ab. »Irgendwann werdet ihr schon lernen. Wenn ein Modorianer etwas wirklich will, dann erzittert dieser Planet.«

Sie blickten ihm nach, als er sich umwandte und das Camp verließ.

»Bob«, sagte Peter Lawrence nach einer Weile, »kümmere dich um Hord. Und dann gehst du zu den Posten und sagst ihnen, daß sie diesen Simmons auf keinen Fall wieder hereinlassen dürfen.«

»Der ist doch verrückt«, sagte Judy, die noch immer erbittert in die Richtung starrte, in der Branch verschwunden war.

Kent gab ihren Arm frei. »Wahrscheinlich haben Sie recht, Miß Lawrence«, sagte er wider besseres Wissen. »Branch ist einer der sogenannten Reclamanten – eins der Kinder, die wir aus der Sklaverei einer fremden Lebensform befreiten, die wir aus dem Sagittarius-Sektor vertrieben. Er war gerade alt genug, um sich daran erinnern zu können, daß seine Eltern bei einem Überfall getötet wurden. Er hatte ungefähr zwölf Jahre lang in Gefangenschaft gelebt. Als Sie auf der Erde Ihre ersten Verabredungen mit Jungen hatten, hauste Branch in einem Käfig, wie ein Tier.«

Judy starrte ihn entsetzt an.

Kent lächelte und wandte sich ab.

4

Es gab nicht viele technische Hilfskräfte auf Modor, da der Planet hauptsächlich ein Handelsplatz war. Aber Kent holte die wenigen, die es gab, aus den bewohnten Tälern, und am dritten Tag nach der Landung des Raumschiffs trafen die ersten von ihnen im Camp der Siedler ein. Kent verbrachte einen anstrengenden Tag. Er stieg mit Geologen, Bergingenieuren, Meteorologen und Chemikern in die Berge, und sie alle sahen, was Macher dort oben tat, zuckten die Achseln und ließen den Vertreter des Kolonialbüros genauso schlau, wie er vorher gewesen war.

Er konnte ihnen keinen Vorwurf daraus machen, sah er ein, als er eines Abends in einem eisigen Wind am Rand der Grube stand, die Macher in das Geröll gegraben hatte. Sie sah wirklich aus, wie das Spielzeug eines etwas abnormalen Kindes.

Der Modorianer hatte seinen vier Meter langen Speer bis zur Hälfte in den Granit gebohrt, als Zentralpfosten einer zeltartigen Konstruktion, deren Rippen aus schmalen Steinsplittern bestanden, die er mit einer Art Ton zusammengeklebt hatte. Im Innern dieser Konstruktion errichtete er jetzt eine seltsame kristalline Struktur, indem er bestimmte Mineralien in Wasser auflöste und dann die Lösung über Felssplitter goß.

Anfangs war es nur langsam vorangegangen. Die Minerallösung lief von den Steinsplittern herab und versickerte zum größten Teil. Aber nachdem eine dünne Schicht angetrocknet und auskristallisiert war, begann das Ding rasch zu wachsen, bis eines Tages eine rohe, kugelförmige Masse entstanden war, die das herausragende Ende des Speerschafts völlig umschloß.

Nachdem diese Phase der Konstruktion beendet zu sein schien, hockte Macher sich neben die Stein-und-Kristall-Hütte und schnitzte einen großen Bogen. Als Material benutzte er einen Ast von einem der Büsche und die Sehne eines Tiers, das er getötet hatte. Nachdem er die Sehne über einem Feuer auf mehr als die doppelte Länge gestreckt hatte, band er sie an beiden Enden des Bogens fest.

Kent sprang in die Grube und trat auf den Modorianer zu.

»Du hast zwei Tage und Nächte ununterbrochen gearbeitet, Macher«, sagte er. »Brauchst du keinen Schlaf?«

Er hatte eigentlich keine Antwort erwartet und war überrascht, als der andere sprach.

»Schlaf ist Tod«, sagte der Modorianer, ohne von seiner Arbeit aufzublicken.

Ein kalter Windstoß fegte über die Grube hinweg und ließ Kent erschauern. »Das glaubst du doch selbst nicht«, sagte er in scherzhaftem Ton, um ein plötzlich aufkommendes Gefühl von Niedergeschlagenheit zu unterdrücken.

»Mensch«, sagte Macher, »du sprichst wie ein Narr.«

Kent zog seine Pfeife heraus und rammte sie zwischen die Zähne. Seine Hände durchsuchten die Taschen nach Tabak, aber sie fanden keinen. Er hielt die leere Pfeife zwischen den Zähnen und blickte auf den Modorianer hinab, der am Boden hockte und an seinem Bogen arbeitete, ohne aufzusehen.

»Es ist noch immer Zeit, durch mich einen offiziellen Protest gegen diese Siedlung ans Kolonialbüro schicken zu lassen.«

»Worte sind für Menschen«, sagte der Modorianer. »Ich spiele nicht mit dem Mund. Und ich werde dir auch nicht sagen, was du wissen willst, Harmon. Was ich tun will, behalte ich für mich.«

Es wurde rasch dunkler. Kent konnte kaum noch etwas sehen, während die größeren Augen des Modorianers mit dem Restlicht noch sehr gut zurechtkamen.

»Sag mir nur eins.« Kent kaute auf dem Stiel der kalten Pfeife herum. »Werden bei dem, was du vorhast, Menschen getötet? Wenn es sein muß, würde ich lieber gegen meine Anweisungen verstoßen und die Leute von hier wegbringen, bevor einige von ihnen zu Schaden kommen.«

»Es ist ein Kampf auf Leben und Tod«, sagte Macher.

Das letzte Licht erlosch, als der obere Rand der Sonne unter den Horizont glitt.

»Danke, Macher«, sagte Kent.

Der Modorianer antwortete nicht. Kent wandte sich um und

stieg über das lockere Geröll zum Rand der Grube hinauf. Als er sich dort noch einmal umwandte, sah er eine kleine Flamme auflodern. In ihrem Licht sah er Macher aufstehen und zu der kristallinen Kugel gehen, den jetzt fertigen Bogen in der Hand. Er streckte ihn zwischen den Felsrippen ins Innere der Konstruktion und zog die Bogensehne mit einer langsamen, fließenden Bewegung über die schimmernden Kristallfacetten der Kugel. Ein seltsamer, disharmonischer Ton drang aus der Kristallkugel und hing in der stillen Nachtluft. Er drang Kent bis ins Mark und schüttelte ihn. Er wandte sich rasch um und stieg den Hang hinab, auf das Camp der Siedlung zu. Hinter ihm erklang wieder und immer wieder das Singen der Kristallkugel. Es war jedesmal ein anderer Ton, und es klang, als ob der Teufel seine Violine stimme. Das seltsame, disharmonische Singen der Kristallkugel unter den Bogenstrichen Machers folgten ihm bis ins Camp. Aber sie klangen mit zunehmender Entfernung immer leiser, und als Kent die Tür seiner Baracke hinter sich schloß, waren sie gar nicht mehr zu hören.

Kent lag wach und starrte zur dunklen Decke hinauf. Er war todmüde, konnte aber keinen Schlaf finden. Wie in einer Filmmontage zogen Gesichter vor seinem Auge vorbei – das verzweifelte Gesicht des jungen Branch Simmons, die riesigen, dunklen Augen Machers, das ernste, besorgte Gesicht von Peter Lawrence, der jugendlich-trotzige Ausdruck in Hords Zügen. Sie kreisten um sein Bett, blickten auf ihn herab und schienen auf etwas zu warten, auf eine Entscheidung, auf eine Antwort.

Sie drängten sich um ihn. Er sah Bobs schmales, angespanntes Gesicht, die Schönheit Judys, deren Augen ihn angstvoll anblickten. Ihr Gesicht rief die Erinnerung an die blonde Tichi in ihm wach, und auch sie blickte ihn fragend und voller Erwartung an, genau wie zahllose andere Gesichter, von Menschen und Modorianern, die er kannte. In seinem müden Gehirn wuchs sein Problem zu immensen Proportionen, bis es alle anderen Probleme des Universums überschattete und auslöschte, bis es *das* Problem geworden war, die große Frage, die irgendwann von allen Menschen und den Angehörigen aller anderen Rassen beantwortet werden mußte, die irgendwo und irgendwann nebeneinander lebten und leben würden.

Und aus irgendeinem Grund war es allein an ihm, dieses Problem zu lösen, diese Frage zu beantworten. Unter dem Gewicht seines Gewissens wälzte er sich auf dem harten Klappbett hin und her. Er war der oberste Verwalter dieses Planeten, der ausgebildete, erfahrene Manager. Er war der moralisch und ethisch Verantwortliche. Wenn er Macher mit Gewalt an seinem Vorhaben hinderte, hätte er Blut an den Händen. Wenn er ihn seinen Plan ungestört durchführen lassen würde, hätte er ebenfalls Blut an den Händen – das Blut von Kolonisten. Warum mußten alle Fragen durch Töten gelöst werden? Warum tat sich nie eine Alternative auf? Branch sah keine Alternative, als zu den Modorianern zu halten. Die Kolonisten hatten keine Alternative, als hierzubleiben. Die Modorianer, die die Zukunftsentwicklung klar voraussahen – Menschen, die das Land überfluteten, das ihnen alles bedeutete –, hatten keine Alternative, als mit allen Kräften Widerstand zu leisten. Er mußte eine Lösung finden – und es gab keine. Die Anspannung wurde unerträglich – und zerbrach.

Kent lachte, ein bitteres, sarkastisches Lachen, setzte sich auf und schwang die Beine über die Bettkante. Er machte Licht, griff nach seiner Pfeife, stopfte sie und zündete sie an. Wie immer rettete ihn sein eigenartiger, kalter Humor vor sich selbst – in diesem Fall war es ein Wunschbild, in dem er sich sah, als er seine Hände wie einst Pilatus in Unschuld wusch. Sein Lachen erstarb in einem Seufzer. Es war ein Fehler gewesen, sich in seine Gedanken zu verkriechen. Seine Stärke war das Handeln.

In letzter Konsequenz gesellte sich doch immer Gleiches zu Gleichem – und Kent war ein Mensch. Bei aller Bewunderung für die Modorianer und seiner besonderen Sympathie für Macher sah er doch ein, daß er vor allem die Kolonie der Menschen beschützen und erhalten mußte – auch um den Preis modorianischen Lebens. Er zog an der Pfeife, und graue Rauchwolken umwallten seinen Kopf. Sie schwebten zur Decke empor und verschwanden in der Ventilatoröffnung. Wenn es notwendig werden sollte, mußte er eben die Raumpatrouille anfordern. Es kam darauf an, wozu Macher sein seltsames Gerät einsetzen würde – und was es bewirkte, über dem Boden und darunter . . .

Er führte den Gedanken nicht zu Ende – weil ihm plötzlich ein Einfall gekommen war.

Charlie Colworth mochte es nicht, mitten in der Nacht geweckt zu werden, aber wenn der Vertreter des Kolonialbüros an die Tür hämmert, mußte man wohl oder übel aus der Falle kriechen. Fluchend zog Charlie ein paar Sachen über seinen hageren Körper und latschte gähnend ins Wohnzimmer seiner Baracke, wo Kent auf ihn wartete.

Kent schob ihm eine Tasse Kaffee zu. »Hier, trinken Sie. Sie werden es brauchen.«

Charlie nahm einen Schluck und schüttelte sich. Der Kaffee war stark und schwarz, und er war an Milch und Zucker gewöhnt.

»Ich vermute, es geht um diese Kolonisten«, murmelte er verschlafen.

»Sehr richtig«, sagte Kent.

»Und was habe ich damit zu tun?« fragte Charlie und ließ sich auf die Couch fallen.

Kent grinste. »Tut mir leid, Charlie«, sagte er, »aber von allen Geologen sind Sie der einzige, der die Gegend um die Siedlung wirklich kennt. Ich muß wissen, was unter dem Granit ist, auf dem Macher seine Konstruktion errichtet hat.«

»Mehr Granit«, sagte Charlie trocken. »Kann ich jetzt wieder ins Bett gehen?«

»Und was ist unter mehr Granit?« fragte Kent.

»Die Hölle«, sagte Charlie. »Wahrscheinlich Magma.«

»Mit Magma meinen Sie wahrscheinlich geschmolzenen Fels – oder Lava?«

»Man nennt es nur Lava, wenn es an der Oberfläche austritt«, sagte Charlie brummig.

»Was würde passieren, wenn der Granit aufgespalten wird?« fragte Kent. »Würde das Magma herausquellen und das Land überfluten?«

»Wenn der Druck groß genug . . . Was soll diese Frage?« sagte Charlie. »Das ist eines der geologisch stabilsten Gebiete des ganzen Planeten. Der K'tabi-Schild ist mindestens zwei Meilen stark, vielleicht sogar fünfzig. So etwas kann man nicht aufspalten.«

»Charlie«, sagte Kent, »was wissen Sie über Vibrationen in Fels?«

»Ungefähr genausoviel wie über gut erzogene Erdbeben«,

antwortete Charlie. »Wollen Sie mir jetzt endlich sagen, worum es hier geht, oder soll ich wieder schlafen gehen?«

»Ich werde es Ihnen zeigen«, sagte Kent. »Ziehen Sie sich etwas Warmes an, packen Sie Ihre Detektoren ein und kommen Sie mit. Vielleicht können Sie feststellen, was für eine Wirkung Machers Apparat auf den K'tabi-Schild haben könnte.«

»Mein Gott, ist es *das*?« fragte Charlie.

Sie kletterten im ersten Licht des neuen Tages den Berghang südlich des Kolonistencamps hinauf. In Kents und Charlies Begleitung waren noch zwei weitere Männer, einer trug das schwere Detektorgerät, der andere war der ›Wunderknabe‹, wie Karl Mencht, der Leiter von Modors einziger Raumschiff-Reparaturstation genannt wurde. Was Charlies überraschten Ausruf hervorgerufen hatte, war der sich ständig ändernde, disharmonische Klang, den der nimmermüde Macher seinem seltsamen Instrument entlockte.

»Interessant«, sagte der Wunderknabe in seiner trockenen Art und legte den Kopf etwas auf die Seite, als er auf das Schrillen lauschte.

»Interessant?« grunzte Charlie. »Mir jagt das Geräusch einen Schauer über den Rücken.«

»Subsonisch«, sagte der Wunderknabe.

»Gehn Sie zum Teufel«, sagte Charlie. »Hier.« Er blieb abrupt stehen. »Wenn überhaupt irgend etwas passiert, sind wir jetzt nahe genug, um das feststellen zu können. Da ragt ein Granitstück aus dem Boden, an dem ich die Geräte anschließen kann. Stellt sie ab.«

Der Mann, der Charlies Ausrüstung getragen hatte, stellte sie auf den Boden. Charlie baute seine Geräte auf und stellte sie ein. »Jetzt werden wir ja sehen«, sagte er.

Die anderen blickten ihn gespannt an.

»Nichts«, sagte Charlie nach einer Minute. »Wie ich es erwartet habe. Nichts . . . Heiliger Moses!«

Mit dem Aufklingen eines Tons von Machers seltsamem Instrument schlug die Nadel eines Anzeigegeräts bis zur anderen Seite aus. Sowie der Ton von Machers seltsamem Instrument verklang, glitt sie zur anderen Seite zurück.

»Das kann er doch nicht machen!« rief Charlie fasziniert.

Wieder erklang ein Schrillen vom Kamm der Bergkette, und im gleichen Augenblick schlug die Nadel wieder bis zum Anschlag aus.

»Er trifft diesen Ton immer nur zufällig«, sagte Charlie leise, fast ehrfürchtig. »Aber wenn er ihn trifft – Bingo!«

»Was macht er eigentlich?« fragte Kent ungeduldig.

»Er versetzt den ganzen, riesigen Granitschild in Schwingungen«, sagte Charlie. »Aber das ist völlig unmöglich! Ich muß mir das einbilden . . .«

»Unsinn«, widersprach der Wunderknabe. »Man kann alles in Schwingungen versetzen.«

»Indem man lediglich einen primitiven Bogen über eine Kristallkugel reibt, die nur flach im Granit verankert ist? Um eine Felsplatte von diesem Ausmaß in Schwingungen zu versetzen, müßte eine Verstärkung von . . . eine Verstärkung von . . .«

»Denken Sie doch einmal richtig nach«, sagte der Wunderknabe. »Er benutzt die ganze Granitplatte als Resonanzboden. Ich verstehe nicht viel von Steinen, aber das wäre die Erklärung.«

»Die Erklärung? Sie sind ja verrückt.« Charlie schüttelte den Kopf.

Der Wunderknabe zuckte die Achseln.

»Okay«, sagte Kent. »Wenn wir von meiner Hypothese ausgehen, daß Macher den Felsen unter unseren Füßen in so starke Schwingungen versetzen kann, daß er entweder einen Vulkanausbruch oder ein Erdbeben auslöst – hat einer von euch eine Idee, wie wir ihn daran hindern können?«

»Schlagen wir ihm doch das Ding kaputt«, sagte Charlie.

»Und was soll das bringen? Wir können nicht alle anderen Modorianer daran hindern, dasselbe zu versuchen, irgendwo, wo wir sie nicht entdecken und nicht an sie herankommen können. Aber das wichtigste ist, daß die anderen Modorianer« – er deutete auf den Kamm der Bergkette, auf dem man jetzt im heller werdenden Morgenlicht die grauen Umrisse regloser Gestalten erkannte – »es als eine Art Testfall sehen. Wenn ich Macher bei seinem eigenen Spiel schlagen kann, werden sie aufgeben und die Siedler in Ruhe lassen. Wenn mir das nicht gelingt, wird jeder einzelne von ihnen diese und jede andere Gruppe von Siedlern auf seine ganz individuelle Weise angreifen.«

»Und damit Ihre Karriere versauen«, sagte der Wunderknabe trocken.

»Sie haben eine schmutzige Fantasie, Wunderknabe«, sagte Charlie. »Noch ein Wort, und ich schlage Ihnen Ihre hübschen, weißen Zähne in den Rachen.«

»Halten Sie den Mund, alle beide!« sagte Kent scharf. »Ich habe Sie um Vorschläge gebeten.«

Charlie zuckte die Achseln.

»Interessantes Problem«, murmelte der Wunderknabe. »Vielleicht sollte man Feuer mit Feuer bekämpfen . . .«

»Und wie?«

»Die Schwingungen dämpfen. Durch Gegen-Vibrationen. Ich könnte es schaffen – habe die richtigen Leute dazu – passende Ausrüstung aus der Reparaturstation. Technische Herausforderung . . . könnte interessant werden . . .«

»Könnte auch ein interessanter Reinfall werden«, sagte Charlie höhnisch.

»Wir sollten es versuchen«, sagte der Wunderknabe zu Kent. »Die Entscheidung liegt bei Ihnen.«

»Okay«, nickte Kent. »Tun Sie es. So rasch wie möglich. Charlie, was kann passieren, wenn Macher den Granitschild zum Bersten bringt?«

»Vielleicht der Lavaausbruch, den Sie befürchten«, sagte Charlie. »Wahrscheinlich aber ein Erdbeben von ungeahnten Ausmaßen.«

»Aber in jedem Fall besteht die Gefahr, daß die Siedlung zerstört wird, stimmt's?«

Charlie verzog das Gesicht. »Ich würde den Ausdruck ›ausgelöscht‹ benutzen.«

»Dann muß ich die Leute aus dem Talkessel evakuieren. Charlie, Sie werden Karl helfen. Macht schnell.«

»Klar«, sagte der Wunderknabe.

»Klar, zum Teufel«, sagte Charlie.

Kent wandte sich um und ging den Hang hinab auf das Camp zu.

5

Er ging so rasch und war so tief in Gedanken versunken, daß er in Branch Simmons und Judy Lawrence lief, bevor er sie bemerkte. Er blieb abrupt stehen, und die drei sahen einander überrascht an.

Kent fand als erster seine Fassung wieder. »Was machen Sie denn hier?« fragte er scharf.

Judy blickte ihn herausfordernd an. »Ich bin hergekommen, um mich bei Branch zu entschuldigen.«

»So?« Kent blickte von ihr zu dem hochgewachsenen Prospektor, der unter seinem Blick leicht errötete. »Dann will ich Sie dabei nicht stören.« Er wollte an ihnen vorbeigehen.

Judy ergriff seinen Arm und hielt ihn zurück. »Mr. Harmon . . .«

»Was ist?« fragte Kent, mißgelaunt wegen der Verzögerung.

»Wir haben alles gesagt, was zu sagen war«, erklärte Judy. »Kann ich mit Ihnen zur Siedlung zurückgehen?«

»Warum nicht?« sagte Kent und wollte weitergehen, aber dann fiel ihm noch ein: »Aber andererseits – warum?«

Sie blickte ihn an, und wieder bemerkte Kent einen etwas herausfordernden Ausdruck in ihrem Gesicht. »Es ist so, daß ich gestern abend nach Branch gesucht hatte – und Sie wissen doch, wie rasch es hier dunkel wird – auf jeden Fall haben wir uns verirrt.«

»Verirrt?« fragte Kent ungläubig und sah Branch Simmons an.

»Ja, das stimmt«, sagte der junge Prospektor trotzig. »Wir haben uns verirrt. Sie ist seit gestern abend nicht zu Hause gewesen.«

Sie blickte ihn an, und Kent begann plötzlich zu verstehen, begriff die Komik der Situation. Ihre Welt stand möglicherweise unmittelbar vor einer Katastrophe, und diese beiden Kinder hatten keine anderen Sorgen . . .

»Okay«, sagte Kent und konnte ein leichtes Grinsen nicht unterdrücken. »Kommt mit, ihr beiden. Ich werde versuchen, bei Ihrem Vater ein gutes Wort für Sie einzulegen, Judy. Ich hoffe, Sie haben nichts getan, was Ihnen leid tun muß, Branch?«

»Was?«

»Schon gut. Kommt jetzt. Wir müssen uns beeilen.«
Schweigend gingen sie auf das Camp zu.

»Judy!« rief Peter Lawrence, als er sie kommen sah. Dann starrte er Branch an. »Was suchen Sie hier, Simmons? Ich habe ausdrücklich Anweisung gegeben . . .«

»Ich habe ihn mitgebracht, Daddy«, sagte Judy und legte ihre Hand auf Branchs Arm.

»Sie sollten sich mit den Gegebenheiten abfinden, Lawrence«, sagte Kent. »Diese Dinge passieren hier draußen schneller als auf der Erde.«

»Wie?«

»Gut«, sagte Kent, ohne auf Peters Frage einzugehen. »Nachdem das geregelt ist, wollen wir gleich zur Sache kommen. Wir haben feststellen können, was Macher vorhat – und es ist gefährlich. Ich habe die nötigen Maßnahmen veranlaßt, mit denen wir versuchen wollen, die Siedlung zu retten. Aber es könnte schon zu spät sein. Deshalb möchte ich, daß Sie Ihre Leute evakuieren.«

»Evakuieren?« rief Peter Lawrence entsetzt und starrte Kent an. »Warum?«

»Weil ich es Ihnen befehle«, sagte Kent scharf. »Wir können innerhalb weniger Minuten hier ein gewaltiges Erdbeben oder einen Vulkanausbruch erleben. Bringen Sie die Kinder von hier fort. Die Erklärungen gebe ich Ihnen später.«

»Das ist doch nur ein billiger Trick, um uns . . .«

»Seien Sie nicht albern«, unterbrach ihn Kent ruhig.

»Ich rühre mich nicht von der Stelle, bevor Sie mir eine Erklärung für Ihren irrsinnigen Befehl geben«, rief Peter Lawrence erregt.

»Geben Sie mir das Ding«, sagte Kent aufgebracht, griff nach dem kleinen Sprechgerät, das in Peters Brusttasche steckte, und riß es heraus. Er drückte den Knopf, der es auf die Lautsprecheranlage schaltete, und seine Stimme hallte durch das ganze Camp.

»Alle herhören!« sagte er in das Mikrofon. »Hier spricht der Vertreter des Kolonialbüros. Kommen Sie sofort zur Verwaltungsbaracke. Alle. Und ich meine wirklich *alle*. Auch die Kranken. Und beeilt euch.«

Kent schaltete das Mikrofon aus. Peter wollte ihm das kleine

Gerät aus der Hand reißen. Kent stieß seine Hand zur Seite und steckte das Sprechgerät in die Tasche.

»Bleiben Sie mir aus dem Weg und halten Sie den Mund«, sagte Kent.

»Ich denke nicht daran!« schrie der kleine grauhaarige Mann. »Seitdem wir hier gelandet sind, versuchen alle, uns auf irgendeine Weise wieder von dem Land zu vertreiben, für das man uns eine Lizenz zugesprochen hat. Wir lassen uns nicht herumstoßen. Auch wenn selbst Sie sich jetzt gegen uns stellen.«

»Hören Sie, Lawrence«, sagte Kent, »dieser ganze Talkessel kann in den nächsten Minuten unter Steinlawinen oder Lava begraben werden. Wollen Sie außer Ihrem Land auch Ihr Leben verlieren?«

»Warum nicht?« schrie Peter Lawrence. »Warum nicht? Alles, was wir besitzen, ist hier. Wie können wir ohne unseren Besitz leben?«

»Das haben schon viele Leute geschafft«, sagte Kent ruhig.

»Wilde! Verbrecher! Aber keine normalen Menschen!« Der Platz vor der Verwaltungsbaracke begann sich mit jungen Siedlern zu füllen, und Peter Lawrence wandte sich zu ihnen um. »Nicht Menschen wie wir, die in einer zivilisierten Welt aufgewachsen sind. Wir würden hier elend zugrunde gehen . . .« Er hob die Faust und drohte zu dem Grat der Bergkette hinauf, wo in dichter Reihe die schlanken, grauen Gestalten der Modorianer standen und ins Tal herabblickten.

»Halten Sie den Mund!« fuhr Kent ihn an. Der Platz vor der Verwaltungsbaracke war jetzt voller junger Menschen. Kent zog das Sprechgerät aus der Tasche, schaltete es ein und hielt es vor den Mund.

»Hört mal her«, dröhnte seine Stimme aus dem Lautsprecher auf dem Dach der Verwaltungsbaracke. »Dies ist ein Befehl im Namen des Kolonialbüros. Holen Sie sich warme Sachen aus Ihren Quartieren und verlassen Sie sofort die Siedlung. Gehen Sie auf die Hochebene außerhalb des Talkessels, und wenn Sie dort sind, vergewissern Sie sich, ob niemand zurückgeblieben ist. Also los, bewegen Sie sich!«

Die jungen Leute murrten und blickten unsicher Peter Lawrence an.

»Hört nicht auf ihn!« schrie der kleine Mann fast hysterisch.

»Hört nicht auf ihn! Bleibt hier! Geht wieder an eure Arbeit. Dies ist nur ein weiterer Trick, um uns von hier zu vertreiben. Geht wieder an eure Arbeit.«

Das Murren wurde lauter, und sie begannen auseinanderzugehen.

»Kommt zurück!« dröhnte der Lautsprecher. »Wollt ihr euch alle von ihm in den sicheren Tod treiben lassen? Muß ich einen Zug Polizei anfordern und euch mit Gewalt aus dem Talkessel jagen?«

Die Menge hörte nicht auf ihn.

»Soll er es doch versuchen!« schrie Peter Lawrence. »Wir werden für unsere Rechte kämpfen!«

Die letzten der jungen Siedler liefen auseinander. Kent sah ein, daß er verloren hatte, und steckte das Sprechgerät in die Tasche zurück. Peter blickte ihn triumphierend an. Kent erwiderte seinen Blick.

»Möge Gott Ihrer Seele gnädig sein«, sagte er hart.

Peter grinste ihn triumphierend an. Aber bevor er Kent antworten konnte, hörte er Branch Simmons sagen: »Du bleibst nicht hier, Judy!«

»Was soll das heißen?« Ihre Stimme schwankte zwischen Überraschung und Trotz. »Natürlich bleibe ich hier bei den anderen.«

»Das wirst du nicht«, sagte Branch entschieden. »Ich weiß, daß Harmon gute Gründe hat, wenn er die Evakuierung befiehlt. Sollen die anderen bleiben, wenn sie dumm genug dazu sind. Du und ich werden uns in Sicherheit bringen.«

»Ich denke nicht daran!« sagte Judy. Aber sie hatte kaum ausgesprochen, als Branch sie beim Kragen packte und sie aus dem Camp zu schleifen versuchte.

»Halt!« schrie Judy. »Hilf mir, Daddy!«

Peter stieß einen unartikulierten Schrei aus und packte ein Laser-Gewehr, das an der Wand der Baracke lehnte. Er riß die Waffe hoch und richtete sie auf Branch. Kent stieß den Lauf nach oben und entwand Peter das Gewehr. Der Schuß fuhr senkrecht zum Himmel hinauf.

»Sie . . .!« Peter Lawrence versuchte die Waffe wieder zu pakken. »Geben Sie das Gewehr zurück!«

»Niemals«, sagte Kent finster und stieß ihn beiseite. Er nickte in Richtung auf die beiden jungen Menschen, die jetzt hinter den letzten Baracken des Camps verschwanden. »Das sind zwei Leben, die mein Gewissen nicht mehr belasten.« Er hielt Peter Lawrence fest, bis Judy und Branch außer Sicht waren.

Peter hörte auf, sich zu wehren, und als Kent ihn losließ, stand er mit gesenktem Kopf und hängenden Armen, als ob seine Kräfte ihn plötzlich verlassen hätten. Tränen traten ihm in die Augen, die Tränen eines alten Mannes.

»Mein Kind . . .«, murmelte er gebrochen. »Mit diesem . . . Wilden . . .«

»Frauen kann Schlimmeres passieren«, sagte Kent und lachte sarkastisch.

6

Kent stand auf dem Bergkamm gegenüber von Machers Grube und sah den Leuten zu, die sich abmühten, eine Stahlstange von vier Fuß Durchmesser tief in den Granit zu treiben. Unweit von ihnen arbeitete eine zweite Gruppe von Technikern der Raumschiff-Reparaturstation und baute einen gewaltigen Generator auf, mit dem die Gegenschwingungen in der Granitplatte des K'tabi-Schilds erzeugt werden sollten.

An zehn anderen Stellen rund um die Siedlung wurden ähnliche Arbeiten durchgeführt, und der Wunderknabe lief von einer Mannschaft zur anderen und trieb die Männer an wie ein cherubischer Sklavenaufseher. Er hatte jeden Mann mit technischen Fähigkeiten in seinen Dienst gepreßt.

Kent trat auf eine Felsgruppe zu, bei der Charlie eine Art seismologischer Station eingerichtet hatte. Er wollte mit dem Geologen sprechen, aber bevor er dazu kam, berührte ihn jemand am Arm. Er wandte sich um und sah Tom Schneider, den hageren Leiter des Kommunikations-Zentrums.

»Was ist, Tom?« fragte er irritiert.

Der andere hielt ihm ein Funkspruchformular entgegen. »Dringend«, sagte er.

Kent wandte sich ab. »Steck es ein, Tom«, sagte er. »Ich hab' jetzt keine Zeit für so was.«

Tom hielt ihn fest. »Ich denke, du solltest es lesen, Kent.«

Kent blickte ihn verdrossen an. »Kannst du nicht hören?« sagte er. »Ich habe jetzt keine Zeit dazu.«

»Es ist aber wichtig«, sagte Tom hartnäckig.

Kent seufzte und nahm ihm das Formular aus der Hand. Er erwartete eine geheime Code-Nachricht des Hauptquartiers – aber es war eine Mitteilung von Tichi, in unverschlüsseltem Klartext, so daß sie jeder lesen konnte.

Liebster Kent,
Ich muß dir unverzüglich zwei Dinge mitteilen, und keins davon kann man gut im Schulmädchen-Slang ausdrücken.

(Kent blinzelte überrascht und las den Satz noch einmal. Das war überhaupt nicht Tichis Stil)

Das erste kann ich ganz offen sagen, da es hier nicht einmal mehr ein offenes Geheimnis ist. Das Kolonialbüro hat die Entwicklung seit der Landung der Kolonisten aufmerksam verfolgt – und sie hat das Hauptquartier veranlaßt, eine Untersuchungskommission einzusetzen. Anscheinend ist dieser Fall komplizierter, als sie angenommen hatten, und da seit einiger Zeit von den Äußeren Planeten ein erheblicher Druck auf das Hauptquartier ausgeübt wird, den bürokratischen Apparat endlich einmal gründlich durchzuforsten, muß jemand den Wölfen zum Fraß vorgeworfen werden. Und die Wahl ist auf dich gefallen.

Ich sehe nur einen einzigen Ausweg aus dieser Falle, und unter Hintansetzung aller Konventionen will ich ihn dir nennen. Du mußt mich heiraten. Als Schwiegersohn eines Senators des Staatsrats bist du ein zu heißes Eisen, und sie müssen sich einen anderen Sündenbock suchen.

Punkt zwei: Erinnerst du dich an die Party zu meinem zwölften Geburtstag? Du bist damals gekommen, weil du ein Freund Vaters warst, und du hast mir eine von diesen großen Zentaur-Puppen mitgebracht. Ich war schon zu groß für Puppen, und du hast mich mit diesem Geschenk fast beleidigt. Aber ich habe mir nichts anmerken lassen, weil ich dich liebte. Auf derselben Party habe ich dich gebeten, auf mich zu warten, bis ich erwachsen wäre, damit ich dich heiraten könnte. Du hast gelacht und mir gesagt, ich sollte dich in einem halben Dutzend Jahren anrufen, wenn ich es mir bis dahin nicht anders überlegt hätte. Für dich war es ein Spaß, aber für mich nicht. Du hast immer so getan, als ob ich niemals älter werden würde, und ich habe dich vom ersten Augenblick an geliebt und liebe dich noch heute.

Nun, das halbe Dutzend Jahre ist um, und ich melde mich . . .

(Mein Gott! Schon sechs Jahre! Dann mußte Trichi jetzt achtzehn sein! Wie die Zeit vergeht!)

. . . damit du weißt, daß ich es mir nicht anders überlegt habe. Du sollst wissen, daß ich dir die Heirat nicht in einem Anfall kindlicher Selbstaufopferung anbiete. Ich liebe dich, und du bist der einzige Mann im ganzen Universum, den ich haben will. Ich bin kein Kind, und auch keine behütete Ignorantin – ich könnte dir sogar einige Dinge erzählen, soweit sie das Leben auf der Erde betreffen – und Vater (du kannst es glauben oder nicht) gibt mir recht. Er ist der Meinung, daß ich die richtige Frau für dich sein würde. Aber dir würde er das natürlich niemals sagen.

Ich hätte es auch niemals erwähnt, mein Schatz. Ich hätte die Komödie fortgesetzt und so getan, als ob ich noch immer das kleine Mädchen mit den langen Zöpfen wäre, wenn mir die Untersuchungskommission nicht den einzigen Ausweg gewiesen hätte. Nur deshalb diese offenen Worte, aber jetzt, wo sie heraus sind, bin ich froh darüber. Ganz egal, was geschehen wird, zumindest weißt du es jetzt . . .

In Liebe
Tichi (PRSM 7:3 TKMarlowe, Wash.)

Betroffen faltete Kent den Bogen zusammen und steckte ihn in seine Tasche. Tichi war achtzehn! Und er war zweiunddreißig, fast doppelt so alt. Wie konnte er ahnen, was sie für ihn fühlte? Er blickte sich unbehaglich um.

»Willst du antworten?« fragte Tom.

Kent sah ihn ein paar Sekunden lang nachdenklich an. »Nein«, sagte er dann. »Keine Antwort.«

»Ich glaube aber, daß du ihr antworten solltest«, sagte Tom.

Kent preßte ärgerlich die Lippen zusammen. Dies war das Schlimmste eines Lebens auf einem dieser dünn besiedelten Provinz-Planeten: jeder kannte die Privatangelegenheiten jedes anderen und maßte sich an, ihm Ratschläge zu geben.

»Nein«, sagte er scharf und wandte sich um.

»Ich bleibe eine Weile hier, für den Fall, daß du es dir doch noch anders überlegen solltest«, sagte Tom.

Kent antwortete nicht. Er trat auf Charlie zu und beugte sich über seine Schulter. Der hagere Geologe fühlte seine Gegenwart und wandte den Kopf.

»Er trifft den richtigen Ton jetzt häufiger«, sagte er und deutete auf seine Instrumente. »Er hat nur noch Schwierigkeiten, ihn für längere Zeit zu halten. Ich fürchte, wenn er es schafft, ihn zehn Minuten lang zu halten, sind wir erledigt.«

»Ist es wirklich so schlimm?«

»Spüren Sie nicht die Vibrationen des Felsens unter Ihren Füßen?« fragte Charlie.

»Nein«, sagte Kent.

Charlie fuhr sich mit dem Handrücken über die Stirn. »Vielleicht ist es nur Einbildung«, sagte er, »aber ich glaube, daß uns nicht mehr viel Zeit bleibt.«

»So? Und wieviel schätzen Sie?« fragte der Wunderknabe, der auf sie zutrat.

Charlie wandte sich nach ihm um. »Zwei Stunden«, sagte er. »Höchstens.«

»Das ist verdammt knapp«, sagte der Wunderknabe. »So lange werden wir mindestens brauchen.«

Charlie hob sein verschwitztes Gesicht und blickte den jungen Ingenieur fragend an. »Wie können Sie nur so ruhig bleiben?« fragte er.

»Niedriger Blutdruck«, sagte der Wunderknabe, wandte sich ab und ging wieder zu seinen Leuten zurück.

»Was ist eigentlich mit ihm los?« Charlie blickte ihm nach und schüttelte den Kopf. »Hat er Nerven aus Stahl, oder ist er überhaupt kein Mensch . . .«

Kent antwortete nicht. Er überlegte, was die Untersuchungskommission mit ihm machen würde, sobald hier das erste Blut floß, und blickte in den Talkessel hinab. Die Siedler hatten sich alle in ihren Baracken verkrochen, und auf den Graten der Bergkämme standen dichte Reihen von Modorianern, die schweigend ins Tal hinabstarrten. Es mußten inzwischen an die fünfzehntausend sein, schätzte Kent, die hier warteten, was geschehen würde.

Er zog seinen Gürtel höher und begann den Hang hinabzugehen.

»Wo willst du hin?« rief Charlie ihm nach.

»Zu Macher«, rief Kent, ohne sich umzuwenden. »Ich will versuchen, ihn aufzuhalten. Wenn es mir nicht gelingen sollte . . . irgendwie werde ich dafür sorgen, daß Sie genügend Zeit haben, Ihr Gerät aufzustellen.« Unwillkürlich glitt seine Hand zu der Waffe an seinem Gürtel.

Kent ging den Hang hinab und durch die Siedlung. Es war, als ob er durch eine Geisterstadt ginge. Die Türen der Baracken waren geschlossen, und nicht ein Laut drang heraus. Überall lagen Werkzeuge und Baumaterial herum, so wie die Leute sie fallen gelassen hatten, und die Siedlung machte den Eindruck, als ob sie seit langer Zeit verlassen wäre.

Aber der Eindruck täuschte. Kent spürte die unterschwellige Angst der Kolonie. Wie das lautlose Atmen eines gehetzten Tieres lag die Angst in der Luft. Er ging rasch durch die Siedlung und auf die Bergkette zu, die am anderen Rand des Talkessels lag.

Vom ersten Augenblick an wußte er, daß sich die Lage verändert hatte – aber er wagte nicht, stehenzubleiben, und dachte nach, während er weiter den Hang hinaufschritt. Dies war, was er sah: es waren zu viele Modorianer zwischen ihm und Machers Grube.

Wann und wie sie sich um die Grube versammelt hatten, wußte er nicht. Vielleicht waren sie schon eine ganze Weile dort, und er hatte es nicht bemerkt. Es war aber auch möglich, daß sie seinen Aufbruch bemerkt und ihre neuen Positionen eingenommen hatten, als er zwischen den Baracken der Siedlung war. Aber wie dem auch sein mochte, sie standen jetzt zwischen ihm und der Grube und versperrten ihm den Weg. Nicht drohend oder aggressiv – allein durch ihre physische Gegenwart und ihre enge Aufstellung.

Er sah das alles, als er das erste Drittel des Aufstiegs hinter sich gebracht hatte. Sie standen auf ihre langen Speere gelehnt, aber sie sahen ihn nicht an, sondern starrten auf die Siedlung hinab, und zu den Bergen auf der anderen Seite des Talkessels, wo Trupps der Menschen verbissen arbeiteten. Sie rührten sich nicht, als er auf sie zutrat, sie standen so eng beisammen, daß sie entweder zur Seite treten mußte oder daß er sich zwischen ihnen hindurchdrängen mußte, um zur Grube Machers zu gelangen. Die Abstände zwischen ihnen waren zu gering, um ihn hindurchzulassen.

Er ging weiter, in der Hoffnung, daß sie ihm im letzten Moment Platz machen würden. Er war jetzt nur noch fünf Schritte von ihnen entfernt . . . vier . . . drei . . .

Er stieß hart gegen die beiden zunächststehenden Modorianer, und prallte zurück, als ob er gegen eine Mauer gelaufen wäre. Sie standen unbeweglich wie Statuen und gaben keinen Millimeter nach. Erst jetzt ließ einer der beiden sich herab, von ihm Notiz zu nehmen. Er senkte den Kopf, und seine riesigen Augen blickten ausdruckslos auf Kent herab.

»Mensch«, sagte er. »Geh zurück.«

Es war ein Befehl, eine endgültige Feststellung, gegen die es keinen Widerspruch gab. Die Modorianer würden ihn nicht durchlassen. Die Ahnung, die er seit Beginn des Konflikts gehabt hatte, erwies sich als richtig. Die Modorianer waren Individualisten. Jeder von ihnen lebte nur für sich, und es gab keinerlei Zusammenarbeit zwischen ihnen. Aber – und diese Erkenntnis hatte eben ihre letzte Bestätigung erhalten – wenn es wirklich darauf ankam, wollten sie alle dasselbe und standen zusammen, obwohl jeder von ihnen nach wie vor unabhängig von den anderen handelte. Jeder der Modorianer, die ihm den Weg versperrten, war von sich aus zu dem Entschluß gekommen, daß er den Menschen daran hindern mußte, die Arbeit Machers zu stören. Was kam es darauf an, daß sie dieses Ziel durch Hunderte von Einzelentscheidungen erreichten und nicht durch einen zentralen Befehl? Das Ergebnis war dasselbe.

Er wandte sich um und stieg wieder den Hang hinab, ging durch die Siedlung und zurück zu Charlie und dem Wunderknaben. Sein Mund war trocken, und sein Herz schlug so hart, daß er das Pulsieren des Blutes in den Ohren zu spüren meinte. Zum ersten Mal in seinem Leben hatte er Angst.

Es war jetzt Nachmittag geworden, und die Sonne brannte heiß vom Himmel.

»Fühlen Sie es jetzt?« fragte Charlie gepreßt.

»Dröhnen«, sagte der Wunderknabe. »Schwanken.«

»Die Vibrationen werden stärker, weil er den Ton jetzt länger halten kann«, erklärte Charlie.

»Wie lange braucht ihr noch?« fragte Kent.

»Ein paar Minuten«, sagte der Wunderknabe.

»Da!« Charlies Gesicht war hart und angespannt, als er auf die Siedlung hinabdeutete. Schweiß stand in feinen Tropfen auf seiner Stirn. »Seht ihr, wie die Baracken zittern?«

Kent blickte ins Tal hinab. Die Siedlung schien im hellen Sonnenlicht zu wabern.

»Sie werden bald herauskommen«, sagte Charlie. »Vielleicht bei der nächsten Erschütterung. Ich habe mehrere Erdbeben erlebt und weiß, wie die Menschen reagieren.«

Die Sonne brannte auf sie herab, rot und heiß. Die Gesichter der Männer waren gerötet und schweißnaß. Die Hitzewellen tanzten.

»Ich verstehe das nicht«, sagte Charlie. Die Vibrationen, die durch den Felsen liefen, schienen in seiner Stimme mitzuschwingen. »Die Modorianer. Sie werden auch sterben. Das ganze Gebiet . . . Dutzende von Quadratmeilen . . . wird einbrechen. – Mein Gott, man kann es schon jetzt hören . . .«

Sie lauschten. Ein Schwingen lag in der Luft. Es war der Ton, den Macher mit seinem Bogen aus der Kristallkugel holte, verstärkt durch den Resonanzboden der riesigen Granitplatte. – Oder durch etwas anderes?

»Das kümmert sie nicht«, sagte Kent. »Das Land wird bleiben.«

»Ja«, murmelte Charlie. »Das Land . . .«

Die Vibrationen waren jetzt überall. Der Fels, die Luft, die Moleküle im Körper der Männer schienen in ihrem Rhythmus zu tanzen. Das Auge versuchte, klare Linien zu erkennen – und schaffte es nicht. Die feste Erde schien zu schwanken und sich zu wellen wie Wasser.

»Sie fliehen aus den Baracken«, verkündete Charlie, und seine Stimme klang weit entfernt.

Ein leises Triumphgeschrei klang zu ihnen herüber.

»Nummer zwei ist bereit«, sagte der Wunderknabe knapp.

»Gut.« Kent wandte den Kopf und sah ihn an. »Und was ist mit den anderen?«

»Sofort«, sagte der Wunderknabe, und seine Stimme vibrierte mit den Schwingungen des Bodens. »Nummer fünf und Nummer sieben klar . . .«

Kent kniff die Lider zusammen und starrte zur Siedlung hinab. Die Kolonisten stürzten aus den Baracken, aber die Vibrationen mußten im Talkessel stärker sein, da sich die Leute nicht auf den Füßen zu halten vermochten. Einige von ihnen lagen in ergebener Reglosigkeit auf dem Boden, andere krochen auf Händen und Knien davon. Leises, ersticktes Schreien klang zu den drei Männern herauf.

Jetzt waren die Schwingungen des Bodens deutlich spürbar. Und sie wurden immer stärker, bis auch die Männer am Berghang sich kaum noch auf den Beinen halten konnten.

»Eins, drei, vier und sechs klar«, meldete der Wunderknabe mit vibrierender Stimme. Er stand neben dem Kontrollgerät und hielt sich daran fest.

Das Dröhnen der Vibrationen und das Verschwimmen von Formen und Farben wirkten wie eine Szene aus Dantes *Inferno*. Die Vibrationen schüttelten das Land und schienen den Menschen das Fleisch von den Knochen reißen zu wollen. Überall im Talkessel stiegen Staubwolken auf und hingen zitternd in der Luft.

». . . und die letzten klar«, meldete der Wunderknabe. »Ich schalte jetzt den Generator ein.« Seine Hände zitterten, als sie nach dem Hebel griffen und ihn umlegten.

Ein neuer Ton drang aus dem zitternden, schwankenden Boden unter ihren Füßen. Unhörbar, aber fühlbar, stieg er auf wie eine Wand und stemmte sich gegen die Flutwelle der Vibrationen aus dem Instrument Machers, und die beiden prallten zusammen und verkrallten sich ineinander wie bissige Hunde. Und das Gegeneinander der Vibrationen ließ den Boden noch stärker schwanken, in wilden, unregelmäßigen Stößen.

»Weiter!« schrie Charlie durch den Sturm der Vibrationen und klammerte sich an seinen Seismographen. »Weiter! Wir schaffen es!«

»Ich weiß!« schrie der Wunderknabe zurück.

Immer dichter wurden die Staubwolken, die von dem

schwankenden Boden aufstiegen. Sie wallten an den Hängen empor und hüllten die Männer ein, daß sie einander kaum noch sehen konnten. Die Gegenvibrationen schrien und bebten, die ganze Welt schien zu schwanken, und dann . . .

Plötzlich hörte der Kampf auf.

»Stop!« schrie Charlie aus der dichten, gelben Staubwolke. »Abschalten! Er hat aufgehört!«

Von einer Sekunde zur anderen war es still. Ruhe und Frieden waren plötzlich zurückgekehrt. Und dieser Zustand war so fremd und ungewohnt nach dem Kampf, daß die Menschen ihn als unwirklich empfanden. Ungläubig starrten sie durch die dünner werdenden Staubwolken über den Berghang und ins Tal hinab.

»Nicht bewegen, bevor sich der Staub gelegt hat«, sagte Charlie.

7

Wie Nebel von einem Zauberspiegel, wie ein Schleier in einem Märchen, der zur Seite gleitet und den Blick auf unbekannte Wunder freigibt, sank der aufgewirbelte Staub zu Boden, und der Talkessel und die gegenüberliegenden Hänge der Bergkette wurden wieder sichtbar. Wie eine Geisterstadt tauchte die Siedlung aus den gelben Wolken auf, die Baracken, die Wetter-Pylone, und es war alles noch da, heil und unbeschädigt.

Zwischen den Baracken rannten Menschen, taumelnd und halb betäubt, aber sie waren alle wieder auf den Beinen, und keiner schien verletzt.

Kent hob den Kopf und blickte zum Grat der Bergkette hinüber, wo noch immer die Modorianer standen, reglos, in dichter Reihe, auf ihre Speere gestützt. Wartend.

»Ich glaube, ich bin am Zug«, sagte Kent.

Er stieg wieder den Hang hinab und rückte seine Pistole zurecht. Als er durch die Siedlung schritt, wichen die Menschen vor ihm zurück. Er stieg den Hang auf der anderen Seite des Talkessels hinauf. Die wilden Modorianer standen in dichten Reihen und versperrten den Weg zu Macher.

Sie starrten schweigend über ihn hinweg, als er auf sie zutrat.

Und dann traten sie zur Seite.

Kent ging weiter. Durch ein enges Spalier großer, grauer Gestalten, die ihm gerade so viel Raum ließen, um ihn vorbeizulassen. Er trat an den Rand der Grube. Macher stand allein, neben der Glaskugel, die wie ein weggeworfenes Spielzeug im Licht der Nachmittagssonne glänzte, und starrte zur Siedlung hinab.

»Nun, Macher?« Kent blieb stehen und sah ihn an.

Der Modorianer antwortete nicht. Unbeweglich stand er in seiner Grube und starrte zur Siedlung hinab.

»Nun, Macher?« wiederholte Kent, etwas lauter.

Der Modorianer in der Grube antwortete nicht. Er stand schweigend und reglos, genau wie die Masse der anderen graufelligen Kreaturen, die ihn wie eine Mauer einschlossen, und die Stille streckte sich zu einer lastenden, zerbrechlichen Ewigkeit.

Als Macher endlich sprach, blieb er unbeweglich, wie erstarrt. »Ich beuge mich vor keinem Menschen«, sagte er – und im gleichen Augenblick fuhr er herum, schnellte mit einer katzenhaften Bewegung auf Kent zu, umklammerte ihn mit seinen stahlharten Armen und warf sich mit ihm den Hang hinab.

Die Felsen, der Himmel, das Tal wirbelten in einem irrsinnigen Taumel um Kent herum, als er und Macher zwischen den graubehaarten Beinen der zur Seite springenden Modorianer zu Tal rollten, und er kämpfte um sein Leben. Machers Arme preßten ihm die Luft aus den Lungen, und er versuchte verzweifelt, seinen rechten Arm aus dem Klammergriff zu befreien, um seine Waffe ziehen zu können.

Er wußte, daß sein Kampf aussichtslos war, kämpfte aber trotzdem weiter, Instinkt und Lebenswille waren stärker als die Einsicht der Hoffnungslosigkeit. Kein Mensch war der gigantischen Kraft Machers gewachsen, aber Kent konnte sich nicht dazu bereitfinden, einfach aufzugeben. Und wie durch ein Wunder schaffte er das Unmögliche. Plötzlich war sein rechter Arm frei. Er riß die Laser-Pistole aus dem Holster, und als sie durch den aufwirbelnden Staub die letzten Meter des Hangs hinabrollten, drückte er die Mündung der Waffe an die stahlharte Brust des Modorianers und drückte ab.

Sie rollten noch ein Stück, dann lagen sie still. Macher rührte sich nicht, aber er lag über Kent, und sein Gewicht drückte ihn zu Boden. Er rang nach Luft. Atemnot und Erschöpfung ließen ihn in eine Art Dämmerzustand verfallen. Er konnte nicht sagen, wie lange es gedauert hatte, bis jemand den leblosen Körper Machers zur Seite zerrte. Er spürte nur, daß die Last plötzlich von ihm genommen wurde und er wieder frei atmen konnte.

Er öffnete die Augen und sah Charlie und den Wunderknaben, die sich über ihn beugten.

»Sind Sie verletzt?« fragte Charlie.

»Sie kommen!« krächzte Kent und versuchte sich hochzustemmen. »Sie kommen!«

Er starrte in die dichte, gelbe Staubwolke, die den Hang einhüllte. Er schwankte auf den Beinen, die unter ihm einzuknicken drohten, und die Pistole in seiner Hand zitterte. Die anderen beiden begriffen plötzlich seine Warnung, rissen ihre Pistolen heraus und traten neben ihn, eine sinnlose, lächerliche Geste angesichts der nach Tausenden zählenden Modorianer, aber sie wußten nicht, was sie sonst tun sollten, und reagierten rein instinktiv.

Sie standen reglos und erwarteten in jeder Sekunde den Tod. Allmählich senkten sich die Staubwolken, und die Konturen des Hangs wurden sichtbar. Aber die drei Männer rührten sich nicht. Mehrere Minuten lang blieben sie reglos stehen, angespannt und mit zitternden Nerven, und wagten ihren Augen nicht zu trauen. Doch dann ließen sie ihre Waffen sinken, steckten sie wieder in die Holster und sahen einander an, als ob sie nach einer Erklärung suchten.

Denn der Hang war leer, und der Kamm der Bergkette leerte sich. Das Heer der Modorianer strömte auseinander, wie ein Schwarm von Stichlingen ein Uferstück verläßt, an dem alle Nahrung gefressen worden war. Die wilden Modorianer gaben auf und zogen sich in ihre steinigen Einöden zurück, die noch nie eines Menschen Fuß betreten hatte. Ihre seltsame, unverständliche Logik sagte ihnen, daß sie den Kampf verloren hatten. Sie gingen fort und ließen die Siedlung der Menschen in Ruhe.

Am nächsten Morgen stand Kent neben seinem Gleiter und blickte auf die Siedlung hinab. Sie wirkte so ruhig und friedlich, als ob die Ereignisse des vorhergegangenen Tages nur ein Traum gewesen wären. Der Schrecken und das Heer von Modorianern waren verschwunden wie die Schatten der Nacht, und die Berge um den Talkessel lagen im hellen Licht der Morgensonne. Mehrere Gruppen junger Menschen waren dabei, neue Baracken aufzustellen und Straßen zu ebnen. Die Wetter-Pylone funktionierten endlich, und über dem Talkessel hing ein mildes, künstliches Klima. Zwischen den Kolonisten in ihren leichten Tuniken entdeckte er da und dort auch die derberen Anzüge von Prospektoren.

Kent grinste. Einer von ihnen war mit Sicherheit Branch Simmons, und Peter Lawrence tat gut daran, sich möglichst rasch mit der Entwicklung abzufinden. Die anderen aber waren Männer, die noch vor drei Tagen bereit waren, die Menschen zu töten, mit denen sie sich jetzt unterhielten. Doch diese Veränderung war unvermeidlich gewesen. Gleiches gesellt sich zu Gleichem, das ist eins der stärksten Gesetze des Universums, und die Prospektoren hungerten nach der Gesellschaft und der Sozialstruktur ihrer Rasse. Für sie war die Siedlung das kleine Stückchen Erde, nach dem sie sich immer gesehnt hatten. Im Laufe der Zeit würden auch sie Siedlerinnen heiraten und seßhaft werden.

Kent schüttelte den Kopf, als ihm die Folgerichtigkeit und Unausweichlichkeit dieser Entwicklung bewußt wurde. Die Situation, die tags zuvor noch gefährlich und unüberwindlich gewirkt hatte, war von der fortschreitenden Zivilisation in die Vergangenheit gedrängt worden. Kent lächelte etwas bitter. Jetzt, wo es vorbei war, kam er sich völlig überflüssig vor. Modorianer und Menschen hatten sich von ihm abgewandt und beschäftigten sich wieder mit ihren eigenen Angelegenheiten. – Und Macher war tot.

Er schloß die Augen, als er sich daran erinnerte. Jetzt, wo alles vorbei war, konnte er ruhig zurückblicken und sich fragen, wie er alles überlebt hatte – die Umarmung eines ausgewachsenen, männlichen Modorianers und den Sturz über einen steilen, fünfzig Meter hohen Berghang. Je länger er darüber nachdachte, desto unwahrscheinlicher kam es ihm vor, daß er noch am Leben war. Sein Sieg war kein Wunder. Der Modorianer hatte verloren, und da er mit der Niederlage nicht leben wollte, hatte er den Tod gesucht. Er hatte die Aufgabe, ihn zu töten, lediglich in Kents Hände gelegt. Er hatte ihm nicht nach dem Leben getrachtet.

Kent fühlte sich plötzlich sehr müde. In dieser Minute wurde ihm seine eigene Bedeutungslosigkeit bewußt – selbst gegenüber den Menschen, für die er nominell verantwortlich war –, angesichts der Unendlichkeit des Universums. Was wäre geschehen, wenn ein anderer an seiner Stelle gewesen wäre? Was wäre geschehen, wenn Macher den Kampf gewonnen hätte und die Kolonisten gestorben wären? Das Endresultat wäre das gleiche geblieben. Auf lange Sicht ist der Individualist, und sei er noch so stark, einer Organisation immer unterlegen. Was kam es darauf an, ob Macher oder Kent gewonnen hatte? Der Mensch wird immer Sieger sein, der Modorianer immer verlieren.

Kent griff in die Tasche und fühlte das Telegramm von Tichi, das Tom ihm gegeben hatte. Er zog es heraus, faltete es auseinander und las noch einmal Tichis Nachricht. Die Untersuchungskommission – nun, so wie sich die Dinge entwickelt hatten, würde sie kaum noch eine Angriffsfläche finden.

Aber Tichi . . . das war etwas anderes . . .

Wieder kamen die große Raummüdigkeit und das Heimweh über ihn. Früher oder später fällt ihnen jeder zum Opfer, und er sehnt sich nach der Erde zurück. Die grünen Hügel der Erde waren allerdings längst zu einem Mythos geworden, seit die Städte sich immer weiter in die Wälder und Berge hineingefressen hatten – aber noch gab es ein paar kleine Flecken, die nicht von der Zivilisation angekränkelt waren, und Kent fühlte eine so starke Sehnsucht nach ihnen, daß er sie nicht in Worte kleiden konnte.

Hier gab es für ihn nichts mehr zu tun. Die erste große Auseinandersetzung mit den Modorianern war vorüber, und was jetzt folgte, war eine Periode ständiger Querelen und Reibereien. Warum sollte er sich damit befassen, wenn alles, was er wollte, auf der Erde war?

Auch Tichi?

Kent lachte schallend.

»Ich bin ein alter Mann«, sagte er zu der leeren Landschaft des Planeten Modor. »Es wird höchste Zeit, daß ich mich zurückziehe.«

Noch immer lachend stieg er in seinen Gleiter, hob ab und flog zur anderen Seite des Talkessels hinüber, wo Tom gerade eine kleine Funkstation für die Siedlung einrichtete, die als Nebenstelle des Kommunikationszentrums benutzt werden sollte.

»Hallo«, rief Tom und trat auf Kent zu, als der aus seinem Gleiter sprang.

»Hallo, Tom«, sagte Kent. »Du kannst jetzt eine Antwort auf das Telegramm zur Erde schicken.«

Tom grinste. »Okay, Kent. Was soll drinstehen?«

»Nur, daß hier alles in Ordnung ist und daß ich nach Hause komme.«

»Ist das alles?«

»Du kannst noch hinzusetzen: ›in Liebe‹.«

Tom grinste noch immer. »Sonst nichts?«

»Ach, zum Teufel!« sagte Kent und kletterte in den Gleiter. »Gib durch, daß ich mich mit dem Unvermeidlichen abgefunden habe. Dann hat sie etwas zum Nachdenken – aber wahrscheinlich wird sie dafür ihre eigene Interpretation finden.« Lächelnd schloß er die Tür des Gleiters, und die Maschine hob vom Boden ab. Er flog nach Osten, dem Licht der Morgensonne entgegen – und nach Hause . . .